悪女の品格

辻堂ゆめ

どうし[illegible]な目に？　めぐみはここ一週間、連続して危険な目に遭っていた。まずは監禁事件。帰宅の途中、突然黒ずくめの男が飛び出してきてマンションの物置に一晩閉じ込められた。次は薬品混入事件。ボディミストの試供品に見せかけた塩酸入り容器を渡され、火傷を負ってしまったのだ。犯人は、めぐみが三股をかけた上に貢がせている男性たちの誰かなのか。彼女自身の過去の罪を仄めかす手紙まで届き危機感を募らせためぐみは、パーティーで知り合った大学准教授とともに犯人を捜し始める。美しく強欲なめぐみを襲う犯人は?!「悪女」による探偵劇の顚末を描く長編ミステリ。

悪女の品格

辻堂ゆめ

創元推理文庫

RECALÉE AU DIPLÔME DE FEMME DIABOLIQUE

by

Yume Tsujido

2017

目次

悪女の品格

ドサッ、という物音で目が覚めた。

引き戸の隙間に白い光を確認し、急いで身を起こす。雑多に置かれた掃除用具の上に、朝日が細い筋を作っていた。中の空気は息をするのが苦しいくらいに暖まっていて、全身がひどく汗ばんでいる。前髪がべっとりと顔に貼りついていた。

よくもこんな場所で眠れたものだ、とぼんやりと考えながら振り返ると、さっきまで頭を載せていた場所には埃(ほこり)だらけのちりとりが伏せられていた。最悪だ、と顔をしかめ、めぐみは音が聞こえた方向へと耳を澄ました。

もう一度、何かが地面に着地した音がした。ビニール袋がこすれるような音が、薄い金属の壁を隔てた向こう側から聞こえてくる。

誰かがゴミを捨てているのだ、とようやく気がついた。

「誰か、開けて」

大声を上げて、ゴミ置き場に面しているはずの壁を平手で叩く。古い物置の壁はそれだけでも大きな音を立てたが、念には念を入れ、さっきまで枕にしていたちりとりを手に取って思い切り振り下ろした。ガツンという衝撃とともに、耳をつんざくような音が狭い空間の中に響き渡る。何度も壁を殴りつけていると、暑さと相まって頭の中がくらくらと揺れた。

外がざわつき始めるまでにそう時間はかからなかった。マンションの住人が数名、物置の周りに集まってくる足音がした。

物置の扉が外側から叩かれた。「誰かいるのか」という声がする。

「います」ヒステリックな声になってしまい、めぐみは慌てて声のトーンを抑えた。「鍵、開けられます?」

しばらくすると、昨夜何度開けようとしてもびくともしなかった扉が、ガチャガチャという音の後にするりと横に滑った。日の光が一気に差し込んできて、めぐみは思わず顔を背けた。

「大丈夫か」

声のほうに向き直ると、白いランニングシャツ姿の老人が目を丸くしていた。後ろには、主婦らしきエプロン姿の女性が数名、老人の背中に隠れるようにして物珍しげにこちらを見ている。

主婦たちの目はめぐみの胸のあたりに釘付けになっていた。見ると、オフショルダーのトップスが大きく左にずれていて、黒いレースの下着が覗いていた。さりげなく直しながら「ええ、何とか」と答えると、彼女らはバツが悪そうに目を逸らした。

「いったいどうしたんだ、こんなところで」

「昨夜、道を歩いていたら、知らない男に押し込まれたんです。バッグを盗られたから携帯も持ってなくて」

「南京錠がかかっていたよ。この物置、掃除用具くらいしか入っていないから、鍵なんて普段かかっていないはずなんだが」

なあ、と老人が後ろの主婦たちに確認する。彼女らは何度も頷き、「物騒ねえ」と口々に言った。老人が掲げてみせた南京錠と小さな鍵は、錆や汚れもなく、いずれも新しい金色をしていた。

「その鍵、どこにあったんですか」

「封筒に入っていた。扉の外側に貼りつけてあったよ」

老人が白い封筒を差し出してきた。受け取って中を見てみると、折り畳まれたコピー用紙が入っていた。

「あんた――」老人が言い淀み、眉を寄せた。「今回のことに心当たりはあるのか」

「え？　ありませんけど」

「そうか。警察には、きちんと相談したほうがいいぞ」

めぐみは三つ折りのコピー用紙を引き出した。開いてみると、真っ白な紙の中央に、黒い文字が一行だけ印刷されていた。


君は覚えてる？　監禁の後は、理科の実験。

第一章　監禁の後は、理科の実験

三分ごとに次々と席を回っていく男たちを眺めていると、毎回、工場の生産ラインの映像を思い出す。

幾人もの男が形式的に名前と仕事と趣味を言い、お茶が入ったグラスを何度も口に運び、手元のプロフィールカードへと頻繁に視線を落とす。名札に三番と書かれた男が座っていたかと思えば、すぐに四番の男が来て、瞬く間に五番の男がやってくる。

ベルトコンベア上のビール瓶に、目にも留まらぬ速さでラベルをつけていく映像を見たことがあるが、まさにそれだ。流れてくる男たちの価値を瞬時に判別し、「当たり」と「はずれ」のラベルを貼っていく。

その技術において、めぐみは誰よりも長けている自信があった。

ただし、今夜に関しては、ラベルを貼り分ける必要すらないようだった。

ちっ、と舌打ちをすると、めぐみに話しかけてこようとしていた五番の男がぽかんと口を開けた。半個室というのは便利だ。ブースの中でめぐみがどういう行動をとろうと、これからここにやってくる男たちには見えやしない。

　現在めぐみの目の前にいる若い男は、顔は悪くないが、収入の段階で論外だった。年収三百五十万では、めぐみの求めるような貢ぎ物は引き出せない。それどころか、「君のほうが稼いでいるだろうから」なんて腑抜けたことを言って、デートまで割り勘にさせられるのがオチだ。

「あら、失礼」

　にっこりと微笑(ほほえ)んでみせると、大人しそうな男はせわしなげに目を動かしたあと、ぱったり話しかけてこなくなった。

　ふう、と息を吐いて天井を見上げる。右側の仕切りの向こうから、「へえ、君も軽音楽サークル出身なんだ」という興奮した男の声がした。無理に盛り上げようとしているのが丸見えで、相手の女性の声はちっとも聞こえてこない。

　婚活パーティーというのは、きわめて特殊な空間だ。男女同数の参加者がいて、女性は半個室のブースの奥側の席で待ち、男性が順番に一つ一つのブースを巡っていく。事前に書いたプロフィールカードを交換し、それに基づいていくつか言葉を交わす。深い会話もできないうちに制限時間が訪れ、すぐに別の異性とのお見合いが始まる。最後に好みだった男性の番号をマッチングシートに第五希望まで記入し、事務局に提出する。その後、男女双方の希望が一致した場合のみ、カップル成立という形で事務局に祝福され、会場から送り出される。

　——例えば今、相手のグラスにこっそり毒を入れたらどうなるだろう。

「はずれ」の男が連続し、パーティー中に暇を持て余したとき、めぐみはいつもそんな想像を始める。

一般人が最も簡単に手に入れられる毒は、消毒液だ。昔どこかで手に入れた知識を思い起こして、頭の中で目の前の男のグラスに手指消毒剤を垂(た)らしてみる。十数名もの女がいたら、犯人は特定できないだろう。毒を飲ませた男が倒れるのは、きっといくつか先のブースに進んだ後だ。その前に容器を隣のブースに放り込んでおけば、めぐみに嫌疑はかからない。

暇つぶしにはもってこいの想像だった。楽しい一人遊びだ。

このアイディアの難点は、単なるストレス発散として行うには大ごとになりすぎることだった。そういうわけで、今のところはただの妄想にとどまっている。

だが、今日ばかりは、本当に実行してしまってもいい気分だった。そもそも、このしょぼくれた婚活パーティーに参加していること自体、めぐみにとっては不本意だった。

――どれもこれも、あの人混みのせいだ。

思い出すと、苛立ちが募(つの)る。仕事や学校帰りの地元住民で異常にごった返していたが、まさか財布をすられるとは思わなかった。

藤沢(ふじさわ)駅で降りたのは、たまたま乗った電車の終点だったからだ。小田急(おだきゅう)線の改札を抜けたあと、めぐみは混雑している駅ビルの中をあてもなくぶらぶらと歩いていた。その途中で喫茶店を見つけ、コーヒーでも飲もうかとハンドバッグを探ったところ、確かに突っ込んでおいたはずの長財布が跡形もなく消えていた。慌ててバッグをひっくり返し、辺りを見回したが、そばにいたのは地元の女子高生や主婦らしき女性ばかりで、怪しい人物は見当たらなかった。

不運なことに、普段電車に乗るときに使っているICカードも財布の中だった。もちろん、クレジットカードやキャッシュカードもだ。駅前の交番で盗難届を出すついでに、「このままじゃ家に帰れなくて」と中年警官に色目を使ってみたが、「携帯は無事なんだから、家族か友達に借りなさい」の一点張りだった。ポケットマネーを差し出すという選択肢だってあったろうに、とんだお役所対応だ。

めぐみに、連絡を取れるような家族はいない。女友達に頭を下げるつもりはなかった。恋人を頼れればよかったが、今はそれもかなわない。

交番を出て、カード会社や銀行に一通り電話をかけたあと、試しに地図アプリで自宅までの距離を調べてみた。四十三キロ。徒歩で九時間。いくら日が暮れて暑さが和らいだとは言っても、湘南から世田谷区まで歩くのは非現実的すぎた。何せ、藤沢まで来るのにも田園都市線と小田急線を乗り継いで約一時間かかっている。しかも、よりによって、今日の靴はピンヒールだった。

こんなことなら終点まで乗らなければよかった——と、めぐみは藤沢駅前で途方に暮れた。そんなめぐみに声をかけてきたのは、皺の寄ったシャツを着た眼鏡男だった。歳は若そうだったが、極度に猫背なのと、ロゴの周りが黒く薄汚れた裸のスマートフォンをいじっているのが不潔な印象を与えていた。

てっきり、夜の仕事の勧誘か、身の程もわきまえずにナンパを仕掛けてきたのかと思ったが、眼鏡男が広げたのは婚活パーティーのビラだった。「これから始まるところなんですけど、集まりが悪くて。よかったら参加していきませんか」とぼそぼそと尋ねてきてから、男は思い出したように「ソフトドリンクと軽食付きです」と付け足した。普段だったら完全に無視しただろうが、今日は聞き逃せなかった。

——家に帰る金がなければ、もらえばいいのだ。

合コンや街コンでは期待できないが、参加条件が設定されている婚活パーティーであれば、いいカモになる男がいるかもしれない。「どういう雰囲気のパーティー？　私で大丈夫なのかしら」と問いかけると、「ええ。素敵に見えたからお声がけしたんです。ほら、そのミュールとか、とてもお洒落だなと思って」という答えが返ってきた。めぐみが履いている黄色いオープントゥの靴を指しているようだった。

確かに、日本人芸術家とルイ・ヴィトンのコラボコレクションとして売り出していたものだから、冴えない眼鏡男のわりに目のつけどころは悪くない。ただ、めぐみの質問意図を取り違えているようだった。聞きたかったのは、パーティー参加者の質が低すぎてめぐみのような女が浮いてしまったりはしないか、ということだ。

鈍感男め——と内心悪態をつきながら、「今、持ち合わせがないのですけど」と謙遜した口調で言ってみた。すると、眼鏡男はしばし考えるそぶりを見せてから、「じゃあ、無料にできるように頼んでみます」と頷いた。名前を伝えると、男はその場で電話をかけた。

そうして案内されたのが、このぱっとしない婚活パーティーだった。「さっき予約した光岡めぐみです」と受付の女性に声をかけると、女性は首を傾げ、眠たげな目でしばらく名簿を指で追ったあと、「ああ、はい」と気の抜けた様子でめぐみを案内した。

会場に入るなり、一目ではずれだと分かった。「ソフトドリンクと軽食付き」の実態は、緑茶とクラッカーと多少のスナック菓子。部屋の造りも、それぞれのブースが半個室になっているのは良いものの、照明がオフィスのような蛍光灯で、雰囲気もへったくれもなかった。

めぐみが今まで参加してきたパーティーとは大違いだった。そもそもこのパーティーには、「年収一千万円以上」だとか「医者限定」だとか、六本木や銀座の高層階レストランで行われる婚活パーティーでは当たり前の条件が設定されていそうにない。

めぐみが欲しいのは電車賃ではなかった。藤沢から池尻大橋までのタクシー代をぽんと出してくれそうな、そこそこ若くてイケメンの金持ち男だ。

ここには、条件を満たす男は一人もいそうになかった。

気がつくと、六番の男が目の前に座っていた。大人しそうだった五番以上に冴えない中年男だ。髪が薄くなりかけているのを隠せていないのに、年齢不相応な黒いタンクトップを着ている。贅肉がついた色黒の二の腕が見苦しかった。

めぐみはプロフィールカードを読むことさえせず、テーブルに頬杖をついた。仮に億単位の年収があろうと、こういうのは御免だ。

「君、今までで間違いなく一番美人だよ。ワンピース、セクシーだね。どこのブランド？」

半個室という空間に後押しされてか、六番の男は臆面もなく大胆な発言をした。そうすればマッチングのときに名前を書いてもらえるとでも思っているのだろうか。適当な相槌を打ちながら、めぐみは男の禿げかけた額に、頭の中で大きな赤いバツ印をつけた。

——つまらない。

来なければよかった、と後悔しながら、めぐみは膝の上に載せた左手へと視線を向けた。今はベージュ色の包帯を手の甲全体を覆うように巻いてあるから、傷は見えない。だが、包帯の下にあるものを思い出した瞬間、両腕に鳥肌が立った。

——赤くただれた皮膚。

ここ一週間の不運続きは異常だった。

まず、あの監禁事件だ。池尻大橋駅から家まで歩いている途中、人気のない住宅街に差し掛かったところで突然男が物陰から飛び出してきた。バッグを奪い取られたあと、あっという間に道沿いにあった物置に押し込まれ、鍵をかけられた。既に深夜だったから、いくら叫んでも助けは来なかった。都会に住む人間は互いに無関心だ。多少物音が聞こえたところで、家から出て様子を見に来ようとはしない。

朝になって、マンションの住人たちに助け出された。不幸中の幸いで、盗られたと思っていたシャネルのショルダーバッグは物置の裏手で草と土にまみれていた。中身も無事だった。だが、明け方に通り雨が降ったようで、せっかくのラムスキンの生地が台無しになっていた。

クリーニングに出せばどうにか元に戻るかもしれなかった。そのクリーニング代をバッグの出資元である秋庭孝弥にねだろうと画策していたのだが、次に起きた事件のせいでそうもいかなくなってしまった。

理科の実験――という無機質な文字が、頭に浮かぶ。

「どうしたの、下向いちゃって。頭痛？」

顔を上げると、まだ六番のタンクトップ男がいた。威圧するべく「ええ、少し」と大げさな笑顔を作ってみたが、鈍感な男には通じなかったようだった。

「俺、実は音楽やってるんだ。アマチュアバンドでギターをね」

どうやら自慢話を聞かせたかっただけらしい。これで年収数千万の若いイケメンなら「すごいですね」と両手を組み合わせて驚嘆するところだが、今はその必要もなさそうだ。

プロフィールカードに目をやると、職業の欄には店長、年収の欄には四百五十万と書かれていた。ちなみに、年齢は三十六歳。どうせ、居酒屋かコンビニの店長か何かだろう。年収だって、これでも二割か三割多めに書いているに違いない。見栄(みえ)を張って書いた数字がめぐみの年収と同程度なのだから、お粗末なものだ。

「よかったら、今度ライブ見に来ない？　もし来てくれるなら、チケットはあげるよ。本当はドリンク代込みで二千五百円なんだけどさ、特別に」

「考えておきますね」

もう一度にっこりと、そしてはっきりと拒否の意思を示す。

さっきから、こんな男ばかりだった。顔も年収もコミュニケーションスキルも、人並み以下の男たち。本気で婚活をするなら、せめて原宿(はらじゅく)か青山(あおやま)あたりの美容院で髪を切り、男性用の化粧水で肌の調子を整えるくらいの準備をしてから、ブランド物の洒落たジャケットでも羽織って来てほしい。他の地味な女性参加者たちも同様だ。マスカラを普段より濃く塗ったくらいじゃ良い男は手に入らない。まつげエクステやさりげないカラコン、ハイライトからリップライナーまで惜しみなく駆使した女が勝つのだ。

この程度の努力であれば誰だってできる。少なくとも、めぐみはしている。

「ライブハウスの店長が、俺のこと買ってくれてるんだ。だから使用料はいつも割引してもらえる。俺はそれを観客に還元したいと思ってるし、もちろん君にも――」

六番の男の自慢話を聞き流しているうちに、めぐみはまたいつのまにか左手の甲を眺めていた。ベージュ色の包帯を見つめていると、抑えていた怒りが再燃する。

――どうして私がこんな目に。

身の危険を感じて、とりあえず犯人がいるところから遠ざかろうとしたのだ。だから田園都市線の反対方面に乗った。渋谷(しぶや)や表参道(おもてさんどう)ではなく、川を越えて神奈川県へと入っていく方向へ。さらには、小田急線に乗って湘南の海の方向へ。

どこかで適当に宿泊して、朝になったらストレス発散がてら鎌倉(かまくら)か江(え)の島(しま)にでも行ってやろうかと思っていた。数日姿をくらませば事態が改善するかもしれない、という希望的観測だ。それなのに、家を出て数時間後にはスリのせいで一文無しになり、今こうしてしょぼくれた婚活パーティーでぱっとしない男たちと向き合う羽目になっている。

いっそ本当に毒でも混入させてしまおうか――と、めぐみは六番の男が握っているグラスを見ながらぼんやり考えた。

――消毒液は持ち合わせていないから、除光液でもいいかしら。

そうしたら、めぐみは警察に逮捕される。留置場の中ならきっと安全だ。今回の事件で実感したが、一回や二回の軽微な被害では警察は見回りなどしてくれない。所詮、彼らの仕事は被害者を守ることではなくて、加害者を捕まえることなのだ。

だったら加害者になってしまえばいいじゃないか――と投げやりに考える。ハンドバッグに右手を突っ込み、化粧ポーチの中から携帯用の除光液を探り当てた。どうせ基準を満たす男は一人もいないのだ。次にやってくる七番の男のグラスに入れてしまってもいいかもしれない。ちょっとだけでいいのだ。三日ほど体調を崩させるに十分な量。それでめぐみの身の安全は一時的に保証される。

「こんばんは、失礼します」

頭上から声が降ってきた。

同時に、黒いスキニーパンツを穿(は)いた長い脚が見えた。顔を上げると、清潔感のある白いシャツと、程よく遊ばせた黒い髪が新たに視界に飛び込んできた。

男の胸には、七番の札がつけられていた。目尻に細い皺の寄った控えめな笑みを浮かべ、背の高い身体を少し屈めて椅子のそばに佇(たたず)んでいる。

「よろしくお願いします」

男は礼儀正しい所作でめぐみの向かいに腰を下ろした。男の声はほんの少し、女心をくすぐる程度にハスキーだった。品のある、柔らかな声だ。

めぐみは素早く、差し出されたプロフィールカードに目を向けた。

年齢、二十九歳。年収、八百万。

職業、准教授。

しかも、大学受験に縁のなかっためぐみでもよく名前を知っている、名門私立大学の法学部だった。

ちらりと男の顔を見上げ、もう一度プロフィールカードに視線を落とす。

年収はさておいても、めぐみと同い年で既に准教授というのは有望株のはずだ。男性の参加条件が厳しい六本木や銀座のパーティーで三十代後半の大学教授は見たことがあったが、それでも准教授になったのは三十を超えてからだと言っていた気がする。

めぐみは相対している男を真正面から観察した。滑らかな肌と涼しげな目元の持ち主だ。顔のパーツも、主張しすぎない程度に整っている。唇が綺麗な桃色をしているのも好印象だった。

――悪くない。

今日初めて、カードの氏名欄をチェックする。山本正志（やまもとまさし）、という名前が、整った字で書かれていた。

「光岡さんは二十七歳なんですね。僕の二つ下か」

向かいに座った山本が、めぐみのプロフィールカードを見ながら頷いた。

「ご職業は、生命保険会社の事務職、ですか。都内にお勤めなんですね」

年齢は、二歳鯖を読んでいる。職種は事務ではなく、営業だ。平日は毎日、外を歩き回っては客に媚を売っている。

婚活パーティーにおけるプロフィールカードは、いわば書類選考だ。都合の良い嘘や方便を書くに越したことはない。

めぐみはバッグの中で、除光液の袋から手を離した。すう、と息を吸い、目の前に座った爽やかイケメンにとびっきりの笑顔を向ける。

「わあ、そのペンダント、素敵ですね。どこで買ったんですか？」

こんなところで好みど真ん中の男に巡り合うとは、めぐみの運もまだまだ捨てたものではない。

――さあ、久しぶりに、狩りの開始だ。

＊

店内に足を踏み入れると、木の香りが漂った。昼間はカフェ、夜はバーという営業形態のようで、広いカウンターがある。店員がすぐに駆け寄ってきて、隅のソファ席へと二人を誘導した。

木目調のテーブルにはキャンドルが置いてあった。オレンジ色の炎が暗めの照明の下でゆらゆらと揺れている。この近辺にろくな店などないと決めつけていたが、案外雰囲気が良い店もあるものだ。

「素敵なお店ですね。このへん、お詳しいんですか」

めぐみが尋ねると、山本は笑って首を横に振った。

「マッチング結果を待っている間に調べておいたんですよ。できれば、この後ご一緒したいと思っていましたから」

「あら、嬉しいです」

首を傾げて微笑み、めぐみは促されるまま奥の席に腰かけた。めぐみが座るのを待って、山本が向かいのソファに腰を下ろす。こういうそつがない振る舞いがなんとも好印象だった。

三分間のアピールタイム中に相手の髪型から靴まですべてを褒めちぎった甲斐があって、山本は見事、マッチングシートにめぐみの名を記入した。晴れて二人はカップルとして会場から送り出され、そのまま二人きりで二次会をする流れになっている。

策略どおりだ。やはり経験は物を言う。

「何、飲まれます？　ワインもカクテルも、いろいろありますよ」

「迷いますね……山本さんは？」

「僕はスパークリングワインかな」

「じゃ、同じもので」

飲食物の好みを合わせにいくのは、好意をさりげなくアピールするときの常套手段だ。

山本が注文を終えたのを見計らい、めぐみはさっそく調査を開始した。

「さっきお店を調べたって仰ってましたけど——そうすると、お住まいはこの近くではないんですね」

「ええ。家は都内ですから」

「あら、私もです。どちらですか」

「文京区です」

いかにも大学の准教授らしい。職業柄、落ち着いた場所を好むのだろう。

文京区は、二十三区の中でめぐみが六番目に好きな区だった。ちなみに文京区より上位にランクインしているのは、渋谷区、品川区、世田谷区、目黒区。そしてもちろん、第一位は港区だ。ただし、超高層タワーマンション限定で。

「ああいうパーティーに参加するなら、家から離れた場所が良かったんですよ。気恥ずかしいじゃないですか、万が一知り合いと鉢合わせしたら。都内には教え子がうじゃうじゃいますからね」

「大学の先生は大変ですね」

「いつどこで見られているか分かりませんから、苦労するんですよ」山本は照れたように笑った。「光岡さんは、どちらにお住まいなんですか」

「中目黒とか、そっちのほうです」

「ああ、いいところですね」

自宅の所在地を説明する際は、お洒落だと思ってもらえる単語だけを並べることにしている。ちなみに、中目黒駅は徒歩圏内だが最寄りではない。歩くと二十分かかる。

「でも、それだと渋谷なんかのほうがずっと近いですよね。パーティーの数も多そうだし。どうして東京から出て、藤沢まで？」

「それは、いろいろと事情があって……」

めぐみはいったん言葉を濁し、テーブルの下に隠してある左手にちらと目をやった。

まだ切り札を使うには早い。女として興味を持たせるには、秘密を作ることも大事だ。

大したことじゃないんですけどね――とあえて小さな声で言ってみる。狙いどおり山本は怪訝（けげん）そうな顔をしたが、めぐみは気づかないふりをして話題を変えた。

「ところで、山本さんはいつから大学でお仕事されてるんですか」

「三年前からですよ。二十六になる年までは博士課程にいましたから」

「博士課程？　かっこいい」

あえて無知を装い、大げさな反応をしてみる。准教授になるような人間は博士号を持っていて当たり前なのだろうが、ここは持ち上げにいくべきところだ。

「無駄に学生時代が長かっただけですよ。これでも大学院を早期修了して、一年は短縮したんですけどね」

「それで、卒業してすぐ准教授に？」

「いえ、二年くらいは講師を」

山本の声には謙遜の響きがこもっていた。めぐみにそのあたりの知識はなかったが、山本の口調から推察するに、博士課程修了から二年で准教授になるのはずいぶん早いほうらしい。

「ということは、二十八歳で准教授になったんですか」

「はい」

「それってすごいことですよね」

「まあ、例はあまりないです」

めぐみは思わず山本の端整な顔を真正面から見つめた。

「……もしかして、教授になるのも近いんじゃありません？」

「いやいや、難しいですよ。ポストが空かないことには、ね」

つまり、ポストが空きさえすれば――ということだろうか。

めぐみは心の中で舌なめずりをした。

――やっぱり、この男は、欲しい。

若く有望な准教授、というのは新たなジャンルだ。その上、ルックスや声質までもがめぐみ好みときている。条件を絞った婚活パーティーに出席したとしても、こんないい男にはめったに出会えたものではない。今すぐにでも有希子(ゆきこ)に電話をかけて自慢したいくらいだった。

やがてスパークリングワインのグラスが二つ運ばれてきた。めぐみは山本と軽くグラスを合わせ、ほんの少しだけ口の中に流し込んだ。めぐみは酒豪だ。本当はいくらでも飲めるのだが、ビールの中ジョッキを何杯も飲み干すような姿を山本の前でさらすわけにはいかない。

とはいえ、「お酒のせいでちょっと本音が出てしまう」現象を説得力とともに生み出すのも大事だ。二、三杯程度の酒ではめぐみは酔わないが、そのくらいの量を男の前で飲んでからだと、多少大胆な発言をしたり砕けた口調で喋ったりしても不自然に思われなくなる。そういう姿を見せると、大抵の男はすぐに油断するのだった。

山本とほぼ同じペースでドリンクを頼みながら、めぐみは山本についてさらに探りを入れていった。プロフィールカードにあった名門私大の法学部で刑法を教えていること、専門の研究分野は欧米の少年法であることといった仕事の話から、出身は横浜(よこはま)で趣味はスノーボードというようなプライベートの情報まで、酒の助けもあってか山本は思ったより饒舌(じょうぜつ)に喋った。

めぐみに対しても、同じような質問が返ってきた。都内出身、職場は丸の内(まるのうち)、趣味は強いて言えば写真を撮ることなど、後になって矛盾が起きないように注意しながら当たり障りのない情報を話す。趣味は聞こえの良さそうなものをでっち上げた。幸い、アウトドア派らしい山本が深く写真の話を掘り下げてくることはなかった。

三杯ほど立て続けに飲んだところで、山本の頬がほのかに赤く上気してきた。あまり酒には強くないようだった。

――いい頃合いだ。

「山本さん、ちょっぴり顔が赤いですよ」

「そうですか。すぐ顔に出てしまうんですよね」山本は恥ずかしそうな顔をした。「光岡さんは、お酒強いんですね」

「ううん、全然そんなことはないんです」

ここでとろんとした目つきをする。滑舌をわざと悪くするのも手だ。

「私は、逆。あまり顔に出なくって」甘えたような口調で、突然敬語を外してみる。「ってい
うか、他人行儀な呼び方、やめません？　私の下の名前、覚えてる？」

「あれ、意外と酔ってるのか。見た目じゃ分からないな」

「あ、答えてくれないんだ。もしかして……忘れちゃった？」

酔ったふりをしているめぐみにつられたのか、苦笑している山本の口調も軽くなった。

「覚えてるよ。めぐみでしょう。光岡めぐみ」

「よかった。『光岡さん』っていうのは、なんだか堅苦しくて嫌」

「じゃあ、めぐみさんって呼ぼうか」

「うん。私も、正志さんって呼んでいい？」

「いいよ」

「やったあ」

めぐみは両手を胸の前で合わせ、とびきりの笑顔を作った。

その瞬間、山本の目がすっとめぐみの左手に吸い寄せられた。

「その手……どうした？」

「あ、これは」

慌てて左手の甲を右手で覆う。

「大した怪我じゃないの。ちょっと、火傷(やけど)しただけで」

「大丈夫？　包帯巻くほどの火傷って相当だよ」

山本の反応は想定どおりだった。テーブルの下や皿の陰に隠していた左手を、どのタイミングで露わにするかずっと窺っていたのだが、どうやら上手くいったようだ。

めぐみは左手を胸に押しつけたまま、うつむいてみせた。あまり大仰に見えないように、ほんの少し視線を下に向けるくらいにとどめる。

「何か、僕に言えないような事情なのかな」

こちらを気遣うような口調で山本が尋ねてきた。今すぐにでも話し始めたいのをもう数秒間我慢し、ためらう様子を十二分に見せつけてから、めぐみはようやく口を開いた。

「実は、最近、ストーカーに悩んでて」

「ストーカー?」

山本がぴくりと眉を動かした。

「そう。しかも犯人は、今まで付き合ったことのある男性のうちの誰かかもしれなくて」

「ちょっと待って、話がよく見えないんだけど」山本は右手を前に出し、めぐみの言葉を遮った。「順を追って説明してもらえるかな」

山本に促され、めぐみはぽつりぽつりとここ一週間の危険な状況について打ち明けていった。

まずは監禁事件の顚末を話す。自宅まで歩いている途中、突然黒ずくめの男が飛び出してきて、マンションの物置に閉じ込められたこと。男の顔はよく見ていないが、その時点では見知らぬ男だと思ったこと。朝になって住民が南京錠を開けて助け出してくれたこと。そのときにおかしな手紙が残されていたが、内容の心当たりはなかったこと。

そして、次に、『理科の実験』という言葉どおりの事件が本当に起きたこと。「私の元彼に、秋庭さんっていうお医者さんがいるんだけどね。急に、食事でもしないかって言われたの。振った相手だから本当は会いたくなかったんだけど、ご飯を食べるくらいならいいかなって思って行ってみたら、ボディミストの試供品を渡されてね」

秋庭に会ったのは二日前だった。「さっき路上で渡されたんだけど、明らかに女性物だよな」と言って秋庭がくれたボディミストの容器は、試供品にしては大きめのサイズだった。グラデーションがかかった淡いピンク色のラベルには、ローズの香り、という表記以外には特に細かいことは書かれていなかった。

透明の袋から取り出して、匂いだけでも試してみよう、と左手の甲に吹きつけたのがいけなかった。

ボディミストかと思われた液体が左手に付着した瞬間、肌が焼けた。

「容器の中身が、塩酸だったの。警察の人が言ってた」

「何だそれ、恐ろしいな」山本は眉を寄せた。「それが、その火傷なんだね」

「ええ。でも――」

それだけではなかった。今朝になって、さらに事態を掻き回すような出来事が起きたのだった。

「過去の恋人の話ばかりになっちゃって申し訳ないんだけど」めぐみはしおらしく目を伏せてみせた。「もう一人、玉山（たまやま）さんっていう会社員の人と付き合ってたことがあって、実はその人とも数日前に会う機会があったのね。そのときに、プレゼントだとか言って、ハンドクリームを渡されたの」

そのことを思い出したのが、今朝メイクをしている最中だった。せっかくなら使ってみようかと、めぐみは円盤形のハンドクリームの蓋を開け、指先にクリームをすくい取った。

危機感が足りなかった、と今朝から何度も後悔した。クリームに触った瞬間、めぐみの人差し指には強い痛みが走り、皮膚が真っ赤になった。

「ハンドクリームも塩酸入りだったのか」

「ちゃんと確かめたわけじゃないけど、たぶんそう。おかしいでしょう？　全然別の人にもらった美容グッズで同じことが起きたんだもの。わけが分からなくなって、今日はずっと家に閉じこもってたの。そしたら、夕方に玉山さんから『会いたいから家に行くよ』って連絡が来たり、さらに秋庭さんからも電話がかかってきたりして、もしかしてこの人たちが私を危ない目に遭わせてるんじゃないかって怖くなっちゃって。それで、とにかく元彼たちがいるところから遠ざかろうと思って、電車に乗って――」

めぐみは、辿りついた藤沢駅で婚活パーティーに誘われたことを話した。当初の目的が家に帰るための金を得ることであったとは言えないから、スリに遭ったことと、現在も財布が戻ってきていないことは割愛する。

「行く当てもないし、先のことは考えずにパーティーに飛び込んじゃった」

めぐみが肩をすくめると、山本は「それは怖かったろうね」と考え込むように言った。

「元恋人のストーカー化、か。そういうとき、警察は守ってくれないの？」

「秋庭さんのときは相談しに行ったのよ。『試供品は知らない女性から渡された』って秋庭さんが主張してたから、一応そのことを伝えようと思って。でも、警察は事件の相談には乗ってくれるけど、命が狙われたわけじゃないし、つきっきりの護衛なんかは――」

「そうか、してくれないんだね」

「ええ」

「めぐみさん、ご実家は？」

「両親は、もう……」両親は健在だ。だが、いると言ってしまったら今のめぐみの目的は達成されない。

「そうか」山本は心配そうに目をつむった。「友人を頼るのも、事が事だけに難しいな。女性だけだと不安だろうし」

「そうなんです。あの――」

めぐみはテーブルの木目を見つめながら、声を震わせた。

――お願い。今夜、一緒にいてほしいの。

か細い声で懇願する、というシーンを思い浮かべる。口には出さない。山本くらいの男なら、おそらくめぐみが言わんとしていることには気づくはずだった。

まず恋愛の相談やでっちあげの身の上話をして、相手の同情を誘いながら心をつかむのは、手っ取り早く男を落としたいときのめぐみの得意技だった。だが、どちらにしろ、今回は緊急事態でもある。相談の内容もほとんど事実だから、演技にもいくらか本音がこもった。

「君さえ良ければ、僕は構わないよ」山本が軽すぎない調子で言った。「都内に戻る形にはなるけど、大丈夫？」

どうやら自分の家を想定しているらしい。

——願ったり叶ったりだ。

めぐみは身を縮め、小さくこくりと頷いた。直後、会計のために店員を呼ぶ山本の声が聞こえた。

店から出るタイミングで、めぐみの背中に手が回された。爽やかそうに見えて、こういうところは男だ。すべてをスマートにやってのけるのが、一周回って憎らしいくらいだった。

——これは、見込みどおりの男かもしれない。

少なくとも、一時的には危険から解放される。さらに、好みの男も手に入れた。

一石二鳥だ。心が躍る。

＊

「ちなみに、今までに付き合った男性は何人いるの？」

クローゼットからタオルを取り出しながら、山本が訊いてきた。戸惑った表情を浮かべてみせると、「答えにくいかもしれないけど、気にしないからさ」とさらりとフォローが入った。

「三人、かな」

「さっきの、秋庭と玉山って人を含めて?」

「ええ」

「意外。君くらい綺麗な人なら、もっと多いんだと思ってた。一人一人との付き合いが長かったのかな」

つくづく、人を疑うことを知らなそうな男だった。きっと育ちが良いのだろう。容姿を褒められるのはまんざらでもなかった。だが、綺麗と言われたこの顔は、所要時間六十分という念入りなメイクの賜物(たまもの)に過ぎない。

山本の部屋でシャワーを借りてからも、めぐみはメイクを落とさなかった。初めての男と一夜を過ごすとき、すっぴんでいるのは男が寝ついてから起き出す直前までの時間だけと決めている。自分自身の居心地の良さよりも、完璧な第一印象を作り上げることのほうがよっぽど重要だからだ。

「じゃ、ちょっと浴びてくるよ」

めぐみが退屈しないようにという配慮からか、山本はテレビを点けてから廊下に出ていった。部屋に入った瞬間に襲われることを期待していただけに、この点についてはちょっぴり残念だった。バーにいたときの様子からしてめぐみに興味がないことはなさそうだが、こちらからさりげなく押していく必要があるようだ。容姿といい職業といい、あのスペックであれば女性経験が乏しいことはないはずだから、今までの交際相手が全員真面目な女だったのかもしれない。前向きに考えれば、一番騙しやすいタイプともいえる。

しばらくしてシャワーの水音が聞こえてきたのを確認してから、めぐみはベッドから立ち上がり、部屋の観察を始めた。

山本の部屋は、家具が少なく、物もよく片付いていた。広さは、少なくとも十畳はあるだろう。１Ｋだから贅沢な間取りではないが、いかにも頭の良い人間の部屋といった雰囲気だった。ベッドの向かいには背の高い本棚が据えられていて、難しそうな名前の法律書や六法全書が一分の隙もなく並べられている。その隣には、Ｌ字型のデスクがあり、液晶一体型のデスクトップパソコンが鎮座していた。

廊下に出て、今度はキッチン回りを観察する。コンロの上にはフライパンがあり、流し台のそばにはまな板が立てかけてあった。その横には電気ケトルもある。冷蔵庫を開けると、茹でたほうれん草や煮魚が入ったタッパーがいくつも並べられていて、調味料も豊富に揃っていた。どうやら、普段は自炊をしているらしい。

めぐみの家の冷蔵庫とはえらい違いだ。夕食はカフェや品の良い和食店で済ませることにしているから、家で料理をすることは一切ない。だから冷蔵庫には、サンドイッチを作るのに使う高級ハムやチーズ、あとはせいぜいオーガニックスーパーで買ったジャムくらいしか入っていなかった。

特に見るものも多くなく、めぐみはほどなくベッドの上に戻った。テレビに目を向けたが、やっているドラマが『殺し屋リエコ』の再放送だと気づき、すぐにリモコンを手に取った。画面いっぱいに映った蓮見沙和子が、拳銃を片手で弄びながら悪役の俳優を糾弾している。この女優のことが、めぐみは嫌いだった。

チャンネルを変えた先では深夜のニュースをやっていた。淡々と流れるアナウンサーの声をBGMにしながら、めぐみはスマートフォンをいじり始めた。

未読メッセージは、全部で六件あった。一件は玉山新太郎、二件は秋庭孝弥、三件は樋口純からだ。一つ一つに対し、めぐみは適度に絵文字を交ぜながら返信をしていった。

玉山からのメッセージはいつもどおりシンプルだった。『それなら仕方ないか』という一文だけだ。『会いたいから家に行くよ』という玉山からのメッセージにめぐみが『ごめん、今日は残業』と打ったから、それに対する返信だった。

麻布の不動産王の家に生まれ育ったという余裕からか、玉山はめったに物や人に執着しない。接しやすいのは確かだが、離れていかないように最も注意が必要なのも玉山だった。

少し考えてから、『今日、会えなくてごめんね』と打ち込む。ハンドクリームの件に触れるかどうか迷ったが、今はやめておくことにした。

果たして玉山は、ハンドクリームが塩酸入りだったことを知っていたのかどうか。探りを入れるにしても、もっと時間の取れるときに慎重にやりたかった。

次に、秋庭孝弥とのトーク画面を開く。『火傷、大丈夫か?』『犯人を捕まえて殴りつけてやりたい』と連続でメッセージが来ていた。よく見ると、一件目と二件目のメッセージの受信時刻は一時間ほど間が空いている。二件目が届いたのはついさっきのようだった。文章が若干乱暴になっているあたり、おそらく家でウイスキーでも飲んでいるのだろう。

こちらには『言われたとおりに軟膏塗って包帯巻いたから、大丈夫！』と明るめに返す。両親が経営する大病院で次期院長の座が確約されている秋庭は、外科医としての腕も周りから認められ始めているようで、火傷をした直後のめぐみへの指示もテキパキとしていた。だが、自作自演の可能性もある以上、全面的に信じることもできない。そのあたりがどうにもやりにくかった。

――どうして、秋庭と玉山の両方から、同じような危険物が。

考えれば考えるほど、混乱しそうになる。

気分を切り替えるべく、今度は樋口純からの新着メッセージを開いた。ちょうど次の週末に会う予定を立てていたから、候補の日にちの連絡が来ていた。『日曜の夜、どう？』『あ、ごめん、接待が入るかもしれないんだった』『土曜はゴルフだけど、夜ならいけるかも』と三通立て続けに来ている。ITベンチャーの若き社長というのがどれだけ忙しいのかは知らないが、樋口とデートの予定を決めるときはいつもこんな調子だった。

まだ何も起きてはいないが、樋口に会いに行くのも今は怖かった。秋庭、玉山ときたら、樋口と会うときも同じことが起きる可能性が非常に高いのではないか。

風呂場から聞こえていたシャワーの音が止まった。めぐみはベッドの下に置いていたハンドバッグを引き寄せた。

――まさか、山本も、三人というのが現在進行形の恋人の数だとは思わなかっただろう。

今までに付き合った人数など、初対面の男に言えるわけがない。咄嗟に出た数字は、現在付き合っている男の数だった。つまり、秋庭、玉山、樋口の三名。

元恋人がストーカー化しているかもしれないというのは、山本に事情を説明するにあたって都合の悪い事実を隠すための方便だった。めぐみが塩酸入りの試供品やハンドクリームをもらったのは、ほかでもない、現在付き合っている恋人たちとのデート中のことだ。

だから、犯人が彼らのうちの誰かなのだとすれば、有力な犯行動機は、めぐみの三股がバレたから――ということになる。

スマートフォンをしまうためにグッチのバッグを開くと、二つのジュエリーケースが目に飛び込んできた。

あ、とめぐみは声を漏らした。バッグに入れっぱなしにしていたことを忘れていた。

――そろそろ、質屋に持っていこうとしていたのに。

どちらも、上野にある馴染みの質屋なら高値で買い取ってくれそうな高級品だ。一つは、半年前に樋口からもらった大粒の真珠のピアス。もう一つは、三か月前に秋庭が銀座でぽんと買い与えてくれた、ピンクダイヤのペンダント。

仲良くしている質屋のおじさんには、しょっちゅうジュエリーを買い替えているセレブだと思われているだろう。実際は、三人の恋人たちからもらった宝石のうち、売れそうなものを選んで持っていっているだけだった。むしろ、高値がつきそうなものをねだるよう普段から工夫している。幼い頃から高級品に囲まれて育ったせいで、宝石を見る目は肥えていた。

プレゼントされてからしばらくは喜んで身につけて、当人たちが忘れた頃に売り飛ばす。そうすると、今度はめぐみの好きなブランド物の服やバッグがどっさり手に入るという寸法だ。

三人の恋人それぞれに同じジュエリーを買ってもらい、うち一つだけを残して残りの二つをすぐさま金銭に換える、という手段もよく使う。質屋のおじさんは、めぐみの職業が生命保険のセールスレディだと知ったら腰を抜かすかもしれない。

就職活動のとき、めぐみの学歴でも割よく稼げる仕事は保険の外交しかなかった。決して楽ではない仕事だ。そして、その給料をもってしても、めぐみの物欲は満たされない。

だから、めぐみはいろいろな男を物色する。そして、優良物件を一度手に入れると手放せなくなる。保険を売るのに比べれば、何人かの男と同時に付き合って金品を貢がせるのは容易い。

また、効率よく貢ぎ物を手に入れようとするならば、恋人は一人よりも複数いたほうが都合がいい。そうやってずるずると複数の恋人との関係を続けるのは、めぐみの悪い癖だった。

——でも、どうしてもやめられない。

それもこれも、あの父と母に甘やかされた挙句、中途半端なところで見離されたからだ。

「お待たせ」

廊下から山本の柔らかい声がした。髪を濡らしたまま部屋に戻ってきた山本は、グレーのTシャツ姿になっていた。

「あれ、チャンネル変えた？　『殺し屋リエコ』の再放送やってなかったっけ」

「ごめんね、勝手に変えちゃった。前に見たことあったから」

「そうか、まあ有名だよね。視聴率すごかったらしいし」山本は目を細め、ニュースが流れているテレビ画面を眺めた。「確か、僕が小学校四年生のときだったかな。ドラマが放送された日の翌日は、いつもリエコの話題で持ち切りだった記憶があるよ」

確かに小学四年の頃だった。当時の反響はよく覚えている。

二十年近く前に最高視聴率四十パーセント超の大ヒットを飛ばしたこのドラマは、リメイク版の映画製作が発表されたせいか、今年になってから再び脚光を浴びていた。

元のドラマで主人公の殺し屋を演じているのは、若き日の蓮見沙和子だ。ストレートな勧善(かんぜん)懲悪(ちょうあく)の物語と、既に清純派女優として地位を確立していた蓮見を主人公に起用するという視聴者の意表を突くキャスティングが受けに受け、流行語大賞を獲るくらいヒットした。「一回殺されたい？」という女殺し屋リエコの決め台詞(ぜりふ)を、何度学校で聞かされただろう。

めぐみの演技力と抜け目のなさは、そんな大女優・蓮見沙和子の遺伝だ。

父は、大手携帯電話会社の社長。金は有り余るほどあった。どれだけ使っても怒られなかった。そしてめぐみは、最終的に両親からストップがかかるまで、湯水のように金を使った。

「眠くなっちゃった」

隣に腰を下ろした山本の肩に、めぐみはそっと頭をもたせかけた。

「テレビ、消してもいい？」――それから、電気も。

めぐみは、普通になんて生きられないのだ。金がないと。

体育倉庫の壁にもたれて、私は空を見上げていた。もう暗くなってからずいぶん時間が経つ。暇だから星でも観察しようかと思っていたけど、今日は空が明るいからか、うっすらとしか見えなかった。煙が流れてきたせいかもしれない。

遠くから、大きな笑い声が聞こえてきた。金内の声だ、とすぐ分かる。

しばらく目を凝らしていると、校門のあたりから、白い光の筋がいくつも入ってきた。私はすぐに立ち上がり、浴衣についた土をはたき落とした。

「おかえり！」

大声で叫ぶと、「ただいまぁ」という返事がいくつか聞こえてきた。一番よく響くのは金内の声だけど、めぐの声や、ジュンの声もする。

懐中電灯の光は全部で五つだった。ここから出発していった六人のうち、一人は帰ってしまったみたいだ。たぶんシンちゃんだろう。マイペースでみんなに合わせようとしないのに、天然で可愛い性格をしているせいか誰にも嫌われないのだ。

「どう？　あいつ、まだ泣いてる？」

真っ赤な浴衣姿のめぐが真っ先に姿を現した。後ろの四人が向けている懐中電灯の光の中に浮かび上がっためぐは、楽しそうにニコニコと笑っていた。

「ずっとヒイヒイ泣いてたけど、途中から聞こえなくなったよ。諦めたのかもね」

そう返事すると、めぐは大げさにため息をついた。

「もっと泣けばいいのに。つまんないの」

「根性がないんだよ」

「ね。男のくせに根性なしとか最低」

うんうん、と頷いてみせると、めぐの後ろから白い浴衣姿の女子が飛び出してきて、私の隣に立った。「ホントホント」と大きく首を縦に振って同調してくる。

「そういや、有希子も香織（かおり）も白い浴衣なんだね。見間違えそう」

めぐが私たちを指差して笑った。

赤色はめぐのものだから、違う色を選んだだけだ。そうしたら二人とも白になってしまった。私たちはお互いの白い浴衣を見つめた。向こうのほうが一つ一つの花の柄が大きいけど、私の浴衣の花模様のほうが色鮮やかで綺麗だ。

「ねえ、出してよ」

不意に、体育倉庫の壁が内から叩かれ、くぐもった声がした。

「ここから出して。お願いだから」

ドンドン、という音がする。ちっとも筋肉がついていない細い腕で叩いているからか、あまり迫力がない。声を聞いただけで、涙でぐしょぬれになった真木良輔（まきりょうすけ）の顔が想像できた。きっと、銀縁の眼鏡に水滴がいっぱいついているのだろう。

「うるせえよ」

　懐中電灯を持ったジュンが走ってきて、体育倉庫の壁を思い切り蹴った。音が辺りに響き渡る。「おお、壁が凹んだぞ」とタカが驚いた声を上げると、ジュンは調子に乗ってもう数発壁を蹴り上げた。

「出してあげようかな、どうしようかなぁ」めぐが体育倉庫の壁にもたれかかりながら、意地悪くゆっくりと言う。「このまま帰って、明日の朝まで閉じ込めちゃおうかな」

「やめて！　家に帰らないと怒られる」

　壁の中から聞こえる声が、いっそう悲痛になった。めぐは適当に脅しているだけなのに、全部本気に取るからこっちまで面白くなってしまう。

「ほら、有希子と香織も」

　めぐが耳打ちしてきたから、私は「朝までそこで寝てればいいよ」と怒鳴った。

「ずっとそこにいればいい」「気持ち悪いから出してあげないよ」「泣き止んだら考えてあげる」「あ、ほら今泣いた」「じゃあ鍵は開けられないね」「すぐ泣くんだから」「気持ち悪い」「弱虫」「一生出てくんな」

　女子三人でどんどん真木を追い詰める言葉を投げかける。こういうのは、男子よりも女子のほうが得意だ。金内もジュンもタカも、真木をいじめるときはすぐに手が出る。だから体育倉庫の外からじゃあまり役に立たない。

「花火、楽しかったよぉ」

一通り暴言を吐いた後、めぐがねちっこく言った。

「お父さん、かわいそうだね。最高の作品を作ったのに、自分の子どもに見てもらえなくて。家に帰ってから何て説明するの？　お父さんの花火すごく綺麗だったよって？　見てもいないのにね」

めぐは体育倉庫の壁に手をつき、その奥にいるはずの真木に向かって懐中電灯の光をまっすぐに当てた。

「倉庫に閉じ込められて見れなかったなんて親に言ったら、殺すから」

こういうときのめぐの声色は恐ろしい。でも、さすが女優の娘、なんて言おうものなら、それこそ殺される。めぐは、自分があまり母親に似ていないことを気にしているらしい。去年、四年生のクラスで「めぐってお父さん似？」と訊いた男子は、めぐが総動員したクラスの女子によってボコボコにされたと聞いた。

今日、真木を小学校の校庭に呼び出して体育倉庫に閉じ込めたのも、めぐが真木に対して腹を立てたからだった。

この間の木曜日、五年二組の教室で、「日曜の花火大会、僕のお父さんが作った花火が打ち上がるんだ」と真木が隣の席の田中さんに向かって喋っていた。「僕のお父さん、花火師なんだ」という言葉に田中さんが「すごいね」と目を輝かせる。それをめぐの地獄耳が拾った。

「花火師？　うわ、かっこ悪い。火薬で臭くなりそう」

めぐが反応した瞬間に、田中さんはしゅんとうつむいた。自分の素直な反応がめぐを怒らせたことに気づいたのだろう。

めぐは真木のことが大嫌いだ。編入してきたときから、算数の時間にフラッシュ暗算を披露して先生に褒められたり、クラスの真面目な子たちが勉強を聞きに行ったりしていて、めぐはそのたびに「むかつく」と舌打ちをしていた。でも真木に直接悪口を言ったのはこれが初めてだった。

「花火職人なんて、汗水垂らして働いて、どのくらいのお金になるわけ？　テレビ局に勤めてるジュンのお父さんとか、政治家やってる有希子のお父さんのほうがよっぽどかっこいいよ。私たちの親は、トクタイセイの親の何倍も稼いでるんだから」

めぐはよく、真木があまりお金を持っていないことをバカにした。学年に学費免除の特待生は一人だけだから、真木のケチっぷりは相当目立つ。皆はコンビニにお菓子を買いに行くのに、真木だけ遠くの駄菓子屋にこっそり出かけているのが見つかって、めぐやジュンに大笑いされたこともあった。

そんな真木の親が、人から羨ましがられるような職業に就いていることが気に食わなかったのだろう。めぐは体育倉庫の鍵を職員室から借りてきて、放課後にわざわざ合鍵を作ってきた。小学生に見られないように、母親の黒いサングラスを借りてお店に行ったのだと得意気に言っていた。

翌日の金曜日、めぐは花火に一緒に行くメンバーに、集合場所は小学校の校庭だと伝えた。

そして、真木にも声をかけた。「昨日はごめんね。お父さんの花火、みんなで一緒に見に行こう」と、芝居がかった猫なで声で。

真木は人を疑うことを知らない。そうやって、何度もめぐの嘘に引っ掛かった。今回も喜んでついてきて、体育倉庫に押し込まれるまで騙されたことに気づいていなかった。真木が真っ暗な倉庫の中で悲鳴を上げたときには、真っ赤な浴衣を着ためぐは既に校門に向かってスキップを始めていた。

「ねえ、いつになったら出してくれるの」

ぐすん、と洟(はな)を啜(すす)り上げる音が聞こえてきた。壁を叩こうとした拍子に何かにつまずいたのか、「痛っ」という声がする。倉庫の中から、野球の金属バットが転がる音が聞こえた。私たち六人はそれを聞いて爆笑した。

そのとき、ガラガラという音がした。振り返ると、校門の向こうにヘッドライトを煌々と灯した車が停まっていて、背の高い男性が銀色の門を開けていた。

「君たち、こんな夜遅くに何やってるんだ。どこのクラスだ」

門を開けながら男性が叫ぶ。

「教頭だ」視力二・〇のタカが目を丸くした。

「なんで休日なのにいるわけ」

「花火大会だったから見張ってたんじゃない」

「逃げるぞ」

口々に騒ぎ、全員逃走の姿勢をとる。

「金内、倉庫の鍵を開けて。有希子と香織も手伝って。そのまま真木を閉じ込めてたらバレるよ」

めぐの鋭い指示が飛んだ。

私たちは瞬時に動いた。懐中電灯で金内の手元を照らし、鍵が開いた瞬間に倉庫のドアを思い切り引く。転がるように出てきた小柄な男子の腕をつかみ、先にめぐを連れて走り出していたジュンとタカの後を追った。

真木はまだ泣いていて、私がつかんだ左腕は鼻水とも涙ともつかない液体で濡れていた。気持ちが悪かったけど、脇目もふらずに駆けた。鬼の教頭にいじめの現場を押さえられるよりは、真木の鼻水のほうがましだった。

校舎からだいぶ遠ざかったところで、私は真木の手を離した。濡れた手は、真木のTシャツで拭いた。倉庫の中が暑かったのか、その服も汗が染み込んでいて、余計に不快な気分になった。

「バイバイ、真木。今日は楽しかったね。気をつけて帰りなよ」

そんなめぐの言葉で、私たちは解散した。真木は最後までずっとめそめそと泣いていた。

◇

『やだあ、めぐったらホント抜け目ない』

枕の上に置いたスマートフォンから、本間(ほんま)有希子の楽しそうな笑い声が聞こえた。

『大病院の次期院長、不動産王の御曹司、ＩＴ企業の社長ときて、今度は大学教授？　ホント欲深いね。見習いたいくらい』

「あら、それって悪口？」

『もちろん褒め言葉』

有希子の言葉に満足して、めぐみはベッドの上に寝転がった。長電話に備えて、スマートフォンはスピーカーモードにしてある。

「まだ准教授だけど、あの感じはきっとすぐ教授に昇進するよ」

『めぐがそう言うなら間違いないよ。ただ、どちらにしろ年収は他の三人より低いんじゃない？』

「それはそうね。でも、男としてはとにかくハイスペック。顔、身長、性格の三拍子が完璧に揃ってるんだもの」

『つまりタイプど真ん中だと』

「そういうこと」

めぐみはにっこりと勝利の笑みを浮かべながら、法律書が詰まっている壁際の本棚を眺めた。

今朝、山本は朝一で補講があると言って大学に出かけていったが、めぐみが家に居座ることを嫌な顔一つせず許してくれた。むしろ、「今日は帰ってきたときに一人じゃないのか」と喜んでさえいるようだった。

成功だった。いい男を一晩でモノにする快感は、数千万の死亡保険が月五件獲れたときにも勝る。

会社には、昨夜の時点で休みの連絡を入れてあった。今月のノルマは早い段階で達成している。契約さえ獲れていれば誰にも文句を言われないのが、この仕事の良いところだ。当分は出勤しなくても支障はない。

めぐみは普段から、月の半分くらいを契約獲得に割き、残りの半分を自由に遊んで過ごしていた。「休まず頑張ればトップセールスも夢じゃないのに」と課長にはぼやかれるが、何もキャリアウーマンになりたいわけではない。ある程度の収入を確保するための契約数をさっさと達成してしまえば、あとはどうでもよかった。同じ金を手に入れるのでも、客のために駆けずり回るより、男を手玉に取るほうがよっぽど愉快だ。

むしろ、昔の生活を思えば、自分が一般人と同じように働いているという現実そのものが屈辱だった。

『そんなにいい男なら、結婚しちゃえば？　めぐの仕事って大変なんでしょ。金持ちと結婚すると、働かなくていいし、ホント楽だよ』

見透かしたかのように、有希子が能天気な声で言う。言葉の端々に既婚者の余裕が感じ取れ、めぐみは思わず顔をしかめた。

五十歳近い開業医と二年前に結婚して以来、有希子は上から目線の発言をすることが多くなった。金はほぼ使い放題で、子どもを作る気もないから気楽に遊んでいられるのだという。めぐみだったら、いくら金持ちでも自分より二十も年上の人間と結婚するのは御免だ。しかし、裕福な中年開業医と戦略的に結婚して専業主婦の地位を手に入れ、旦那の知らないところで若い男たちと不倫に明け暮れるという贅沢な生活を手に入れた有希子の頭の良さは否定できなかった。

『で、その准教授さんを四人目の彼氏にするわけ？　三人でもすごいと思ったけど、さらにやばいね』

「有希子だって人のこと言えないでしょうに」

『まあそうだね』有希子はカラカラと笑った。『めぐは、ジュンのこともタカのこともシンちゃんのことも、当分捨てる気はないわけね』

塩酸事件のことはまだ有希子には言っていない。しばし迷ってから、めぐみは「ないよ」と答えた。

「だって、あの三人ほどの金持ちにはめったに出会えないし。すぐにジュエリーとかバッグとか買ってくれるし」

『私たちの小学校がどれだけ貴重な宝の山だったか、って話だよね』

まあ、小学校のクラスメイトとばかり付き合うめぐはすごすぎるけど——と、有希子は電話の向こうで可笑(おか)しそうに言った。

有希子は、小学校から高校までをともに過ごした同級生だった。めぐみと今でも親交がある女友達は、本間有希子と保科香織の二人だけだ。この二人を従えて、めぐみは常に学年全体を牛耳っていた。特に中学と高校は女子校だったから、各クラス内のヒエラルキーが明確に存在していて、めぐみは有希子や香織とともにいつもトップに君臨していた。

めぐみが小学校から大学まで通った私立玉菱学園は、裕福な家庭の子女が生徒の大半を占める学校だった。

調布に共学の初等部があり、その後は男女別学の中高一貫校に進む。場所は男子校が池袋、女子校が恵比寿だったから、初等部を卒業すると男女の交流はほぼ途絶えた。高等部卒業後は玉菱学園大学にも内部進学できるが、偏差値が高くないことやキャンパスが都心から離れた多摩にあることが影響してか、他の大学を受験する生徒も多かった。事実、めぐみは、大学で知り合いをほとんど見かけなかった。

学費や寄付金が並外れて高額なことで名を馳せている学校だった。とりわけ、初等部の一年生から玉菱学園に通っているような子どもは、世間一般では考えられないほど裕福な家の出であることがほとんどだった。

貴重な宝の山――という有希子の言葉は、そのものずばりだ。

めぐみの現在の恋人である秋庭孝弥、玉山新太郎、樋口純の三名は全員、玉菱学園の出身だった。中学から男子校と女子校に分かれるまでは毎日教室で顔を合わせていた、小学校の同級生だ。

「じゃなきゃ、元クラスメイトばっか狙わないよ」

『リスク大だもんね』

「そうそう」――多少のリスクは冒してもいいくらい、他で出会えないようなセレブばかりなのだ。

裕福な男ばかりをモノにするメリットは、全部で三つある。第一に、付き合う男の社会的地位が高ければ高いほど、女としてのステータスも上がる。そういう男を手に入れた自分に陶酔するのが純粋に楽しい。第二に、付き合う男が多いほど女は色気を増す。複数の男を手玉に取れるくらいでないと、「いい女」とは言い難い。第三に、自然と貢ぎ物の数が多くなる。これを有効利用すれば、物欲をいとも簡単に満たすことができる。

だからめぐみは、たった一人の男に身も心も捧げたりはしないし、妥協してどうでもいい男を大勢キープするようなこともない。そういう理念の下、現在めぐみの手元に残っているのが、秋庭、玉山、樋口の三名だった。

有希子は、男性陣を未だにあの頃のあだ名で呼ぶ。めぐみも一年前まではそうしていたが、それぞれと交際し始めたのをきっかけに呼び方を変えた。今では下の名前を呼び捨てにしている。

『三人同時に付き合い始めてから、もう一年くらい経つんだっけ。よくバレないよね』

有希子が感嘆の声を上げた。

『普通の人は心臓が持たないよ。だって男同士も全員知り合いなんだよ』

「大したことないよ。知り合いって言ったって、今はもうほとんど付き合いないみたいだし。

フェイスブックさえ繋がってなかったはずだよ」

『へえ、そうなんだ。確かに、ジュンの投稿くらいしか見ないかも』

　そもそも玉山はSNSをやっていない。秋庭はやっているような気もするが、アカウントは知らなかった。あの二人は、知り合いとネット上で広く繋がることに興味がなさそうだ。

「それに、私の場合は事情が特殊だから。『万が一ネットなんかに書かれたら蓮見沙和子に迷惑がかかる』って言って口止めしておけば、秘密なんて作り放題なんだよね」

『ああ、そっか。実際、何度かあったもんね。週刊誌とか』

　有希子が言っているのは、小学生の頃の話だ。『殺し屋リエコ』のドラマが大ヒットした後、蓮見沙和子の家族の情報を探ろうとしたのか、週刊誌の記者が何度か学園の周りをうろついていたことがあった。めぐみに限らず、玉菱学園初等部には、そういう怪しい人物に注意するよう言い含められている児童が多い。当時父親が都議をしていた有希子だってそうだった。めぐみも有希子も、胡散臭い記者の存在にすぐに気づいた。

『学校の外ではいい子にするように、頑張ってたよねえ』と、有希子が懐かしそうに言う。

『今思えば、ませた小学生だったかも。校門を出た途端に清楚なお嬢様っぽく振る舞ってさ』

「教室では好き勝手やってたからね」

『ね。私たち、プロの記者をよく騙せたよね。結局いじめのことなんて一言も書かせなかったし』

　小学校高学年というのは、めぐみが積極的にターゲットを選定していじめをしていた時期だった。その頃には、金をばらまけば仲間などいくらでも作れることをとっくに学習していた。金持ち学校とはいえ、めぐみよりも羽振りの良い人間はそうそういなかった。いじめる相手を決めたら、まずその子と仲良くしている周りのクラスメイトに金を払い、縁を切らせる。孤立無援の状態に追い込んでから、徹底的に嫌がらせをする。ゲームのようなものだった。どのくらい金を積めば、友情を切り崩せるのか。友達だと思っていた人物がたった千円札一枚で掌(てのひら)を返したと知ったら、人はどのような表情をするのか。大事なものを台無しにされたり、暴力を振るわれたりしたとき、どの程度の絶望感を味わうのか。子どもじみていると思うが、当時はそれを一つ一つ確かめていくのが快感だった。ストレス発散にはちょうどよかった。

「五、六年生のクラスでずっとターゲットにしてた男子、いたよね。誰だっけ」

ふと思い出して問いかけてみた。流行遅れの銀縁眼鏡をかけて、裾のほつれたTシャツばかり着ていた、クラスで一番背の低い気弱な男子だ。そのくせ小学生の暗算大会の全国覇者か何かで、その実績を買われて五年生の四月に学費免除の特待生として編入してきたのだった。特別扱いが気に食わず、事あるたびに攻撃を繰り返していた記憶がある。

『ああ、そんな奴いたね。家庭科とか理科の授業で、私たちと同じ班だった男子。ってことは、たぶん苗字はハ行かマ行――』

樋口純、保科香織、本間有希子、光岡めぐみ。この四人と同じ班になってしまったのが、編入生男子にとっての不幸の始まりだった。

『――ああダメだ、思い出せない』

「影薄かったしね。しょうがないよ」

『毎日あれだけ干渉してたのに、忘れるものだね。時間って怖い』

いじめればいじめるほどこちらが求める反応が返ってくるのが楽しくて、悪の限りを尽くしていた覚えがある。図工の時間に一生懸命作っていたオルゴール箱にでかでかと油性ペンで落書きしたり、校舎裏の池に突き落としたりもした。様々な人間を痛めつけてきたが、中でも彼に対するいじめは桁外れにひどかった覚えがある。今思えば、いきなり真冬の池に落としたりなどしたら、心臓麻痺を起こしてもおかしくない。我ながら、よくそこまでやったものだ。彼が死ななかったのは、めぐみたちにとっても幸運だった。

その結果、彼は中等部には進まず、初等部卒業後に玉菱学園から去っていった。もともと金がないのに入学してきたのだから、収まるところに収まったとも言えるだろう。

学内でそういう悪事を働いているのが外に漏れないよう、めぐみは子どもながらに気を配り、様々な方面に金を渡していた。結果、週刊誌の記者にも嗅ぎつけられなかった。

秋庭も玉山も樋口も、そんなめぐみの苦労を昔からよく知っている。だからこそ、蓮見沙和子の名前を出すと効果てきめんなのだった。「蓮見沙和子の熱烈なファンはどこまでも情報を掘り返すから舐めてはいけない」「親とは連絡を絶っているから万が一ネットに書かれて居場所がバレたら困る」などと弁解していれば、大抵は疑われない。そういうわけで、男たち三名はそれぞれ、自分が光岡めぐみのただ一人の隠された彼氏だと思い込んでいる。

――はずだったのだけど。

『初等部のときのメンバー、結局ほとんど交流ないなあ。それこそタカくらい。めぐは会ってる?』

有希子が問いかけてきた。都議を務めた経歴を持つ有希子の父親は、持病の治療のため、秋庭孝弥の父親が院長を務めている病院に二十年近く前から通っているのだという。その関係で有希子は秋庭とだけは今でも繋がりがあり、今の旦那も秋庭から紹介してもらったと言っていた。有希子が医者とすんなり出会って結婚できたのはそういうわけだ。

「あの三人以外だと、香織と金内くらいかな」

『ああ、一年前の飲み会のメンバーね。フェイスブックくらいでしか見ないや。定期的に会ってるんだ?』

「まあ、たまにね。純の会社に行ったら香織には会うし、新太郎と金内は今でもすごく仲良くしてるみたいだし」

一年前の飲み会というのは、めぐみが有希子や香織に頼み込んで開催してもらったプチ同窓会のことだった。

手っ取り早く金持ちを狙うなら、どんな豪華な婚活パーティーに行くよりも、小学校の同級生を攻めたほうがいい。

そのことに気づいたのは、遅ればせながら、二十九歳を目前にした一年前のことだった。有希子が医者と結婚したきっかけが秋庭孝弥の紹介だったと聞き、ふと思い出したのだ。――玉菱学園初等部という環境が、どんなに条件の良い狩り場だったかということを。

閃いてからのめぐみの行動は早かった。まず有希子に秋庭を連れてこられるか打診した。次に香織に電話をかけて初等部時代の男子との繋がりがあるかどうか尋ねたところ、意外なことに、香織は二年前に転職して、樋口純が経営しているITベンチャー企業でアシスタントとして働いていた。彼らを引っ張ってきてほしいというめぐみの依頼を、有希子も香織も二つ返事で了承した。「めぐったらホント肉食」と有希子も香織も面白がっていた記憶がある。

とりあえず五人での飲み会をセッティングしたところ、交友関係が比較的広いらしい樋口純が金内充を呼び、さらに金内が玉山新太郎を連れてきた。金内は単に親が共働きで世帯収入があっただけだから、セレブを狙うめぐみにとって特に旨みはない。だが、玉山新太郎が釣れたのはラッキーだった。戦前までは麻布一帯の大地主だったという由緒ある家の跡取り息子だ。初等部の同級生の中でも最上級クラスの金持ちに違いなかった。今は社会勉強として品川の印刷会社で働いているという話だったが、将来的に一番化けるのは玉山だろうと踏んだ。

そうしてめぐみは男たちとの再会を果たし、狙いどおりに三人を仕留めた。まさか三人いっぺんに落とすとは思わなかったらしく、有希子や香織は驚いていた。ただ、そこでめぐみを非難するのではなく、「めぐ、やるぅ」と評価してくれたところは、さすが小学生の頃から一緒に好き放題やってきた悪友だけある。

本当は、モノにした後にどれを本命にするか見極めようかと思っていた。だが、どの男も一長一短で、現在に至っても絞ることができずに関係が続いている。

秋庭孝弥は、身長は高く、少々渋めで年齢より上に見えることを除けば顔も悪くないのだが、性格に難があった。酒癖が悪く、結婚などしようものなら家庭内暴力に晒されること間違いなしだ。だが、金品を貢いでくれる頻度は他の二人よりも高いため、乱暴で気分屋な性格には目をつむって付き合い続けている。

樋口純は、コミュニケーション能力が高く、合コンなどに行けばモテそうな部類ではあるのだが、身長も顔もあくまで平均的だった。やり手のビジネスマンだからか、ナルシシズムに満ちた発言も多い。頭の回転が速く知識も豊富なだけに、なんだか惜しい男だった。

玉山新太郎は、顔と性格だけ取れば三人の中でトップだった。気遣いや優しさといった部分のポイントが高い。ただ、めぐみがヒールを履いてしまうと目線がほぼ変わらなくなるのはいただけなかった。それから、あえて言えば、世間離れした環境の中で育ったからか、たまに空気が読めない発言をすることがある。

『あのメンバーでの同窓会、もう絶対できないよね。怖すぎ』

「私からも願い下げよ」

めぐみはしばらくの間、有希子と話し込んだ。ごろりとベッドに寝転がって天井を見上げた姿勢のまま、めぐみは主に山本の自慢をし、有希子からは最近の不倫相手の話を聞いた。「そろそろ夕飯の準備しなきゃ」という有希子の所帯じみた言葉をきっかけに電話を切ったときには、画面上のカウントは五十分を超えていた。

そのままスマートフォンを手に取り、メッセージを確認する。秋庭と樋口から、次のデートの日程についての連絡が来ていた。めぐみがろくな返信をしていないから、痺れを切らしたのかもしれない。めぐみは返信を保留にし、フェイスブックのアプリを開いた。

トップに出てきたのは、保科香織の投稿だった。茶髪の男性とのツーショットが載せてあり、『週末は、よしくんと〝調布にじいろ花火大会〟に行ってきました！ 楽しかったぁ』というコメントが添えられている。浴衣姿で写っている二人の後ろには、ずらずらと遠くまで連なっている露店が見えた。

よしくんというのは、香織がしょっちゅう話に出す彼氏の名前だった。会ったり電話をしたりすると彼氏の自慢ばかりするから、めぐみはいい加減飽きていた。話だけならともかく、こうやってフェイスブックでもおノロけ投稿を連発するものだから、最近は表示をミュートしようかどうか迷っている。

――もう三十になろうというのに、年甲斐もなく騒ぎすぎだ。

ろくに「いいね」もつかないくせに、と心の中で悪態をつく。

アプリを閉じ、ベッドの上に仰向けに寝転がった。昨日の疲れが残っているようだった。まどろんだのは数分のつもりだったが、次の瞬間、玄関の鍵が開く音で目を覚ました。飛び起きて髪を指で梳く。窓を見ると、外はだいぶ薄暗くなっていた。机の上の置き時計は七時を指していた。

「おかえり」

急いでベッドの上を片付け、甘えた声を出して部屋から顔を覗かせた。玄関で靴を脱いでいた山本から、「ただいま」と爽やかな声が返ってきた。

「思ったより早くてびっくりした。いつもこのくらいなの？」

「ううん、今日は頑張って切り上げてきたよ。めぐみさんが退屈するんじゃないかと心配で」

部屋に入ってきた山本は、淡い水色のシャツを着ていた。細めに作られたスーツのズボンが、長身の体によく似合っている。モデルのような准教授に教わる女子学生たちはさぞ幸せなことだろう。

「お腹空いたよね。どこか食べに行く？　もしくは、料理を作るのでもいいけど」

残念ながら、家事は得意とは言いがたい。めぐみはとりあえず「そうね、どうしよう」と思案するふりをした。ここで自炊を手伝うことになったらボロが出てしまう。

「少し歩いてもいいなら、美味しい中華料理屋が近くにあるよ」

山本が玄関を指差した。助かった――という本音はおくびにも出さず、めぐみは少しだけ迷ったふりをしてから、「じゃあ、外で」と控えめに答えた。山本はすっと近づいてきてめぐみの背中に手を当て、スマートな仕草でめぐみを廊下へとエスコートした。

ノースリーブのワンピースに着替えればよかった、と外に出てから後悔する。こんな熱帯夜に屋外を歩くのは苦痛だったが、隣の山本は涼しげな顔で歩いていた。

「今日、行き帰りの電車でずっと考えてたんだ」住宅街を抜けて大通りに出たところで、山本が口を開いた。「めぐみさんが襲われてる事件の犯人について」

「え？」

「塩酸入りのボディミストやハンドクリームを、昔付き合っていた二人からそれぞれ渡されたんだよね。なんだか気味の悪い話だなあと思って。というのも、一人目の彼——秋庭さんだっけ——の『試供品は知らない女性から渡された』って証言については、秋庭さんが誰か別の人に陥れられた可能性もある気がするんだ。ほら、男性に女性物の試供品を手渡せば、間接的にその男性の身近にいる女性が使うことになると予想できるだろ？　もちろん、自作自演という可能性も払拭できないわけだけど」

山本は考え込むように下を向き、あごに手を当てた。

「監禁事件の後に手紙が残されていたっていうのも引っ掛かる。『監禁の後は、理科の実験』って書いてあって、しかもそれを『覚えてる？』って確認するような内容だったんだよね。その手紙がめぐみさんに宛てたものだったとすると、昔起きた何らかの出来事について仄めかしているような気がしてならないんだけど——何か、覚えてない？　監禁とか、理科の実験に関するようなこと」

「ううん、何も」

「過去に、特定の誰かに恨まれたりしたことはなかった？　もしくは、トラブルになったとか」

「なかったと思うんだけど」

監禁や理科の実験というのが何を指すのかについては、さっぱり覚えがなかった。

ただ、恨まれた経験がないというのは大嘘だ。

小学校から高校までの十余年で、めぐみは数え切れないほどのターゲットを攻撃してきた。

大学以降も、あらゆる手を尽くして周りの人間を自分の都合のいいように動かしてきた。純情を装って騙した男など、いったい何人いるだろう。目の前の山本だってそのうちの一人だ。

「犯人の目星をつけるのはまだ難しそうだな」山本は腰に手を当てた。帰りの電車でずいぶん真剣に考えていたのか、すらすらと言葉が出てきている。「でも」と山本が続けた。

「これで終わりじゃないような気がするんだよね」

「どういうこと?」

「手紙にあったとおり、確かに監禁の次は理科の実験、つまり塩酸事件だった。でも肝心のめぐみさんはその意味を分かっていないし、今回の事件と関連する記憶が特定できたわけでもない。正体がバレる危険を冒してまでめぐみさんに何かを思い出させたがっている犯人が、その結果を見届けずにみすみす諦めるとも思えない。だから犯人は、もう一度何らかのメッセージを送ってくるんじゃないかと思うんだ」

「二通目が届くかもしれないってこと?」

「そう。まだ届いていないということは、塩酸事件は終わっていないのかもしれない」

めぐみは思わず左手の包帯を見やった。赤くなった皮膚が脳裏にちらつく。

「怖がらせてごめんよ。でも、めぐみさんの身の安全を守るには、今後の予測が不可欠だと思って」

山本はそっとめぐみの背中を撫でた。

「めぐみさんが過去に付き合っていた人って、三人なんだよね。一人目はボディミストを渡してきた医者の秋庭さん、二人目はハンドクリームをプレゼントしてきた会社員の玉山さん。あと一人は？」

「えっと……ベンチャー企業を経営してる、樋口さんって人、なんだけど」

あえて途切れ途切れに言うと、山本は前を向いたまま、力強い声で言った。

「じゃあ、その人にも会いに行こう」

めぐみは思わず顔を上げて、山本の横顔を見つめた。「え、樋口さんに？」

「今回の事件にめぐみさんの過去の恋人全員が関係しているのか、まずは確かめたほうがいいと思うんだ。犯人からのメッセージがまた届くとしたら、たぶんそのタイミングだろうからね」

「でも……危険な目に遭うかもしれないのに」

「大丈夫。僕がずっと隣にいるようにするよ。何なら、職場の同僚とでも、今の恋人とでも、好きなように紹介してくれればいい。二人で、樋口さんに会いに行こうよ」

——それはダメだ。

樋口と交際している事実が山本にバレたら、すべてが水の泡になってしまう。

焦（あせ）りが表に出そうになるのを堪え、めぐみは不安げな表情を作ってみせた。

「どうしても、会わなきゃいけない？」

山本はしばらくこちらを見つめていたが、やがてゆっくりと頷いた。

「確かに、おとり捜査めいたものをやらされるなんて、たまったもんじゃないよね。怖いに決まってる。だけど、樋口さんと会えば同じようなことがもう一度起こるのか、それとも塩酸事件は全二回で既に終了しているのか、って部分を検証するだけでも、犯人が誰か突き止めるための大きな一歩になると思うんだ。あと一人残っている過去の恋人と会うことで、何かヒントになるようなことが起こるかもしれないし、新たに犯人からのメッセージが届くかもしれない。もちろん、何も起こらない可能性だってある。どちらにしろ、まずはヒントを見つけるのが大切なんじゃないかな」

理路整然と喋る山本を見つめながら、めぐみは頭の中で作戦を立てた。

樋口に会いに行くという案は、山本の中では決定事項のようだった。よく考えれば、めぐみにとっても、樋口からのデートの誘いをいつまでも無視し続けるわけにはいかないのだから、山本が護衛の役割を果たしてくれるというのはありがたい申し出だ。——ただ、やはり、山本と樋口を引き合わせるわけにはいかない。

「うん、分かった」めぐみはしおらしく返事をした。「だけど、一つだけお願いしていい?」

「何?」

「樋口さんには、私一人で会うことにしたいの。正志さんは、ちょっと離れたところから見守っててくれる?もしかしたら昔の恋人に逆恨みされているかもしれないのに、正志さんみたいな素敵な人を連れていったら、火に油を注ぐことになるかもしれないでしょ」

「それは買いかぶりすぎだと思うけど」

山本は照れ笑いをしてから、「いいよ」と頼もしく頷いた。

「じゃあ、何かあったらすぐに飛び出していけるように、近くで見張ることにするよ。会うときは、樋口さんに何かを渡されても、絶対に素手で触らないようにね」

「うん。ありがとう」

「早く犯人を捕まえて、めぐみさんを安心させないとね。ちょうど大学も学生が夏季休暇に入るし、全面的に協力できるよ。めぐみさんの身の安全は、僕が絶対に守ってみせる」

——これは、思った以上に強い味方を手に入れたかもしれない。

さっさと事件の恐怖から解き放たれたいというのは、今のめぐみの切実な願いだ。この秀才なら、警察の代わりにめぐみを窮地から救うことも可能かもしれない。

「じゃあ、頑張ってみるね」

めぐみは控えめな笑みを作り、ついでに、するりと山本の手を握った。

*

新橋駅で銀座線から降り、汐留方面に続く地下通路を歩くと、何本もの柱に取り付けられたデジタルサイネージが嫌でも目に入る。民放キー局の本社ビルの目の前だから、流れているのはドラマをはじめとした番組の紹介映像ばかりだ。

もう五十を過ぎているというのに、蓮見沙和子は今でも主要キャストに起用されることが多い。今クールなど最悪だ。家族小説のドラマ化作品に出演しているものだから、ここを通ると母親面した蓮見沙和子と頻繁に顔を合わせてしまう。

さらに進むと、今度は壁一面に父親が社長を務める携帯電話会社の広告が出ている。歩くだけでこんなに疲れる場所も珍しい。

両親とは、大学四年生の冬以来、一度も会っていなかった。仕事しか頭になく、家庭に対して最低限のことしかしてこなかった両親が、めぐみに渡していた多額の金の使途にようやく気づいたのが、大学卒業を控えた冬だった。噂がネットに漏れたのだ。娘が周りに金をばらまいて学内に君臨していたと知り、特に母は血相を変えてめぐみを怒鳴りつけた。

ろくに家事もせず、授業参観や三者面談にさえ顔を出さなかったくせに、よく娘を叱れたものだ。それでいて、料理番組にゲスト出演して「料理の腕前を披露」したり、ドラマで家庭的な母親役を「自身の経験を踏まえて」演じたりするのだから、その外面の良さとしたたかさに腹が立つ。

めぐみは、金しか与えられていなかった。金を断たれたら、両親の元にいる意味はない。

そうしてめぐみは、自分から家を飛び出した。自分名義の銀行口座に金は有り余るほどあったから、すぐに困ることはなかった。

樋口純のオフィスは、汐留のはずれにあった。モノレールの線路沿いに建っている、ガラス張りのビルの二階だ。

外からもよく見えるオフィスは、山本に見張ってもらうにはたいそう都合が良い。

めぐみは自動ドアを抜けてロビーに入り、洒落た黒い手すりに手をかけて階段を上っていった。中ほどでちらりと外に目をやると、スーツ姿の山本がこちらを見上げていた。サラリーマンの多い汐留の風景に上手く紛れている。

小さく手を振ると、山本は硬い表情で目を逸らした。樋口に見られていないと分かっていても、あくまで他人同士を装うつもりのようだ。徹底している。

二階に着き、自動ドアを通過すると、その先はもうオフィスだった。広いスペースに丸テーブルがいくつも並べられていて、数十名の社員が思い思いの場所でノートパソコンを広げている。どこに座ってもいいし、仕事さえこなしていれば出社する必要さえないのだという。「フリーアドレスとテレワークさ」と以前樋口が得意そうに言っていた。

「あ、めぐ！」

奥のほうで声がした。黒いジャンパースカートを身につけた保科香織が、手を振りながら駆け寄ってくる。ダイエットでもしたのか、白いTシャツから出ている二の腕のぽっちゃり感は前に見たときよりいくらかましになっていた。髪型は相変わらずショートボブだ。

社員たちが目を上げてこちらを見ている。樋口純がめぐみをオフィスに呼ぶようになったのは一か月ほど前からだったが、さすがに社長の恋人というのは話題性があるのか、毎回こういう反応をされる。めぐみが身につけている服やバッグが目を引く色をしているのも一因かもしれない。

「また社長に呼びつけられたの？」

「ええ」

「どうせ車で移動するんだし、めぐの都合の良いところまで迎えに行ってあげればいいのにね」

そうではなく、部下たちにめぐみという恋人の存在を自慢したいのだと思う。樋口はそういう男だ。

「バッグ、また新しくした？」

「まあね」社員が見ている前で、樋口以外の男からもらったバッグとは言えない。本当は秋庭ではなく樋口から贈られたバッグを持ってきたかったのだが、自分の家に戻っていないから取り替えられないのだ。おとといの夕方に家から逃げ出したとき、グッチのトートバッグに入れてきたのは二日分の着替えだけだった。

「財布も変えた？　可愛いね」

香織がバッグに手をかけてきた。見ると、雑に突っ込んだ赤い長財布が顔を覗かせていた。

――いけないいけないいけない、こんなんじゃまたすられる。

めぐみは財布をバッグの奥に押し込みながら、「ありがと」と香織に笑顔を向けた。

財布が見つかったと警察から連絡があったのは今朝のことだった。藤沢駅付近に捨てられていたのを、親切な男性が届けてくれたのだという。現金は抜かれていたものの、カード類は入ったままだった。

山本からもらったランチ代を交通費に充てて再び藤沢まで行くのは面倒だったが、秋庭からプレゼントされたエルメスの財布が返ってきただけでも万々歳だ。幸い、ブランド名を誇示するようなデザインではなかったから、高価なものだと気づかなかったのかもしれない。間の抜けた犯人だ。

「ちょっと待っててね。社長、六時までテレビ局で会議みたいだから。もう帰ってくると思う」

香織は持っていたスマートフォンを操作した。カレンダーの画面に、青い長方形がいくつも並んでいるのが見える。この会社では、互いの予定がグループウェア上で閲覧可能なのだそうだ。いつどこにいるかを逐一他の社員に把握されるなんて、めぐみだったら気が狂ってしまう。

テレビ局というのは、先ほどめぐみが通り過ぎてきた民放キー局のことだった。樋口純の父親が役員をしている会社だ。五年前に起業してから樋口の会社が右肩上がりに業績を拡大しているのは、父親のコネを使って大手テレビ局からアプリやウェブシステムの開発の話をいくらでももらえるからだった。それがなければ、樋口は今よりずっと苦労していたはずだ。会社が立ち行かなくなっていた可能性さえある。

「そういえば、私の投稿見た？　この間、よしくんと調布にじいろ花火に行ってきたんだよ」

――ああ、始まった。

「見たよ。屋台の前で撮ってたやつでしょ」

「それそれ！　三十になったら浴衣も選ばないと着られなくなるから、今年は気合い入れちゃったんだよねぇ。夏っていいよね、花火大会とか毎年テンション上がるもん。よしくんも花火好きらしくて、今年は調布以外にもあと二回くらい行こうとか言い出してさ――」

ここに来るたびに、うんざりするほど彼氏の話を聞かされる。めぐみも恋愛体質だが、香織もたいがいだ。三年前から付き合っている彼氏としょっちゅう遊んでいるらしく、会えば必ず恋愛話全開モードになる。一向に落ち着く気配がない。

香織がこの会社に転職したのは、フェイスブックで樋口の投稿を見たのがきっかけだったという。前に勤めていたアパレル系の企業で人間関係に悩んでいたところ、樋口がアシスタントの募集をしている投稿を見つけた。樋口との個人的な交友関係はすっかり途絶えていたが、すぐにメッセージを送ってアプローチし、無事採用に至った。オフィスも綺麗だし、仕事もきつくないし、文句のつけようがない。そんなことを香織は嬉しそうに言っていた。ただ、アシスタントということは、給料はさほど高くないはずだ。

めぐみは上の空で香織の話を聞きながら、窓の外に目をやった。山本の姿は見えないが、きっとどこかで見張っているのだろう。今日は、樋口と歩くときも腕を組んだりしないように注意しなくてはならない。ここで恋人の存在が山本にバレたら、婚活パーティーでの努力が台無しになってしまう。

しばらくして、背後で自動ドアの開く音がした。

「おお、もう来てたんだ」

振り返ると、ダークブラウンのスーツを着た樋口純が立っていた。薄型のノートパソコンを脇に抱えている。鞄も持たずに父親のテレビ局に行っていたようだ。

あまり見かけない色のスーツをあえて選んだのだろうが、やめたほうがいい、とめぐみは毎回思う。そういう服は、容姿に自信がある人間が着るものだ。黒い短髪には似合わない。

「今日は銀座のワインバルを予約したよ。今、ハイヤーを呼ぶから」

樋口はスマートフォンを操作しながら奥の社長室へと歩いていった。社長室もガラス張りだ。

ブラインドを下ろせば外からは見えなくなるのだろうが、大抵は上げたままになっているようだ。

「じゃ、楽しんできてね」香織は小さく手を振ってから顔を近づけてきて、「めぐも、彼氏全員と花火に行ったら全部で三回だね」と悪戯っぽく囁いた。

こら、と脇腹を小突くと、香織は「冗談冗談」と笑いながらオフィスの奥に戻っていった。

鞄を持って戻ってきた樋口と一緒に執務室を出て、ハイヤーがやってくるまで一階のロビーで待った。しばらくして、ワンボックス型の黒いハイヤーがビルの前に停まる。こだわりがあるのか、樋口が呼ぶのはいつもこの大きさの車だった。確かに、乗ったときの空間の広さという意味ではこの形が一番心地良い。

ハイヤーに乗り込んで銀座へ移動し、ビルの地下にあるワインバルに入った。一番奥の予約席へと案内される。

「最近、なかなか返事をくれないからどうしたのかと思ったよ。かと思えば、いきなり今日だもんなあ。本当は、資料作成のために空けておいたんだけど」

「ごめん、無理させちゃった？」

「別にいいよ。深夜にやるさ」

「身体、壊さないでね」

「大丈夫大丈夫。二徹や三徹くらいどうってことないから」

忙しいのは事実だろうが、毎回アピールされるとうんざりしてくる。表情に出ないように気をつけながら、めぐみはメニューに目を落とした。

樋口はいつものように仕事の話を始めた。新しい取引先がどうだ、変動利益がどうだ、イノベーションがどうだと喋っているが、正直なところ、めぐみはあまり興味がない。愛想の良い相槌だけは忘れないように気をつけながら、めぐみは店の入り口を見やった。

ちょうど、山本が入ってくるところだった。車移動だったから心配したが、尾行は無事成功したようだ。

山本は入り口に一番近いカウンター席に陣取った。こちらを見ようともせず、スマートフォンをいじっている。ふと気がついてバッグから自分のスマートフォンを取り出すと、山本からのメッセージが届いていた。『まだ怪しい動きはないね。でも警戒は解かないで』とある。

「どうした？」

樋口が話を止めて尋ねてきた。

「ちょっと、会社から」

めぐみは指先で画面を操作し、『了解です。尾行、上手ね』と返した。遊びではないのだが、これはこれでスリリングだ。店内に客はまあまあ入っているから、樋口が山本の存在を怪しむことはないだろう。逆に樋口やめぐみの声が山本の耳に直接届くこともなさそうだった。これなら双方に対して上手く立ち回れそうだ。

ワインと前菜を頼むと、樋口は話題を切り替えた。めぐみの相槌がだんだん少なくなってきたのを察したのかもしれない。ただ、いつも少しばかりタイミングが遅い。一回の商談なら問題ないだろうが、恋人として毎回一緒にいると疲れが溜まってしまう。

——もうちょっと、大物になると思ってたんだけど。

政治批判を始めた樋口の平凡な顔立ちを眺めながら、めぐみは回想した。

女番長がめぐみだとしたら、対になるのは樋口純。小学校高学年のときのクラスでは、誰もがそう認識していた。ちょうど出席番号順の班も一緒で、めぐみはいつも樋口と手を組んでは教室内で権力を振りかざしていた。

当時から、樋口のバランスの良さが気に入っていた。足も速いし、勉強もできる。決断力もあれば、男の子らしい無鉄砲さも持ち合わせている。クラスを代表するいじめっ子ではあったが、女子からの人気はあった。修学旅行の夜に、男女の噂に敏感だった有希子から「ジュンって、めぐのことが好きなんだって」と告げられたときは、クラスの女子全員に対する優越感を味わったものだ。

そういう過去を思い出すと、樋口はもう少しかっこいい大人になれたのではないか、となんだか残念な気持ちになる。小規模とはいえIT企業の社長で収入も数千万円はあり、頭が良くて話術が巧みなのも変わらないから、もちろん世の男たちよりは魅力的ではあるのだが、もうちょっとだけ「突出した」男になれたのではないか——と。

小学校卒業後に母親が家を出ていった、と以前樋口が言っていた。もしかしたら、それがすべての原因なのかもしれない。授業参観で何度か見たことがある樋口の母親は、昔モデルをしていたという若々しい女性だった。たぐいまれな美人というわけではないが、スタイルの良さとファッションセンスだけは群を抜いているような、そういうタイプの女。あの母親にプロデュースしてもらっていたから、小学生の頃の樋口は突出して男前に見えたのではないか。両親が離婚して父親と二人暮らしになってから、彼の伸びしろは失われてしまったのではないか。めぐみはそんな仮説を立てていた。

まあ、結婚を考えているわけではないから、とりあえずは今のままで構わない。一か月にいっぺんくらい高価なプレゼントをくれて、高級店で贅沢な料理や酒を味わわせてくれれば、めぐみはそれで満足なのだ。樋口は積極的にそういうことをしてくれる男だった。

一杯目を空にし、料理や酒が次々と運ばれてくるようになった頃、めぐみはさりげなく切り出した。

「そういえば、この間、わりと大きめの地震があったじゃない？　私は夜中に飛び起きちゃったんだけど、純は大丈夫だった？」

「え、そんなことあったっけ。いつ？」

きょとんとした顔をした樋口に、九日前の日付を教えた。樋口はポケットからスマートフォンを取り出し、カレンダーを開いて首を傾げた。

「ああ、その日は夜十時近くまで社内会議があってさ。さすがにその後飲みに行くわけにもいかないから、たまには早く帰るのもいいかなと思ってそのまま帰宅してすぐ寝たんだよ。地震って、深夜？」

「うん、零時過ぎくらいかな」

「じゃあ家でぐっすり寝てたわ。へえ、気づかなかったな」

樋口のアリバイもなし、とめぐみは心の中でメモを取った。

九日前の深夜というのは、めぐみが監禁された事件の日だ。遅くまで開いている渋谷のリラクゼーションサロンでアロママッサージをしてもらってから帰ってきためぐみは、何者かに襲われて物置に閉じ込められた。背後から押されたため、犯人の姿はほとんど見ていない。シルエットからして男性だということが分かっているだけだ。

地震の話は嘘だった。三人全員のアリバイを一応確認したほうがいいというのは、山本からのアドバイスだ。「アリバイなんて、推理小説みたい」と驚いてみせると、「警察小説を読むのが好きでね」と山本は恥ずかしそうにしていた。

秋庭や玉山には、メッセージのやりとりで確認済みだった。秋庭は「一人で晩酌をしていた」、玉山は「家でドラマを見ていた」と言っていて、あの日にめぐみの自宅付近にいなかったという証拠はなかった。朝から晩まで予定表をぎっしり埋めている樋口ならもしかして、と期待をかけていたのだが、どうやら三人の中で犯人候補から除外できる人はいないようだ。

「珍しい。いつもは取引先の人と遅くまで飲み歩いてるじゃない」

樋口のスケジュールの埋まり具合は凄まじい。一度香織に見せてもらったが、ほぼ毎日深夜まで接待や飲み会の予定が入っていた。

「二次会だろうが三次会だろうが、最後まで参加する主義だからね。ま、たまには早く帰る日を作るのも大事さ。そういう日をたくさん作れば、君と会える回数も増えるわけだし」

「あら、嬉しい」

めぐみはすかさずにっこりと笑いかけた。樋口はこういうことを平気な顔で言う。もちろん、言われて悪い気はしない。

一時間ほど経った頃、樋口が手洗いに立った。山本が座る席へと目を向けると、彼もこちらを見ていた。カウンターにはストローが挿さったグラスが置いてある。見張りを務めている手前、酒には手を出さずにウーロン茶で我慢しているようだ。めぐみは目配せをしてから、『アリバイはないみたい』と手元のスマートフォンでメッセージを送った。『全員なしか』というテキストがすぐに返ってくる。

ほどなく樋口が戻ってきた。めぐみがスマートフォンをバッグにしまっていると、「あ、そうだ」と声を上げ、樋口が自分の鞄に手を突っ込んだ。

――来る。

樋口が取り出した紺色の箱を、めぐみは凝視した。

正方形のハードケースだから、ペンダントもしくはネックレスだろう。箱の上部にはハリー・ウィンストンのロゴマークが印字されていた。

「ほら、そろそろ一年だろ。記念にと思って」

「わあ、ありがとう」

箱をこちらに差し出してくるのに合わせて、めぐみはさりげなく上体を反らした。箱の蓋が開いた瞬間に塩酸が噴き出しでもしたらたまらない。

「ねえ、一つお願いしてもいい？」

「何？」

「純の手で、つけてもらいたいの」

「なんだ、そんなことか。お安い御用ですとも」

おどけた調子で返すと、樋口はためらいもなく箱の蓋を開けた。

中にはダイヤがついた銀色のペンダントが入っていた。一年記念のプレゼントだからか、いつもよりストーンが大きい。普段なら大喜びするところだが、今はそんな余裕はなかった。

樋口が慎重な手つきでペンダントを取り出す。

何も起こらない。どうやら、箱にもペンダントにも異状はなさそうだった。

立ち上がってめぐみの椅子の後ろに回ると、樋口は慣れた手つきでめぐみの首にペンダントをつけた。「どう？」と訊かれたから、「嬉しい」と返す。樋口は満足したように深く頷いた。

山本に伝えてある話との矛盾を悟られないよう、樋口が背を向けた瞬間に、めぐみは思い切り困った顔を作ってみせた。「自分に未練がある元彼に突然アクセサリーを贈られ、ほとほと迷惑している」という設定だ。山本がこの細かい演技を見ていることを祈る。

――純は、何もしてこないのだろうか。

そう考えたとき、椅子に再び腰かけた樋口が顔をしかめてポケットに手をやった。

「ああ、これ、どこかで捨ててこようと思ったのに忘れてた。さっき外出したときに押しつけられちゃったんだよね。俺、こういうの嫌いなのに」

ポケットからつまみ出されたものを見て、めぐみは椅子ごと後ずさった。

——こっちか。

樋口が取り出したのは、栄養ドリンクの瓶が一本入った小さなビニール袋だった。モールで袋の口が閉じてある。茶色い瓶には大手飲料メーカーのロゴが入ったラベルが貼られていて、『健康にも、美容にも！』という女性向けらしいキャッチコピーが上部に大きく躍っていた。

隣の椅子に置いてあるバッグの中で、スマートフォンが振動音を立てた。覗き込むと、山本から『気をつけて』というメッセージが届いていた。分かってる、と心の中で頷く。

「どうした？　欲しいならあげるけど」

「そうじゃなくて」めぐみは椅子を引いたまま、栄養ドリンクの瓶を指差した。「それ、グラスに入れてみて」

「これを、グラスに？　今飲むの？」

樋口は怪訝な顔をしながら、空になっていた自分のグラスを手に取った。「跳ねないように気をつけてね」と言うと、樋口は「何怖がってるんだよ」と笑いながら瓶を取り出した。だが、瓶の蓋を開けようと手をかけた瞬間、樋口の表情は曇った。

「ん？　これ、開いてる？」

やっぱりそうだ、とめぐみは息を呑んだ。樋口はそのまま蓋を開け、「どうする？」と尋ねてきた。

「いいから入れて。慎重にね」

促すと、樋口は言われたとおりに瓶の口をグラスへと近づけた。そのまま傾けると、透明色の液体がグラスに落ちていった。

「全部入れたけど」

「じゃあ、そこのフォークをその液体に浸けて」

「フォーク？ いったい何しようとしてるんだよ」

「いいから」

強い口調で促す。樋口はわけが分からないといった顔をしながら、パスタ用のフォークを手に取ってグラスに突っ込んだ。

その直後、樋口は目を見開いた。

「何これ？ え？ 炭酸？」

液体に浸されたフォークは、ぶくぶくと多量の泡を出し始めていた。

「塩酸だよ。金属が溶けてるの」

「嘘だろ」樋口は泡を凝視したまま動きを止めた。「栄養ドリンクじゃないのかよ」

「中身が入れ替えられてるみたいね。ねえ、これ、どこで手に入れた？」

「新橋駅の近くだよ。押しつけられたから、ついもらっちゃって」

「誰から？」

「知らない女さ。試供品配りのアルバイトっぽい格好の」

「どんな人だった？」

「そんなこと、いちいち覚えてない。ウィンドブレーカーを着てた気はするけど。……まじかよ、とんでもないものをめぐに飲ませるところだったのか」

樋口はこめかみに手を当てた。

「ちょっと待てよ。めぐこそ、どうしてこれが塩酸だって分かったんだ？」

「最近、立て続けに狙われてるのよ。知り合いを通じて、何者かが私に塩酸を何度も送りつけてきてるの。もう、これで三回目。いったい誰がやってるんでしょうね、こんなこと」

含みを持たせた言い方をして、まっすぐに樋口純を見据える。

呆然としていた樋口は、しばらくしてめぐみの視線に気づいた。「まさか、俺を疑ってるのか？」と色めき立ち、「俺は何も知らないよ。本当に押しつけられただけなんだ」と慌てた様子で首を振る。それから、取って付けたようにめぐみの身の心配をしてきた。樋口が白なのか黒なのか、めぐみは確証を持てなかった。

ふと、テーブルの上に放置されていたビニール袋の中に、折り畳まれた白い紙が入っているのが目に留まった。

急いで手を伸ばし、乱暴に紙を取り出す。ぱっと開くと、見覚えのあるフォントが目に飛び込んできた。

思い出した？　実験の後は、塗りつぶし。

＊

「新しいキーワードは、塗りつぶし、か」

椅子に腰かけた山本が、デスクトップパソコンの前で唸った。

「やっぱり、聞き覚えはない？」

「そうね、特には」

正直なところ、何かが頭に引っ掛かってはいた。だが、その正体がさっぱり分からない。最近誰かとその話をしたような気もするが、いつのことだったかさえも思い出せなかった。

ワインバルを出た後、言い訳をし続ける樋口と別れ、銀座中央通りでこっそり山本と合流した。「どっちの家に帰る？　めぐみさんのほうなら、家の前まで送っていくけど」と紳士的に尋ねてきた山本の腕に無言で身体を寄せると、山本は「そうか」と一言呟いてタクシーを止めた。そうして、めぐみはまたも山本の家へとやってきた。

これで、三人の恋人たち全員から塩酸入りの品を渡されたことになる。誰が怪しいかは分からない。少なくとも、監禁事件のときにアリバイがある人間はいなかった。そして、『塗りつぶし』という言葉に沿ってこれから何が起こるのかは、見当もつかない。

「また、危ない目に遭わされるのかしら」

「怖がらないで」

めぐみがぎゅっと目をつむると、椅子から立ち上がる音がして、直後にすっと抱きしめられた。男物の香水の匂いがふわりと漂う。ブルガリのプールオムだろう。定番だが、好きな香りだ。

久しぶりに胸の高鳴りを感じながら、めぐみは両手で山本の胸にすがった。ふと素が出てしまいそうで、めぐみはさっきから何度も気を引き締め直していた。

めぐみと山本は、しばらくのあいだ抱き合っていた。

――この人になら、本気になってもいいかもしれない。

山本が電気の紐に手をかけたのを眺めながら、めぐみは初めて、そんなことを思った。

夜が更けた頃、喉が渇いて目が覚めた。隣を見ると、山本はめぐみに腕枕をしたまま、すやすやと眠っていた。端整な顔をするりと撫で、めぐみはベッドから滑り出た。

パソコンの横にあるデスクライトを点け、寝る前に飲んでいた水のグラスを手に取る。一息に飲み干してから、改めて部屋を見回した。クローゼットの前にあるハンガーラックにはサマージャケットが丁寧にかけられている。その下の床には、今日山本が持ち歩いていた通勤用の茶色い鞄があった。

開いたチャックの隙間から白い用紙が覗いているのに気づき、めぐみは何の気なしに鞄へと近寄った。チャックを開け、そっと紙をつまみ出す。

二つ折りにされたB４サイズの紙には、びっしりと手書きの文字が書き込まれていた。一番上に、『法学部定期試験』という青い文字がある。どうやら、山本が担当している刑法の授業で、学生が提出した論述試験の答案用紙のようだった。採点するために持ち帰ってきたのだろう。

青い枠の中に、氏名、学生証番号、科目名、教員名を書く欄がある。なんとなく眺めていて、ふと違和感を覚えた。

教員名、の枠に目が吸い寄せられる。直後、めぐみは目を見開いた。

「え」

小さく呟き、鞄からクリアファイルを取り出す。中には数十枚の答案用紙が詰まっていた。めくってもめくっても、教員名の欄には同じ名前が書かれている。

めぐみは青ざめて、鞄の奥を漁った。黒い革の財布を探り当て、取り落としそうになりながら中を見る。人差し指の先でカード入れをなぞり、免許証を取り出すと、急いでデスクライトの灯りに照らした。

青い背景の写真の中には、すぐそこで寝ている山本の顔があった。しかし、本来その名前が記載されているはずの箇所に、『山本正志』の四文字はなかった。

代わりに、答案用紙の教員名と同じ氏名が印字されていた。

見覚えのある名前だ。今までに何度か思い出そうとしたことがあるが、結局思い出せずに終わっていた、あの――。

頭がくらりと揺れた。有希子との電話を思い出す。

真木良輔。——小学校のときに標的にして、しまいには冬の池に突き落としまでした、銀縁眼鏡の編入生男子。

間違いなく、めぐみを一番恨んでいるであろう男の名前だった。

第二章　実験の後は、塗りつぶし

「痛いっ」

背中に痛みを感じ、私は実験台から飛び退いた。

「どうしました？」

水溶液について説明していた先生が、話を止めてこちらを見た。その途端、血相を変えて飛んできた。

振り返ると、黒い実験台の上で、ビーカーが倒れていた。透明な液体がこちらに向かって流れてきている。

その奥で、真木良輔が、バカみたいに目を丸くして、口をぽかんと開けていた。

「何やってんの！」

真木の隣に座っていためぐが、立ち上がって真木を怒鳴りつけた。

「背中、赤くなっちゃったじゃん。ホント、どんくさいんだから」めぐはすぐに駆け寄ってきて、私の肩を抱き寄せた。「女の子に火傷させるなんて最低」

「光岡さん、何があったんですか」

「真木がリトマス紙を取ろうとして、間違ってビーカーを倒しちゃったんです」

背中の痛みは消えない。暑かったから今日はキャミソールを着たのだけれど、そのせいで塩酸が直接肌にかかってしまったみたいだ。

買ってもらったばかりのエンジェルブルーの服なのに、塩酸がかかってダメになってしまったかもしれない。お母さんに怒られてしまう。

痛いのと、怖いのとで、私の目からは涙がこぼれ出てきた。

「うわ、泣いちゃったよ。真木、お前最悪だな」

私の隣に座っていたジュンが真木を責めた。真木は、眼鏡の奥の目をキョロキョロさせて、

「ぼ、ぼく」と呟いた。

「早く謝れよ」

「謝りなよ」

ジュンとめぐが真木に詰め寄る。ジュンが真木の座っている木の椅子を思い切り蹴り飛ばして、真木は落ちそうになった。私に近づこうとしていた先生が「やめなさい」と驚いたような声を出したけど、おじいちゃん先生に声をかけられたくらいでは二人の勢いは止まらない。それよりも、先生は教師としての自分の責任が気になっているようだった。しきりに私の背中を覗き込んで、口をパクパクとさせている。

「先生は一緒に保健室に行ってきますから、皆さんは待っていてください。実験台からは離れ

て、絶対に触らないように」

先生が私を手招きした。私は涙を拭きながら頷き、理科室の出口へと歩き出した。教室を出る直前に、後ろを振り返った。窓のそばで、めぐが真木の髪の毛を引っ張っていて、ジュンが胸倉をつかんでいた。お祭り好きな金内や、喧嘩(けんか)好きなタカまでもが席を立って、真木に近づこうとしている。

この後、真木はボコボコにされるのだろう。めぐやジュンは頭がいいから、服を着ていれば目立たない、お腹や背中ばかりを狙うのだ。そうやって、真木は何度もサンドバッグにされていた。

廊下に出たとき、真木の甲高い悲鳴が聞こえた。頼りないおじいちゃん先生は、振り向こうともしなかった。耳が遠いのかもしれないし、めぐやジュンが手に負えないから諦めているのかもしれない。

真木はいつも、かわいそう。

でも、私に怪我をさせたのだから、今回は仕方がない。

そう。真木だって、悪いのだ。

◇

あの後、めぐみはなかなか寝つけなかった。まどろんでは短い夢を見た。

一つ目は、小学校のときの夢だった。銀縁眼鏡をかけた背の低い男子が、机にかじりついて本を読んでいる。背表紙には、ルパン、とか、ホームズ、とかいう文字がある。めぐみは抜き足差し足で近づいて、ハードカバーの本をさっと取り上げる。そうすると小柄な男子は泣きそうな顔をしながら椅子から立ち上がって、逃げ出すめぐみを追いかけてくる。

めぐみは勝ち誇った顔で本を香織に渡す。香織は有希子に渡す。有希子はジュンに渡す。ジュンはタカに渡す。タカは金内に渡す。金内がシンちゃんに渡す。困ったシンちゃんがめぐみに本を返す。それをめぐみは窓の外へと放り投げる。そんな夢だった。

はっと目が覚めて、警戒心を取り戻すが、しばらくするとまたうとうとする。

二つ目の夢は、もっと昔だった。長い黒髪を細い人差し指でクルクルと弄びながら、母が誰かに向かって愚痴をこぼしている。

——私に似なくてねぇ。

母の大きな二重の目がこちらを見ていた。めぐみは立ち尽くして、手鏡を取り出す。母よりも少し細い目と、一重なのか二重なのか分からないうっすらとしたまぶたの線と、小さくて丸っこい鼻。指でなぞると、なんだか泣き出したくなった。ぷるんとした唇は似ているんだよ、と主張したくなる。笑うとえくぼができるところも。でも、喉から声は出なかった。

今度は、そっと身体に手が回されて目が覚めた。自分の置かれている状況を思い出し、咄嗟に身を硬くする。だが、隣で寝返りを打った山本は、相変わらず平和な顔をしてすやすやと寝息を立てていた。

――本当に、真木なのか。

記憶の中の真木は、弱虫で、小さくて、いつもめそめそと泣いていた。眼鏡のイメージばかりが残っていて、素顔がよく思い出せない。ただ、隣で寝ている山本と同じで、綺麗な桃色の唇をしていたような気はする。「口紅でも塗ってるの？」とからかった記憶があるのだ。ずいぶん長いこと忘れていた出来事だった。

二十年近くの歳月が、あの貧相な男児をここまで変貌させたと思うと恐ろしい。さらに、自分が真木良輔という元いじめられっ子に惚れかけていたという事実は、できる限り認めたくなかった。

山本の手を払いのけるかどうか迷った結果、そっとしておくことにした。急に態度を翻したら、逆に怪しまれてしまう。正体を知ってしまったことは、今はまだ隠しておいたほうがいい。

夜中にめぐみが起き出したとき、山本がぐっすり眠っていたことは確認済みだった。免許証と答案用紙を鞄に戻したあと、寝ている山本を注意深く観察したのだ。規則正しい寝息の音からして、狸寝入りをしている気配はなかった。

それだけでは安心できず、ゆっくり近寄って山本の首元に両手を回し、切羽詰まった声で「さようなら」と囁いてみた。寝ている男を殺そうとする女、という設定だ。思いつきにしては迫真の演技だった。つまり、それでも起きなかった山本が、あの時点でめぐみの行動を窺っていた可能性はないだろう。

気がつくと、遮光カーテンの隙間から朝日が差し込んでいた。めぐみは細心の注意を払いながらベッドから抜け出し、ワンピースを頭からかぶった。そして、バッグから化粧ポーチを取り出して洗面所に急いだ。

顔を洗い、鏡の前で化粧をする。リキッドファンデーションを顔全体に伸ばしながら、めぐみはまたぼんやりと思考を巡らせた。

――意図的に、近づいてきたのだろうか。

山本は、実はめぐみと「知り合う」機会を窺って、ずっと跡をつけていた。駅前でめぐみが婚活パーティーに誘われたのを知り、好機とばかりに飛び入り参加した――。

思い返すと、会場に足を踏み入れたとき、男たちを一瞥(いちべつ)してぱっとしない印象を受けた覚えがある。ということは、おそらく、山本があの部屋に入ってきたのはめぐみよりも後だ。

もしくは、同じ婚活パーティーに参加したのはまったくの偶然で、光岡めぐみと真木良輔はたまたま出会った。小学校の同級生ということを互いに忘れていて、何も気づかないまま恋仲になった。そんな可能性は――。

――あるわけがない。

山本正志という偽名を最初から使っていたのだから、彼が明確な意図の下にめぐみに接触してきたのは明らかだった。

相手が誰だか分かっていなかったのは、めぐみだけだ。

——彼は知っている。

何の罠だよ、と鏡の前で口を動かしてみた。化粧ポーチを床に叩きつけたいくらいだったが、さっきからドアの向こうに足音が聞こえていた。山本が起き出したのだ。下手に怪しまれるような行動をとるわけにはいかなかった。

深く息を吸い込んでから、めぐみは洗面所のドアを開けた。廊下に出ると、山本がキッチンの戸棚からコーヒーカップを取り出していた。

「おはよう」

寝起きとは思えない爽やかな声で山本が言う。めぐみは負けじと、「おはよう」と明るい声で返した。「よく眠れた?」

「うん。寝すぎたくらい。もう八時半だよ」

コーヒーフィルターを広げながら、山本が答えた。

「朝ごはん、毎回コーヒーとパンだけでごめんよ」

「いいえ、むしろ申し訳ないくらい」

今日は土曜日だった。めぐみは休日の朝食をカフェでとることも多いのだが、山本は毎日質素なスタイルを崩さないらしい。

めぐみは山本の後ろを通り過ぎて、部屋に戻った。改めて見てみると、殺風景な部屋だ。物が少なく、シンプルな家具が多いのは、整理上手だからではなく、浪費を禁じられていた幼少時代の習慣が抜けていないだけなのかもしれない。真木良輔は、学費を全額免除されていた。

学年で唯一の特待生だった。コンビニで袋菓子を買うことさえためらうような子どもだったのだ。貧乏臭い、とよくバカにしていた。

ふと気になって、めぐみは本棚に近寄った。法律書ばかりだと思っていたが、中には小さなサイズの本もある。隅に並べられている文庫本の背表紙を、めぐみは指先ですっとなぞった。

「これ、推理小説？」

ケトルを傾けている山本に呼びかけると、「そうだよ」という弾んだ声が返ってきた。

「趣味なの？」

「うん」

「こういうのって、どういうきっかけで好きになるの？」

「僕の場合、小学校の頃から推理小説をよく読んでたんだ。中学以降、特に警察物にハマってね。まさか好きが高じて刑法の先生にまでなるとは思わなかったけど」

やっぱりあいつだ――と、めぐみは心の中で舌打ちをした。ルパンだとか、ホームズだとか、真木はいつもそういう本にかじりついていた。休み時間でもずっと読んでいるから、本の虫だと言っていじめていた覚えがある。それだからいつまでも細っこくて背が伸びないままなんだよ、と。

山本の正体を見抜けなかったことに対する苛立ちを必死に抑えていると、焼き上がったパンを載せた皿を手に、山本が戻ってきた。

「さ、食べよ」

声をかけられて、机のそばに寄る。こんがりときつね色に焼けたトーストを見て、めぐみは一瞬立ちすくんだ。

――食べても大丈夫だろうか。

「どうした？」

「え、何？」

驚いた顔をして、反対に訊き返す。「なんでもない」とか「大丈夫」という答えは、何かがあったと認めているのと同じだ。すかさずセオリーどおりに対応したものの、ワンピースの下では冷や汗をかいていた。

「勘違いかな、ごめん。座りなよ」

山本の柔らかい声に従って、めぐみは一つしかない椅子に腰を下ろした。ベッドの縁に腰かけた山本がコーヒーを運ばれてきたコーヒーから立つ湯気をじっと見つめた。ベッドの縁に腰かけた山本がコーヒーを一口啜るのを見てから、めぐみはカップを持ち上げた。

もうここで朝食を食べるのも三日目なのだから、今更おかしなことが起きるわけはない――と自分に言い聞かせながら、コーヒーとトーストを口に運ぶ。特に昨日やおとといと変わった様子はなかった。味も至って普通だった。どうやら、毒を盛られていることはなさそうだ。

山本が早々と朝食を食べ終えた頃、めぐみは半分になったトーストをいったん皿に置き、さりげなく切り出した。

「あのね、そろそろ家に一回戻ってみようと思うの」

「そうか」山本はコーヒーカップを片手に持ったまま頷いた。「何かと不便だもんね。服とか」

「ええ」

真意はそこにはないが、無難に同意しておく。

「付き合うよ。『塗りつぶし』というのが何を指しているのか分からない以上、一人で外を出歩かせるわけにはいかないからね」

今となっては、山本と一緒に行動することのほうがよっぽど薄気味悪い。しかし、断る口実は思いつかなかった。


たった三十分程度の電車移動がやけに長かった。ようやく池尻大橋駅に着いたとき、めぐみは今までどおりに接し続けることに内心疲れ果てていた。

「ここまでで大丈夫よ。真っ昼間だし」

そう言ってみたが、山本は引き下がらなかった。

「家の近くの道は人通りが少ないところもあるだろうし、心配だよ。なんせ物置に閉じ込められたくらいなんだから」

「あれは深夜だったけどね」

「分かってる。まあ、念のためだよ」

山本の優しさが一転してしつこさに感じられるのは、ひとえにめぐみの内面の変化のせいなのだろうか。

他愛もない話をしながら、めぐみは山本と家までの道を歩いた。当初中目黒の近くなどと見栄を張っていた手前、本当は家の場所も教えたくなかったが、仮に彼が今までめぐみのことをストーキングしていたのだとしたら、どちらにしろ既に知っているに違いなかった。

途中、マンションの前に物置が建っている場所で、「ここ？」と山本が足を止めた。監禁事件の現場だった。無言で頷くと、山本はゴミ置き場や物置の裏などを覗き、「確かに道も細いし、犯人にとっては格好のスポットだな」と呟いた。

駅から十分程度で、めぐみの自宅に着く。三階建ての単身者向けマンションだ。「オートロックなんだね」と山本は安堵した表情を見せた。

「危ないから、マンションから出るときは連絡して。犯人が捕まるまでは、何でも手伝うからさ」

「ありがとう。そうする」――つもりはない。今はとにかくこの得体の知れない男から逃れたかった。

「ここまでで大丈夫？」

「もちろん。さすがに、マンションの中は安全なはずだから」

「そっか。めぐみさんさえ良ければ、部屋で一緒に過ごしてもいいかなと思ってたんだけど」

――とんでもない。

昨日までの自分だったら喜んで承諾していたかもしれない、と思うと鳥肌が立った。

「部屋、見せられる状態じゃなくて」

少しおどけた口調で言い、恥ずかしそうに笑ってみせる。「また今度ね」と甘えたように付け加えると、山本も「突然すぎたか」とはにかんだ笑みを浮かべた。

「またね。ありがとう」

「うん。気をつけるんだよ」

山本が片手を上げた。めぐみは手を振ると、早歩きにならないように注意しながらドアを開け、中に入った。番号を見られないように慎重にロックを解除し、さらにドアをもう一つ開けて山本の視界の外へとゆっくりと逃げる。今度は急ぎ足で廊下の奥に移動して、エレベーターに乗り込んだ。

三階の一番奥がめぐみの部屋だった。ドアの鍵を開け、玄関に滑り込んだ瞬間、大きく息をつく。壁にもたれかかり、ようやく肩の力を抜いた。

乱暴にパンプスを脱ぎ捨て、狭いキッチンの脇を通り抜けて奥の六畳間に入る。真夏の日差しに暖められて、息が詰まりそうなほど空気が熱くなっていた。エアコンにリモコンを向けて運転ボタンを押すと、けだるそうな音を立てながら送風口が開いた。

ベッドの上に部屋着用のロングワンピースが脱ぎ捨ててある以外は、部屋は比較的片づいていた。向かって左側に淡い桃色のシーツをかけたベッドがあり、右奥に小さめのテレビがある。フローリングの床にはクリーム色のカーペットを敷いていた。ベッドの手前には回転式のハンガーラックがあり、めぐみのお気に入りの服が山ほどかかっている。

グッチのトートバッグを床に下ろし、外ポケットを探って折り畳まれた白い紙を取り出した。

そのままカーペットに座り込み、紙を広げる。

『思い出した？　実験の後は、塗りつぶし』

――塗りつぶし。

昨夜、山本の正体が真木良輔だと気づいて以来、気になっていることがあった。

ベッドのそばの出窓を見やる。物件を見て回ったとき、決め手になったのはこの窓だった。採光の観点から選んだだけだから、特に物を飾ることにこだわりがあるわけではなかったが、せっかくの出窓だから、サボテンだとか馬車の形をした銅製の置物だとか、いくつか装飾品と呼べそうなものを置いていた。

そのうちの一つに目が行く。木で作った、大きなサイズのオルゴール箱。

もう随分と古くなっている。小学校の卒業記念品として、図工や総合の時間を使って工作したものだ。当時のことは詳しく覚えていないが、全部の面を塗るのが面倒だったのか、めぐみの作品は基本的に元の木の色をベースにしていた。ところどころに赤い塗料で小さくバラの絵が描いてあって、上からニスが塗ってあった。

蓋を開けると、あの頃流行っていたアイドルソングが流れるようになっている。長いことクローゼットの奥にしまいこんでいたものを、三年前にこの家に引っ越してきたのを機に、出窓に置くことにしたのだった。手先は器用なほうだから、小学生の作品といっても見栄えはさほど悪くなかった。

このあいだ有希子と電話した際、小学生のときに真木良輔に対して行った悪事を思い返していた。その中には、『塗りつぶし』という言葉に通じるものがあった。

——図工の時間に一生懸命作っていたオルゴール箱にでかでかと油性ペンで落書きしたり、校舎裏の池に突き落としたり。

確か、あれは有希子や香織と三人で実行したことだった。放課後の誰もいなくなった教室にこっそり戻ってきて、悪戯をしたのだ。ニスを乾かすために教室の後ろに並べてあったオルゴール箱の中から真木良輔の作品を取り出し、紺色の背景に色とりどりの花火が描かれていたその上から、容赦なく黒の油性ペンで文字を書いた。バカ、とか、死ね、とか、ありがちな言葉だったと思う。さらに、一つ一つの花火を真っ黒に塗りつぶした。鮮やかな色合いは、すべてめぐみたちの悪ふざけの下に消えた。

翌日、登校してきた真木は、真っ先に作品の元に駆け寄った。オルゴール箱が完成するのをよほど楽しみにしていたのだろう。黒く染まった作品を見るやいなや、その目にはみるみるうちに涙が溜まり、眼鏡の内側を伝ってポロリと落ちた。それを横から眺めて、めぐみは有希子や香織とともに笑っていた。

めぐみは急いで立ち上がり、オルゴール箱をつかんでベッドの下に押し込んだ。箱を見つめていると、延々と昔の真木良輔や先ほど別れた山本の顔が頭の中に流れ込んでくる。その映像をさっさと断ち切りたかった。

『君は覚えてる？　監禁の後は、理科の実験』

監禁も実験も、同じことだ。断片的な記憶だが、ようやく結びついた。監禁は、おそらく花火大会の日に真木を体育倉庫に閉じ込めたことを指している。理科の実験の最中に真木を痛めつけたことも、確かにあった。あれは塩酸を使用した実験だっただろうか。だとすれば、すべての辻褄が合う。

——真木の仕業だったのだ。

小学生の頃めぐみが真木に対して行ったことが、そっくりそのままめぐみの身に起こっている。それと同時期に、真木良輔は偽名を使い、素知らぬ顔でめぐみの前に現れた。

解は一つしか考えられなかった。

復讐——という二文字が脳裏に浮かぶ。

背中の毛が逆立った。山本正志と名乗ったハンサムな男の、一切害のなさそうな顔の下には、めぐみに対する怨恨の感情が隠されていたのだ。めぐみを物置に監禁した男が山本本人なのかどうかも、塩酸入りの試供品が恋人たちの手からめぐみに渡るようにした方法がどのようなものかもまだ分からなかったが、あのまま山本との生活を続けていたらどうなっていたかと考えると恐ろしい。

二度と連絡はすまい、と心に誓う。同時にある疑問が頭をかすめ、急いでスマートフォンを取り上げた。

——そもそも、山本の言っていたプロフィールは本物なのだろうか。

あれも、山本正志という架空の、もしくは別の誰かの情報なのではあるまいか。そうだとしたら、まるっきり騙されていたことになる。

インターネットブラウザを立ち上げ、検索ボックスに『山本正志　准教授』と打ち込んだ。山本正志という名の著名人について言及したページが一番上に出てきてドキリとしたが、よく見ると同姓同名の市議会議員だった。さらに画面をスクロールしてみると、検索結果の数件目には、山本という苗字だけが一致している別の教授や准教授の情報が表示された。山本正志という名の大学関係者がいるのかどうかは、検索結果のページを見ている限りはよく分からなかった。

検索ワードを『真木良輔』に変更し、検索ボタンを押す。

今度は、いきなり山本の笑顔が目に飛び込んできた。画像検索結果が最初に表示されていて、ご丁寧にインターネット百科事典から引っ張ってきたプロフィール情報まで添えられている。

日本の法学者。

専門は刑法。

名門私大法学部の准教授。

生まれ年は、めぐみと同じ。

すべて、山本が言っていたことと一致していた。

プロフィールの詳細をクリックして読み進めていくと、山本の言葉の真偽がだんだんと浮かび上がってきた。勤め先や職階、准教授になった時期、年齢といった部分は事実のようだ。ただ、出身地は横浜ではなく八王子(はちおうじ)だった。接近作戦が失敗しないよう、都心育ちのめぐみに認めてもらえそうな場所、かつ深く突っ込まれそうにない地域を選んだのかもしれない。要は見栄を張ったのだ。

「浅ましい」

めぐみはスマートフォンを床に投げ出した。よく考えたら、名門大学の最年少准教授だったら、インターネットに載っていて当たり前だ。山本に出会った時点で、調べて裏付けをとっておくべきだった。そうしたら、真木良輔という名前にもっと早く辿りつけていたかもしれない。

誰かに思い切り愚痴りたい気分だったが、先日有希子に山本のことを自慢してしまった手前、電話もかけにくかった。かといって、香織にわざわざ連絡を取る気もしない。

脱ぎっぱなしになっていた部屋着を手に取り、深くため息をつく。昨夜は隣の山本を警戒してばかりいて、ほとんど眠れていなかった。

ワンピースを脱ごうと背中のチャックに手を伸ばしたとき、床のスマートフォンが振動音を立てた。山本かと思い心臓が跳ねたが、恐る恐る画面を覗くと、そこには見覚えのある番号が表示されていた。

名前を登録してしまうと浮気がバレる危険性があるから、三人の番号は空で覚えていた。めぐみはスマートフォンを耳に当てた。

『あ、おはよう。いや、そろそろ昼か』

玉山新太郎ののんびりした声が聞こえてきた。めぐみはくすりと笑って「そうね。こんにちは」と返した。

『今何してる？』

「家でのんびりしてる。休みだから、さっきまで寝てたの」

『あのさ、今日六本木ヒルズでめぐの好きそうな展覧会やってるんだけど、来ない？』

玉山の実家は六本木ヒルズから徒歩十分圏内だから、「行かない？」ではなく「来ない？」になる。玉山は、現代美術の第一人者である著名な画家の名前を挙げた。玉山の趣味に合わせて、好きだということにしてある画家の一人だ。

めぐみはしばし逡巡してから、「行きたい！」と元気な声を出した。

『二時くらいに現地集合でいいかな』

「ええ。楽しみにしてる」

『じゃ、また後で』

玉山は短く言うと、電話を切った。めぐみはスマートフォンをカーペットに置き、大きく伸びをした。

身体は疲れていたが、自宅に息を潜めてこもっているよりも、玉山と出かけたほうが精神的に楽になるような気がした。山本の正体が判明したことで、三人の恋人たちの容疑は晴れたと言えるのだから、もう無闇に怖がる必要もない。玉山の誘いはむしろありがたかった。

めぐみはワンピースを脱ぎ捨てると、下着のままベッドに寝転がった。エアコンがようやく効き始め、快適な室温になっていた。

六本木に十四時なら、家を出るのは一時間半後でいい。めぐみはスマートフォンの目覚ましをセットし、瞬く間に深い眠りに落ちた。

幸い、今朝方のような夢を見ることもなく、めぐみはきっかり一時間後に目を覚ました。素早くベッドから起き上がり、回転式ハンガーを回してフォクシーのワンピースを取り出した。ハンドバッグは同じく玉山から手に入れたプラダを選ぶ。どうせ玉山は足元まではよく見ないだろうから、靴は秋庭にねだって買ってもらったヴァレンティノのロックスタッドパンプスにした。

めぐみが最も充足感を覚える瞬間だ。こうやって服やバッグを選びながらその日のコーディネートを金額換算するのは、めぐみの密かな楽しみだった。その数字が大きければ大きいほど、自分の価値が上がったような気分になる。

もちろん、パリの最新トレンドだとか、職人の手作りだとか、そういう価値を重視する方向に世の中が動きつつあるのは分かっているが、結局一番分かりやすいのは旧来のブランド品だ。ロゴマークを強調するようなデザインや、一目でブランドを特定できるような模様を避ければ、がっついている印象にもならないし、質屋で必ず高く買い取ってもらえる。

玄関を出て、エレベーターで一階まで降りる。タクシーを呼ぼうか迷ったが、やめておくことにした。山本は、めぐみが外出するときに自分に連絡してくると信じ込んでいるはずだ。まだこのへんをうろついていることはないだろう。

そう思い、マンションから出た。

「めぐみさん」

真横から声がかかった。ぎょっとして足を止める。今最も聞きたくない、柔らかなトーンの声だった。

「どこに行くの？　一人で出歩いたら危ないって言ったのに」

こちらを咎めている口調ではなかった。純粋に心配しているようにも聞こえる。

慎重に表情を作り、ゆっくりと振り返る。案の定、そこには長身の山本の姿があった。

「ごめんなさい、急に呼び出されて。さっきここまで送ってもらったばかりだし、また来てもらうのは悪いと思って」

言い訳がましくなっていないか不安に思いつつ、めぐみは眉尻を下げて申し訳なさそうな表情を作った。

「悪いなんて思わなくていいよ。解決するまでは本気で協力するつもりだから」

「ありがとう」めぐみは真正面から山本の目を見つめた。「もしかして、ずっとここにいてくれたの？」

「そうだよ。めぐみさんが家に戻ったことを犯人が知ったとしたら、ここに現れるんじゃないかと思ってね。ボディガードの真似事をしてたんだ」

「言ってくれればいいのに。家に入るのを断った私が冷たいみたいじゃない」

「いやいや、気にしないで」山本は顔の前で手をひらひらと振り、首を傾げた。「ところで、呼び出されたって、誰に？」

「……玉山さん、なんだけど」

山本は驚いた顔をした。

「それは危ないよ。罠かもしれない」

危ないのはお前だ――と言いたいのを我慢する。

めぐみは「そうね。だからこそ、気になって」としおらしく俯いた。

「ついていくよ。昨日樋口さんに会ったときみたいに、陰で見張ってる。だから安心して会ってきて」

「心強いわ」

めぐみは山本に弱々しく笑いかけた。安心できるわけがない。すっかり油断していたが、想定していた以上にストーカー気質な男のようだ。

結局、今朝と同様に断る術もなく、めぐみは山本とともに六本木まで移動した。万が一玉山と鉢合わせしたらまずいと主張し、大江戸（おおえど）線の改札を抜けてからは離れて歩いた。周りに人が多いから山本が直接何かを仕掛けてくることはないだろうが、注意を怠（おこた）ってはならない。めぐみの息は心なしか上がっていた。

待ち合わせ場所は、奇妙な形の巨大オブジェが立っている広場だった。いつもここで落ち合うのだが、今日のように暑い日は屋内にしたほうがいいな、と今さら思う。

着いてから辺りを見回すと、後ろから「めーぐ」と声がかかった。

「やっほ」

片手を上げて、玉山が近づいてきた。白いTシャツに黒いベスト、下はジーンズという休日スタイルだ。そういえば土日に会うのは久しぶりだったかも、と思い出す。この間塩酸入りのハンドクリームを渡されたのも、確か金曜日のことだった。平日は社会勉強のためサラリーマンをしている玉山は、細身だからか、身長が低いわりにスーツもよく似合う。

「さ、行こ」

玉山に腕を引かれ、めぐみはビルの入り口へと歩き出した。玉山は常に口数が少ない。もう慣れたが、最初は話が続かず困ったものだった。よくよく考えてみれば、同じ教室で過ごしていたときは、特定のグループと付き合わずマイペースを貫いていた玉山と二人きりで話すことなどなかったのだ。交際を始めてしばらく経ち、彼がむしろ沈黙を好んでいると知ってからは、上手く付き合うことができている。

展覧会は六本木ヒルズの展望台で行われていた。エレベーターの列に並んでいる間、玉山が「最近仕事忙しかったんだ?」と尋ねてきた。「そうね、もう落ち着いたんだけど」と返答する。その間もずっと胸がざわついていた。列の後ろに山本の頭が覗いているのが、コーナーを曲がるときに見えてしまったからだ。

山本は慣れた様子で尾行を続けている。展覧会の会場まで入ってくる気だろう。

「どうかした?」

エレベーターの中で強張った顔をしていると、玉山が顔を覗き込んできた。めぐみは気を取り直して、「別に何も」と微笑んだ。玉山は相手の言葉を真に受けるタイプだから、こういう対応でいいのだ。

展望台に着いて会場に入ると、明るい空間に飾られている鮮やかな絵が目に飛び込んできた。ポップアーティストと呼ばれている画家だけあって、色使いが大胆だ。花や動物など、一つ一つの線やパーツの塗り分けがはっきりしていて、素人にも分かりやすい。絵に関する知識はさっぱりだったが、隣を歩く玉山がたまに呟く解説を聞きながら回れるぶん、さほど退屈にはならなかった。

順路に沿って半分ほど見て回ったところで、めぐみは何気ないふうを装いながら玉山に問いかけた。

「この前会ったとき、ハンドクリームくれたじゃない。あれって、どこかで配ってた、試供品？」

山本には玉山からプレゼントされたと説明したが、実はそうではなかった。デートの約束をしていた玉山と落ち合った直後に、「これ要る？」と渡されたのだ。ビニール袋とモールで簡易包装されていたのが、今思えばボディミストや栄養ドリンクのときとそっくりだった。

「そうだよ。会社帰りに、品川駅の近くでもらった。女物っぽいし、なんで俺に渡してきたんだろうね」

「どんな人にもらった？」

「試供品配りのバイトだよ」

「女の人？」

「だったと思うけど……どうして？」

「聞いて。あれね」めぐみは声を潜めた。「変な薬品が混入されてたの」

「は？」

「使おうとしたら、手を火傷したのよ」

めぐみは右手を持ち上げてみせた。人差し指の先端に、絆創膏を巻いてある。玉山は、見るなり目を丸くした。

「え、嘘。何が入ってたの？」

「塩酸」

玉山はぎょっとしたようにめぐみの手を見つめた。「それ、やばいやつじゃん」

「まさか、新太郎がやったんじゃないよね」

少し咎めるような口調で訊いてみると、玉山は子どものようにブンブンと首を左右に振った。

「そんな、俺じゃないよ。……ごめん、まさかそんなものだとは分からなかった」

「大丈夫、冗談よ。警察には届けたから、心配しないで。ただ、どうしてこんなことを何回もされなきゃいけないのか、少し気になってね」

「何回も？」

「そう。友達から――」というのは嘘だ。「――ボディミストや栄養ドリンクをもらったの。全部、似たような袋で包装されてた」

「それも塩酸入りだったのか」

「ええ」めぐみは目を伏せた。「みんな、試供品を配ってた女の人から渡された、って言ってて」

　玉山は腕を組んで考えてから、「そうだね、女の人だったと思う。キャップをかぶってたような気がするな」と自信がなさそうに言った。「全然、違和感なかったよ」

「その人が犯人かな」

　頬に手を当てて、試しに言ってみる。三人が三人とも問題の試供品を配っていたのが女性だと証言しているのが引っ掛かっていた。

「どうだろうね。俺が犯人だったら、他人を使うけどな」

「他人？」

「だって、実行犯は捕まるリスクが高いじゃん。お金を積めば、誰かしら引き受けてくれるでしょ。俺だったらそういう人を探すよ」

　玉山は呑気に言った。さっきまで焦った表情をしていたのに、もう声に危機感がなくなっている。警察に届けたから心配しないで、というめぐみの言葉をそのまま受け取ったようだ。

　めぐみは目の前の絵を見ながら考え込んだ。

　玉山の言うことも一理ある。山本は、金で試供品配りの女性を釣って、犯行に加担させたのかもしれない。監禁事件も同様だ。ちらと視界の端に捉えた男の影はあまり身長が高くなかったような気もしていたが、山本が雇った別人だと考えれば辻褄が合う。

「ひどいことする奴がいるんだね。ストーカーかな。気をつけて」

　玉山が隣で、相変わらずゆったりとした口調で言った。そのまま二人はほとんど喋らずに残りの絵や作品を見て回った。

会場の出口が近づいてきた頃、めぐみは頭の中で作戦を練り始めた。

後ろからついてくる山本を撒くことができるとしたら、会場を出た直後だ。エレベーターで先に降りてから急いで姿を消すか、エレベーターに乗る前に上手く隠れて山本を先に行かせるか、の二択。

しばらく迷った結果、山本に下で待ち構えられてしまう可能性を排除するため、前者を採ることにした。

会場を出るやいなや、めぐみは玉山の手を引っ張って、ドアが閉まりかけていたエレベーターに乗り込んだ。

「どうしたの」と驚いた顔をする玉山の耳元で、「怪しい人につけられてた気がして」と囁く。

「え、今?」

「うん」

例のストーカーかも、と呟くと、玉山は緊張した表情を見せた。

一階で降りるとすぐに二人は人混みに紛れ込んだ。「昼間でも個室を用意してくれるお店を知ってるよ」という玉山の言葉に従い、大通りを早足で歩く。途中で何度か道行く人にぶつかったが、気にする余裕はなかった。

たびたび後ろを振り返って確認してみたが、山本がついてきている様子はない。めぐみは胸を撫で下ろし、玉山に連れられて目的のレストランへと急いだ。

麻布十番の方面へとしばらく歩いてから、玉山は不意に道を曲がり、小さなビルの一階にある店のドアを引いた。

昼間なのに、やけに暗い店だった。雰囲気づくりのためか、あえて照明を落としているようだ。見た目よりは意外と奥行きがあり、いくつものテーブルと、木でできたカウンターが据えられていた。客は一組しかいなかった。

玉山が店員に声をかけると、すぐに個室に案内された。見たところ、個室をコンセプトとしたレストランというわけではなく、単に玉山がＶＩＰ扱いを受けているだけらしい。「このビル、お父さんの？」と訊くと、「そうだよ」という軽い返事が返ってきた。

個室内のソファに腰かけて、しばらく息を整える。めぐみが気持ちを落ち着けようとしている間に、玉山は手慣れた様子でメニューを広げ、「飲み物どうする？」と尋ねてきた。さっきまで強張った顔で走っていたくせに、やたらと切り替えが早い。

小学校のときからそうだった。玉山は常にマイペースだ。今だって、「ここは安全だからもう大丈夫」と楽観的に気持ちを切り替えてしまったに違いない。

個室内は涼しいくらいに冷房が効いていたから、ホットコーヒーを頼む。温かいものを飲み、玉山と言葉を交わすうちに、めぐみ自身も徐々に落ち着きを取り戻していった。

「実はここ、もともと今日連れてこようと思ってたんだよね」

ストーカーには十分気をつけるようひとしきりめぐみを諭した後、玉山は広めに作られた個室内を見回しながら言った。

「素敵なお店ね」

「昔から、家族では来ていたんだけどね。めぐと来たことはなかったなぁと思って」

「本当にたくさんお店知ってるのね」

「まあ、地元だしね。むしろこのへんしか知らないから」

そういう発言も嫌味に聞こえないのが、ある意味玉山のすごいところだ。

「あ、そうそう。そろそろ俺たち、付き合って一年だったよね」

不意に玉山が手を打った。身を屈め、鞄を探り始める。

最初から、今日玉山が何かを用意している予感はあった。いつもは手ぶらで来るのに今日は鞄を持っているから、おかしいと思ったのだ。

「そうね」

舞い上がっているのを気取られないよう、表情を取り繕いながら答える。

めぐみが男と交際する動機は貢ぎ物をたっぷり手に入れることだが、普段、玉山はなかなか物を買ってくれない。秋庭や樋口と比較しても、プレゼントを寄越す頻度は断然低かった。元来ケチではないはずなのだが、サラリーマンとして印刷会社に勤めるうちに、一般人の金銭感覚に近づいてしまったのかもしれない。実家が一番金持ちなのは間違いなく玉山だから将来性を重視して付き合い続けているが、現状最も交際のメリットが小さいのは玉山といえた。

だが、記念日や誕生日を重んじる性格ではあるようで、こういう日のプレゼントには大いに期待ができる。

「服とバッグはこの間あげたから、今度はネックレスにしようかなって」

玉山の言葉を聞き、めぐみはさっきまで山本から逃げていたことも忘れて、心の中でガッツポーズをした。どのブランドのものだろう、とあれこれ思い浮かべながら玉山が顔を上げるのを待つ。

早く上野に行きたい。行きつけの質屋なら、高い値がつきそうだ。

「あれ？」

鞄を探っていた玉山が、素っ頓狂な声を上げた。

「何？　家に忘れてきた？」

悪戯っぽく返す。そうだとしたら、今すぐ取ってきてもらわねば。

「ううん」

玉山は鞄を持ち上げてみせた。その側面が目に入ったとき、めぐみは思わず口を押さえた。

黒い鞄には、黄色いペンキのようなものがべったりとついていた。

「何これ」

「全然分かんない。どこでついたんだろう。ペンキなんて使ってる場所、通ったっけ？」

玉山は自分の服を見下ろし、うわっ、と声を出した。「ジーンズにもついちゃってるよ。このあいだ買ったばっかのヴィンテージなのに」

ちょっとトイレ行ってくる、と玉山は鞄を抱えたまま立ち上がった。水で汚れを落とすつもりのようだ。めぐみは呆然としたまま、あたふたと個室を出ていく玉山を見送った。

おそらく、六本木ヒルズからここまで来る途中だ——とぼんやりと考える。待ち合わせたときに異変はなかったはずだし、展覧会の会場内で人と接触するようなこともなかった。ここまで早足で歩いてくる途中には何度か人とぶつかったから、すれ違いざまにペンキをかけられた可能性が高い。

塗りつぶし——という言葉が脳裏をよぎる。

テーブルに伏せていたスマートフォンが短く震えた。めぐみは咄嗟に新着通知を確認した。メッセージが三件来ていた。一つは山本からで、『見失ったんだけど今どこ?』とある。残りの二件は秋庭からだった。『とんでもない悪戯されたよ』という文と、『写真を送信しました』という通知が届いている。

山本とのトーク画面を開いて既読をつけないよう細心の注意を払いながら、めぐみは秋庭のメッセージを確認した。表示された写真を見て、めぐみは息を呑んだ。

秋庭から送られてきた写真は、自宅の玄関を写したものだった。木製の重厚なドアが、外から撮影されている。

そのドアの中央が、ペンキで真っ黄色になっていた。液体が下まで伝い、ポーチに大きな染みを作っている。

「なんで」

思わず声を漏らし、画面を凝視した。

——『塗りつぶし』の標的は、私じゃない?

めぐみはスマートフォンを握りしめた。『大丈夫？　今夜行くね』とだけ打って送信する。

気持ちを落ち着かせるために、細く息を吐いた。目をつむると、小学生の頃、オルゴール箱に落書きした翌朝の光景が蘇ってくる。真木良輔が絶望的な表情をして自分の作品を見つめているシーンだ。

あのとき、玉山や秋庭は、どう振る舞っていただろうか。もしかしたら、めぐみと一緒になって面白がっていたかもしれない。真木のことを嘲笑していたかもしれない。

手の甲の火傷が、ピリリと痛む。

——真木は、いったい、何を思って。

寒気を紛らそうと、カップを手に取った。コーヒーは、すっかり冷めてしまっていた。

＊

ドアの脇にあるインターホンを押すと、『はい』という低い声が聞こえてきた。

「めぐみです」

『ああ。そこ、さっき塗り直してもらったばっかだから、裏に回って』

ブツ、と通話が切れた。バッグや服が塀に当たって汚れないように注意しながら、細い砂利道を通ってメゾネットの裏手に回る。リビングの光が暗い庭に漏れ出していて、開いた窓から秋庭孝弥が顔を覗かせていた。部屋着姿で、少し長めの黒髪が撥ねている。ソファでうたた寝でもしていたのだろう。

「遅かったな。何、今日用事あったわけ」

　無愛想な声で訊いてくる。機嫌が悪い証拠だ。

「お客さんに呼び出されちゃって。ごめんなさい、本当はもっと早く来たかったんだけど」

　連絡していた時間を過ぎてしまったのは、玉山と入ったレストランの個室についつい長居してしまったからだった。汚れた鞄とジーンズは潔く捨てると玉山が言い出したから、慌ててクリーニング屋に走るようなこともしなくて済んだのだ。それどころか、ちゃっかりディナーまで食べてきてしまった。

　長時間閉じこもることで、しばらくは六本木ヒルズ周辺をうろついている可能性の高い山本と再び出くわすことを回避したいという思惑もあった。おかげで、店を出てからも、山本らしき人影は見当たらなかった。

　先ほど、山本には連絡を入れてあった。あまりに放置しすぎると逆に疑われてしまうだろうから、いったん返事だけはしておくことにしたのだ。

『ごめんなさい、食事中、なかなか開けなくて。さっきまで玉山さんと一緒にいて、今ちょうど自宅に着いたところ。何もなかったから安心して』

　嘘八百を書いて送信し、スマートフォンをバッグに放り込んだ。返信には気づかなかったふりをするつもりだったし、実際見たくもなかった。万が一秋庭に見られたら殺されかねない。

　パンプスを脱いで、庭から直接リビングに上がる。広々とした十八畳のスペースにはゆったりとした三人掛けの革のソファが置かれ、その隣には笠が上を向いている洒落たスタンドライトが置いてあった。床には赤い絨毯（じゅうたん）が敷かれ、壁際には大きなテレビモニターが鎮座している。部屋のインテリアだけで言えば、めぐみは秋庭の部屋が一番好きだった。小規模ながら、吹き抜けの階段と二階があるのもいい。足を踏み入れるだけで、いい男を手に入れたという実感が直接的に得られる部屋だった。

「ドアのペンキ、もう塗り直したのね。ポーチもすっかり綺麗になってた」

脱いだパンプスを玄関へと持っていきながら、めぐみは後ろからついてきた秋庭に話しかけた。

「むかついたから、今日中になんとかしろって、業者を怒鳴りつけて来させたんだよ。金は多めに出したから、文句はないだろ」

「さすが孝弥」

とりあえず褒めておく。秋庭をコントロールする術は心得ていた。

「あのままにしておくわけにはいかないからさ。まったく、ひどい悪ふざけだよな。どうせ近所のガキがやったんだろうけど」

「警察には言ったの？」

「もちろんすぐ一一〇番したさ。夜勤が長引いて昼過ぎに帰ってきたから眠かったのに、事情聴取に時間かかってさんざんだったよ」

「お疲れ様」

めぐみはパンプスを置き、後ろを振り向いて秋庭の身体に手を回した。長身でスタイルが良く、抱きしめがいがある身体だ。性格さえ粗暴でなければ完璧なのに、と毎回思うが、今後秋庭の性格が直ることはないだろう。小学生の頃から喧嘩っ早い性格をしていたのだから、今さら劇的に改善するはずがない。

「じゃあ、いつやられたかは分からないわけね」

「そうなんだよ。さすがに真っ昼間は人目につくだろうから、夜中か朝方かな。ちくしょう、俺が病院にいる時間を狙いやがって」

写真が送られてきた直前にやられたのかと思っていたが、違うようだ。そうすると、玉山とは異なるタイミングでペンキをかけられたことになる。

やはり、実行犯は山本本人ではないようだ。昨夜も今朝も、山本はめぐみとずっと一緒にいた。玉山のときだって、展覧会の会場に置いてきぼりにした山本が直接手出しをできるチャンスはなかったはずだ。ということは、やはり、山本は何者かに実行を委託しているのか。

秋庭はしばらくめぐみの髪を撫でていたが、突然感傷的な声で「心配だったんだよ」と囁いた。

「この間、俺が渡したボディミストのせいでひどい怪我させただろ。その後なかなか会ってくれなかったから、もしかしたら俺がやったと思われてるんじゃないかって」

「そんなわけないでしょう。警察沙汰なんて初めてだったし、動揺しちゃっただけよ」

めぐみはそっと秋庭の胸に指を這わせた。疑っていたのは事実だが、そんなものは後からどうにでも言い訳ができる。

玉山とは違った意味で、秋庭もまた転がしやすい男だ。多少の色気とボディタッチで、簡単に言いくるめることができる。

秋庭の唇が迫ってきた。めぐみは軽いキスに応じてから、すっと身体を遠ざけた。今はそれ以上のことをする気分ではなかった。秋庭は何かと自分勝手だから、いつもあまり気乗りしない。ただ、秋庭が不信感を抱かないよう、自分から積極的に身体に触れたり髪を撫でたりして焦らし続けるようには心がけていた。

どれも、贅沢品を手に入れるためだ。秋庭の財布の紐は三人の中で一番緩いから、努力するだけの価値は十分にある。

「じゃあ、俺のこと許してくれるんだな」

「許すも何も、孝弥は無実でしょ。むしろ私と同じ被害者よね」

「それを聞いて安心したよ」

リビングに戻りながら秋庭は息をつき、ソファへとめぐみを誘導した。ソファの前のガラステーブルにはワイングラスが二つ置いてある。秋庭は無類の酒好きだった。酔わせすぎると大変なことになるのは、付き合いたての頃に幾度か、身をもって体験した。

ワインを注いでもらい、めぐみは秋庭と乾杯した。男性の前では酒に弱いふりをすることも多いのだが、秋庭といるときは演技をやめている。ここで出てくる酒は高級なものばかりだから、飲めない設定にしていると逆に損をしてしまうのだ。

今日のワインはリシュブールだった。安いものでも一本数万円はする銘柄だ。二十年物のエシェゾーやグラン・エシェゾーを飲ませてもらったことも何度かあるが、一本十万以上するワインを飲むのはこの上なく気分が良かった。複雑かつ繊細な果実の味わいが堪能できる、とかはどうでもよくて、自分がこういうワインを飲める階級の人間なのだと再確認するだけで気持ちよく酔うことができる。

秋庭はグラスを傾けて赤い液体を回転させ、その後でグラスを光に照らした。

「筋がたくさん伝ってるな。やっぱりいいワインは違うよ。安いワインだと、こういう筋は出ないから」

その話は今までに何度も聞いた。ワインの涙、というらしい。ただ、美味しさや甘さというよりはアルコール度数の強さを表す指標らしく、本当に秋庭の言うとおり品質が高いワイン特有の現象なのかは定かでなかった。

秋庭は好き好んでこうした蘊蓄を披露する。こういうときは、邪魔してはいけない。

「美味しい」やっぱり酒は好きだ。「幸せだなあ」

「他の男とじゃ、こんなワインをしょっちゅうは飲めないぜ」

それはそうだ。実際、樋口や玉山と食事をしたときに高級酒を頼むことはあっても、この頻度ではお目にかかれない。大病院の次期院長がどれほど金持ちなのかは知らないが、少なくとも秋庭は群を抜いて羽振りが良かった。実家からたった徒歩十分というこのメゾネットの賃料も親が払っていると言っていたから、自由に使える金が山ほどあるのだろう。むしろ持て余しているのかもしれない。

しばらく、ワインを飲みながら世間話をして過ごした。秋庭は旬の芸能ゴシップが好きらしく、そういう話ばかりネットニュースで拾ってくる。ちょうど昨日、新婚の元アイドルが年上の俳優と不倫していたスクープが報道されたばかりで、秋庭の話のネタはいつまで経っても尽きなかった。

樋口のように自分の仕事の話ばかり語ってくる男も厄介だから、このくらいがちょうどいい。めぐみも他人のスキャンダルは大好きだった。

あの母親も、一回や二回週刊誌にすっぱ抜かれればよかったのに——とふと考える。めぐみの知る限り、蓮見沙和子自身のスキャンダルが世に出たことは一度もなかった。

週刊誌が好みそうな話題がないわけではない。両親の仲睦まじい姿を、めぐみは物心ついたときから一度も見たことがなかった。結婚数年にして、夫婦関係は既に破綻していたのだろう。蓮見沙和子は当時旬の女優だったから、別居や離婚のニュースが出たら大打撃だったに違いない。

だが、世間体を異常に気にする両親は、そのいずれもしなかった。交互に帰ってきては、めぐみに多額の生活費を渡し、仕事に出かけていった。

どうせすれ違いの生活だから、住居を共にすることに不都合はなかったのかもしれない。マイナスイメージをもたらすような報道で自らの品位を下げるくらいなら仮面夫婦を続ける、というのが彼らの選んだ道だった。

小学校低学年の頃までは、家にベビーシッターが来ていた。だが、めぐみの自由奔放さがだんだん手に負えなくなったのか、しまいにはシッター派遣会社のほうから断られてしまった。だから、めぐみはいつも夕飯を一人で食べていた。

外には買いに出るなと念押しされていたから、家に届いているチラシを溜めておいて、ありとあらゆる出前を頼んだ。お気に入りはうな重と釜飯だった。ただ、毎日贅沢な夕飯を完食していたせいで太ってしまい、学校でからかわれたことをきっかけに、小学校高学年の頃からはもはや夕飯を食べなくなった。おかげで痩せたが、ストレスは倍増した。

我ながら、かわいそうな子ども時代だったと思う。その鬱憤のはけ口となったのが、他ならぬ真木良輔だった。

「おい、スマホ鳴ってないか」

ぼんやりと過去に思いを馳せていると、不意に秋庭の腕が視界に飛び込んできた。秋庭が指差している先には、めぐみのハンドバッグがあった。耳を澄ますと、確かにバイブレーションの音がしている。

「誰かしら」

山本ではないか、と戦々恐々としながら、秋庭から見えない角度で画面を確認する。『本間有希子』という白い文字が表示されていた。

胸を撫で下ろし、「有希子だ。出てもいい？」と秋庭に尋ねる。秋庭は頷いてから、「じゃ、その間にシャワー浴びてくる」とソファから立ち上がった。

秋庭が部屋を出ていくのを見送ってから、めぐみは通話ボタンを押した。

「もしもし」

『あ、めぐ？　今どこにいる？』

「孝弥の家だよ」

『ああ、やっぱり』有希子が大げさな口調で言った。『タカ、今日家のドアにペンキぶっかけられて大変だったんだって？』

「そうみたいだけど……何、孝弥ったらそっちにまで連絡してたわけ」

『うん。メッセージが来てた。今見たんだけど、ひどいねこれ』

どうやら、めぐみに連絡するだけでは飽き足らず、有希子にまで送信していたらしい。秋庭のような性格の男は、他人には平気で迷惑をかけるくせに、自分が理不尽なことをされると必要以上に騒ぎ立てるのだ。

『ねえ、タカ、怒ってない？』

「怒ってた。でも、さっきワイン飲ませてとりあえず落ち着かせたよ」

『さっすがめぐ』

電話の向こうで、有希子が手を叩く音が聞こえた。スピーカーモードにしているようだ。

『今、タカは？』

「シャワー浴びてるよ」

『じゃあちょうどよかった。話、変わるんだけどさぁ』

有希子は旦那の愚痴について喋り始めた。家具を入れ替えたときに重いものを持たされただとか、家事を手伝ってくれないだとか、とりとめもないことを喋っている。結局、秋庭がペンキをかけられた事件のことは、めぐみに電話をするきっかけに過ぎなかったようだ。

いつも以上に、有希子の愚痴がどうでもいいものに聞こえる。今現在めぐみが置かれている状況のほうがよっぽど深刻だというのに、有希子は能天気だ。

——真木のことを話してみようか。

有希子の言葉を聞き流しながら、ふと思いついた。めぐみは有希子の話が途切れるタイミングを見計らって、「あのさ」と声を潜めて切り出した。

「真木良輔」

『え?』

「真木良輔。覚えてない?」

『ああ!』一瞬の間があり、有希子が大きな声を上げた。『このあいだ話してた、小学校のときにいじめてた男子のこと? 確か、そんな名前だったね』

「あいつについて、最近何か聞かなかった?」

『別に、何も。たった今めぐから聞くまで、名前も思い出せなかったくらいだし。どうして?』

有希子は不思議そうに言った。めぐみはいっそう声のトーンを落とし、「実はね」と続けた。

「最近、あいつにストーキングされてるみたいなんだよね」

『え? 嘘、どういうこと』

監禁事件や塩酸事件のことは、有希子には話していない。真木が仕掛けた罠にはまったとわざわざ言うのも悔しいから、詳しく状況を伝えるつもりもなかった。

「最近、なんだか跡をつけられてるような気がするな、とは思ってたの。そしたら、ポストにあいつからの手紙が入っててさ。郵便物も見られたみたいだし、気持ち悪くて」

『何それ、嫌だ。手紙は何て?』

めぐみはわざとおどろおどろしい声色を使った。「あのときの復讐をしてやる――って」

『嘘、怖ぁ』

有希子が甲高い悲鳴を上げる。ただ、その声は、久々の刺激的な話題に喜んでいるようでもあった。

都合の悪いところは嘘に置き換えつつ、秋庭の自宅玄関にペンキがかけられた件も真木の仕業である可能性が高いことを話す。玉山も同じ被害に遭ったことや、樋口を巻き込む事件も既に起きていることを、めぐみは具体的な部分はぼかしつつ説明した。『なるほど』と有希子は電話の向こうで唸った。

『真木って、今何してるのかな。全然知らないや』

「ね」――このあいだ話した将来有望な准教授だ、とは言えない。

『どうせ、あの頃と変わらずうじうじしながら生きてるんだろうけど』

「かもね」――今やむかつくほど明るく爽やかな人間になっている、とも言えない。

『それにしても、どうして今更めぐのこと見つけ出したんだろうね』

「分からないの。だからむしろ、有希子が何か聞いていないかと思って。真木が私の居場所について小学校の同級生に探りを入れてた、とかなんとか」

二十年近く会っていなかった真木良輔が、どのようにめぐみの情報を手に入れて近づいてきたのか。それが一番の謎だった。おそらく小学校の同級生から聞き出したのだとは思うが、めぐみは有希子と香織以外の女子とは交流がないため、確かめることができない。その点、有希子はめぐみよりいくらか交友範囲が広いはずだった。

『ちょっと調査してみるね。アヤとかマサミに連絡取ってみる』

「助かるわ。何か分かったら教えて」

ちょうど、秋庭が風呂から出てくる音が聞こえてきた。「じゃ」と短く言って、めぐみは一方的に電話を切った。旦那の愚痴ばかり延々と聞かされるのはかなわない。

通話を終えたスマートフォンの画面に、一件の通知が現れた。『電気点いてないけど、本当に家にいる?』とある。山本からのメッセージだった。

家まで確認しに行ったのだ、と思うと鳥肌が立った。それだけではない。外からマンションの窓を見て電気が点いているかどうか判断がつくということは、山本はめぐみの部屋番号と部屋の位置を把握しているということだ。郵便物を盗み見られたとさっき有希子に向かって言ったのは口からでまかせのつもりだったが、実は本当だったのかもしれない。

めぐみはメッセージアプリを開かず、そのままスマートフォンをバッグに投げ入れた。早々と寝ていたことにすればいい。未読のまま放置していたことも、部屋の電気のことも、そうすれば言い訳がきく。

今夜はとてもではないが家には帰れない。ここに泊まっていくほかなさそうだった。

「電話終わった?」

タオルで髪を拭きながら、秋庭が戻ってきた。「ええ」とめぐみはにっこりと微笑んだ。「今切ったところ」

「用件は?」

「孝弥が送った写真見たけど、大丈夫なのかって」

「ああ、心配してくれてたわけか」

秋庭はぶっきらぼうに言いながらも、口元を満足げに緩めた。そのままソファに近づいてきて、ワインの瓶を手に取る。もう相当飲んでいるはずだが、まだ晩酌を続けるつもりらしい。

めぐみは秋庭の頬に手を伸ばし、頭を引き寄せてキスをした。長めに唇を合わせてから、すっと離す。ついでに脚を絡ませてみる。

「ね、そろそろ」

そう言ってワインの瓶をそっと取り上げ、二階を指差す。秋庭はにやりと笑い、無言で立ち上がった。

飲ませすぎないために適切なタイミングを見計らうのは、もはやお手の物だった。

◇

「ホント、無駄な才能だよね」

板の上に丁寧に描かれた花火の絵をなぞりながら、めぐが吐き捨てた。

「ただの図工の授業なのに、こんなに凝っちゃってさ。バカみたい。有希子のなんて、水色に塗っただけなのにね」

「だって絵描くの嫌いなんだもん」

「香織だって、私と同じで背景は色塗ってないしね」

「そのほうが楽だからね」

めぐに話しかけられた私たちは、油性ペンで一つ一つの花火を塗りつぶしながら答えた。たかだか数時間の図工の授業中によくこれだけ描き込めたな、と思うくらい、真木のオルゴール箱には無数の花火が細かくちりばめられている。しかも、一つ一つの花火に何色もの絵の具を使っていた。真木が得意なのは算数だけだと思い込んでいたけれど、図工もできるらしい。

めぐが窓際に置いてある私の筆箱から油性ペンを取り出そうと向こうを向いた瞬間に、私たちは顔を見合わせた。

めぐに合わせておけば、安心だもんね――。

考えていることは同じだ。このクラスのトップは光岡めぐみ。女子のナンバーツーが、私たち二人。その立ち位置は絶対に誰にも譲りたくなかった。何をするにもめぐと同じようにして、角が立たないようにしていれば、絶対にいじめられないし先生から怒られることもない。なんてったって、今のクラスの担任は、去年『殺し屋リエコ』が放送されたときから蓮見沙和子の大ファンなのだ。

ここは、どこよりも安全な場所。

めぐが油性ペンのキャップを外し、オルゴール箱の蓋に『死ね』と大きく書いた。筆圧が強いのか、固まりかけたニスが剝がれてぐちゃぐちゃになった。

「真っ黒にしてやろうっと」

めぐが無邪気な声で言い、文字を書いた上からペン先をこすりつけ始めた。私たちもそれを真似した。キュ、キュ、と木材とペン先が摩擦を起こす音が教室に響く。次第にインクがかすれてきたら、すぐに次のペンを取り出して作業を続けた。みるみるうちに、完成間近だった色鮮やかなオルゴール箱は黒く染められていった。

「明日、真木、どういう反応するかなあ。泣くかもよ」

「泣くのはいつものことじゃん」

「まあ、そっか」

一通り塗り終わると、めぐは楽しそうにしながら「はい」と油性ペンを返してきた。私はそれを受け取って、窓際に置いていた筆箱に入れた。

腰に手を当ててオルゴール箱を眺めるめぐは、標的を目の前にしたときの殺し屋リエコによく似ていた。めぐは自分が父親似なことを気にしているみたいだけど、一般人から見ると、十分綺麗だと思う。特にぷるんとした赤い唇は、母親の蓮見沙和子にそっくりだった。男子にモテるわけだ。

「さ、明日の朝が楽しみだ」

めぐはにっこりと笑い、肩で風を切って教室から出ていった。

「あー、ホント見ものだったね」

「昨日のこと?」

「うん」

コンビニで買ってきたアイスを食べながら、私たち三人は校内をぶらぶらと散歩していた。校舎の裏庭が、私たちのお気に入りの場所だった。噴水つきの池があって、周りには色とりどりの花が植わっている。いつも美しく保たれているのは、卒業生やその親が寄付をし続けているかららしい。

本当は校内にお菓子を持ち込んで食べてはいけないのだけど、お構いなしだ。見つかったときは可愛い顔をして謝れば大丈夫、とめぐはいつも言う。「コビを売る」という言葉を、私はめぐから教えてもらって初めて知った。

「見た途端に泣き出しちゃってさ」

「一時間目の途中までずっとめそめそしてたよ」

「ダサい眼鏡がビッショビショだったね」

私たちはクスクスと笑った。

昨日の朝、登校してきた真木は真っ黒になったオルゴール箱を目にするやいなや泣き崩れた。その姿を見て、めぐはジュンと一緒になって大げさに面白がった。私たちも、遠くからこっそり見守っていた。

犯人が誰だか、真木は分かっていたはずだ。それなのに、真木はめぐを睨むこともせず、呆然としながら自分の席へと戻っていった。

どんなにやられても反撃しないで泣いてばかりいるから、毎回めぐのターゲットになってしまうのだ。算数はできるくせに、真木はどんくさくて、学習能力がない。いつも、見ていてイラつく。

一番食べるのが遅い私がアイスを食べ終わるとすぐに、「そろそろ帰ろっか」とめぐが立ち上がった。もう少しゆっくりしていたかったけれど、めぐはとっくに食べ終わっていたのだから仕方がない。私たちは連れ立って、校門に向かった。

校庭に出ると、ドッジボールやキックベースをして遊んでいる男子たちが目に入った。汚れる遊びなんてとんでもない、というふうに、めぐは校庭から顔を背けて歩く。私たちも、そんなめぐを真似しながらその横を通り過ぎた。

途中でふと、校舎の建物を見上げてみた。六年二組の教室は三階の一番端だ。目を向けると、何か窓際で黄色いものが動くのが見えた。

「ん？」

誰だろう、と目を凝らす。顔は見えなかったけど、男子のようだった。小さい頭が見え隠れしている。私は、今日黄色い長袖Tシャツを着ていたクラスメイトがいたことを思い出した。

「ねえ、あれ、真木じゃない？」

めぐの肩を叩き、三階の一番端の窓を指差す。二人は振り返って、私と一緒に校舎の三階を見上げた。

「本当だ」

「何してるんだろ」

「いつもすぐ帰っちゃうのに」

「教室なんて、他に誰もいないはずだよね。もう五時近いもん」

口々に言って、首を傾げた。しばらく経って、めぐが低い声で言った。

「あそこって、オルゴール箱が飾ってあるところだよね」

その意味を呑み込み、私ははっとして口元を押さえた。

「まさか、仕返し？」

「早く行こ！」

二人でめぐの手を引っ張る。そして昇降口に駆け込んだ。

足の速いめぐが前に出た。一気に階段を駆け上がり、廊下を奥まで走って六年二組の教室に飛び込む。

「真木！」

めぐの怒鳴り声が廊下に響いた。

遅れて教室に飛び込むと、後ろの棚の前で立ち尽くしている真木の姿が目に入った。手には黒い油性ペンを持っている。

真木が立っているのは、赤いバラが小さく書かれたオルゴール箱の前だった。

「ふざけんなよ！」

めぐが迫力のある声で叫び、大股で真木に詰め寄った。真木は目を大きく見開いて後ずさった。油性ペンがぽろりと手から落ち、床に転がった。その手は黒く汚れていた。

――やられた。

「何やってんの！」

めぐに加勢して、私たちも真木を囲むように前に出る。真木はしばらく縮こまって、恨めしそうな目でこちらを見ていたけど、ぱっと教室の前方に向かって走り出した。

「待てよ！」

もう一度めぐが吼えた。でも、真木は立ち止まらなかった。そのまま廊下に出て、あっと言う間に姿を消した。

私たちは急いで、めぐの作品の元に駆け寄った。逃げ足は意外と速いみたいだった。

オルゴール箱が落書きされている様子はなかった。ひっくり返したり蓋を開けたりして確認してみたけれど、どこにも黒いインクの跡はなかった。その代わりに、黒く太い文字が書き殴られた自由帳がそばに置いてあった。

『ひどい事するやつは死んじゃえ』『めぐ、死ね』『大きらい』『どっか行ってしまえ』『ブス』『人の気持ちが分からないくせに』などと、やけに綺麗な字で書いてある。

「何これ、下書き？」

めぐが大声で笑いだした。ああよかった、と私たちも胸を撫で下ろす。

「悪口の下書きかぁ。真面目な奴はダメだね」

「もう、やられた後かと思った」

「助かったね」

「しかも字が丁寧すぎる。漢字の練習じゃないんだから」

「やっぱりあいつはバカだね」

「ホント」

私たちはめぐに賛同して、オルゴール箱が無事だったことを喜び合った。真木が反撃してきたのは驚きだったけど、そこで失敗してしまうのもやっぱり真木だ。慣れないことをしようとするからこうなる。

「もう少し遅かったら、オルゴール箱に清書されてるとこだったよ。危なかったぁ」

めぐは自由帳を手に取って、悪口が書いてあるページを引きちぎった。ビリビリに裂いて、ゴミ箱に放り込む。私もなんだかむかついたから、自由帳そのものをゴミ箱に放り込んでやった。「いいね」と、めぐが親指を立てた。

「こんなことして、ただじゃおかないから」

そう言っためぐの目は静かに燃えていた。

卒業まであと四か月。たぶん、これから先、真木に対するいじめはエスカレートするのだろう。

めぐは、やられたら五倍にしてやりかえす女だから。

——これだから、仕事人間は。

汐留のビル群の中を闊歩(かっぽ)しながら、めぐみはスマートフォンの画面に目を落としてため息をついた。

昨日の昼間に樋口宛てに送ったメッセージは、未だ既読の印がつかない。仕事や接待が忙しいとプライベートの連絡を放置するのはいつものことだったが、今日ばかりは返事がないのが気になった。めぐみが送ったのは軽い警告だった。

『最近、私の周りで持ち物にペンキをかけられる悪戯が流行ってるから、気をつけて』

とはいえ、仮に樋口がこの文面を読んでいたとしても、当事者意識は希薄だろう。『私の周り』というのがめぐみの恋人たちを指していて、三人の中でまだ被害を受けていないのは樋口だけだということを、彼自身は知る由もない。もちろん、もどかしいことに、具体的な事実関係をめぐみから説明することもできない。

結局、昨日は山本から逃れるため、丸一日秋庭の部屋で過ごした。だが、樋口から返事が来ないのが気になり、今朝秋庭が病院に出勤するタイミングで、めぐみも一緒に出てきたのだった。呼ばれてもいないのに自ら汐留のオフィスに足を運ぶのは初めてのことだ。

なんとなく嫌な予感がしていた。三通目の手紙が届いていないということは、まだペンキ事件は続いているはずだ。あの真木良輔が犯人なのだとすると、めぐみとともにいじめを先導していた樋口純をターゲットから外すとは思えなかった。塩酸事件が三人の男たちの手を経由して実行されたことを鑑みても、次なる標的が樋口である可能性は高い。

「最初から知ってたわけね」

オフィスへと続く階段を上りながら、めぐみは小声で吐き捨てた。

山本に対して、三人の恋人の存在を必死に隠そうとしていた自分がバカらしかった。よくよく考えれば、婚活パーティーで出会ったときから、山本はとっくに把握していたはずなのだ。でなければ、わざわざ男たちを巻き込むような形で塩酸事件を起こすわけがなかった。今回のペンキ事件も同様だ。

有希子や香織としか共有していなかった男関係の秘密が、めぐみの味方になりえない立場の人間に知られてしまったのは、弱みを握られているようで無性に気持ちが悪かった。なぜ山本がめぐみの恋人たちにこだわるのかは不明だったが、おそらく、あらゆる方向からめぐみを追い詰めようとしているのだろう。直接的にも、間接的にも。

――それにしたって、ずいぶん子どもじみている。

落書きの仕返しを今更してくるなんて、山本はどれだけ過去に囚われているのだろうか。監禁や塩酸はともかくとして、ペンキをかけるだけというのはあまりに幼稚な犯行だった。

自動ドアを抜けてオフィスに足を踏み入れると、幾人かがこちらに視線を向けた。社長の恋人を見るときの好奇に満ちた目だ。

それでも注目を浴びるのは悪くない。めぐみは唇の片端を上げた。

「あれ？　めぐだ」

いつもどおり、香織が手を振りながら近づいてきた。オフィスのドアを入ると、香織は大抵すぐに駆けつけてくる。

「今日って、デートの日だったっけ？　確か、社長のカレンダー、夜まで会議と接待で埋まってた気がするけど」

スマートフォンを操作する香織の手に、めぐみはそっと自分の手を重ねた。「ちょっと事情があって」と耳元で囁く。「純、今どこにいる？」

「外出中だよ。例によってご近所さんに」

樋口の父親が勤めるテレビ局のことだろう。とすれば、長くはかからないはずだ。

「じゃ、ロビーで待つことにするわ」

「なになに、どうしたの？　約束もないのに訪ねてくるなんて」

めぐみが自動ドアに向かって引き返すと、香織が後ろからついてきた。オフィスを出て、階段を下りる。「仕事はいいの？」と尋ねると、「大丈夫、今日は暇」という答えが返ってきた。小学校の頃は真面目だった香織にサボることを教えたのは、ほかでもないめぐみ自身だ。

「それで、事情って？」

一階にあるベンチに横並びに座ると、香織が脇腹をつついてきた。彼氏の話ばかりSNSに書くところといい、香織はいつまで経っても女子高生のテンションが抜けない。昼ドラに登場する不倫妻のような生活を送っている有希子もどうかと思うが、どっちもどっちだ。

「実は、最近ストーカー被害に遭ってて」

めぐみは、何者かにつきまとわれていることをかいつまんで話した。ここに来た目的を話さなければならない関係上、三人の恋人たちが巻き込まれていることも事実として伝える。

「そのストーカーっていうのがさ、あいつみたいなんだよね。ほら、覚えてる？　真木良輔」

香織は一瞬眉を寄せたが、すぐに目を大きく見開いた。

「え、嘘！　初等部のときの？」

「そうそう。香織と同じときに編入してきた、あいつ」

「ちょっと、あんな奴と一緒にしないでよ。私、別に特待生じゃなかったし」

香織が口を尖らせた。帰国子女枠で玉菱学園に編入した香織は、同時期に特待生枠で採られた真木とセットにされがちで、そのことを卒業するまでずっと嫌がっていた。

「どうして分かったの、あいつだって」

「手紙が届いたのよ、署名入りで」ここは適当に嘘をついておくことにする。「しかも、切手が貼られてないの。直接ポストに投函してるのよ」

気持ち悪い、と香織は腕をさすった。ロビーは冷房が効いているから、本当に肌寒いのかもしれない。

真木良輔が偽名を使って近づいてきたことは言わなかった。香織には山本という男の存在すら伝えていなかったのだし、わざわざ話す義理はない。

「だから今日は、ジュンに危険を知らせに来たってわけ？」

「新太郎や孝弥が次々とやられたから、さすがにね」

「さすがめぐ、彼氏想いだねぇ」

香織が再び脇腹をつついてきた。めぐみはさりげなくその手を退け、ガラスの向こうを眺めた。外に淡い水色のスーツを着た中肉中背の男が見え、はっとして腰を上げる。

「純！」

めぐみは香織を置いて、ロビーへと入ってきた樋口に駆け寄った。いつものように甘えた声を出したいところだったが、さっきまで素の状態で会話していた香織が後ろで見ている手前、声のトーンをほんの少しだけ上げるにとどめる。

相変わらず似合わない色のスーツを着ている樋口が、「あれ、めぐ」と驚いた声を上げた。

「どうしたんだ、こんなところで。今日、呼んでないよな？」

「私が送ったメッセージ、見た？」

「え、見てないけど」

まったくもう、とめぐみはわざとらしく腰に手を当てた。その場で個人用のスマートフォンを取り出させ、メッセージを確認させる。そして、先ほど香織にしたのと同じように、要点だけを話して聞かせた。

「この間、駅で手渡された栄養ドリンクの瓶に塩酸が入ってたみたいに、また何か変なことが起こるかもしれないってことだな。その内容が、ペンキでの落書きになる可能性が高いと」

「そういうこと」さすが、IT企業の社長は呑み込みが早い。「今のところは、何も起こってない？」

「特に何も」

「なら良かった。外を歩くときとか、家に帰るときとか、気をつけてね。突然襲われるかもしれないから」

「分かった」

樋口がちらりと右上を見上げた。見ると、香織が小走りで階段を上がっていくところだった。脚が細いわけでもないのに丈が短いスカートを穿いているから、この角度からだと若干見苦しい。めぐみに気を使って二人きりにしてくれたのか、はたまた社長が帰ってきたから慌てて仕事に戻ったのか。どちらも、かもしれない。

樋口は腕につけたロレックスへと視線を落とした。十一時半頃のはずだ。

「今から食事でも行く？」

「あら、大丈夫なの？」

「一時の会議に間に合えばいいからね。車出すから、銀座でも行こう」

思わぬ収穫、というわけではない。この時間を狙って来たのは、実はこれが目的だった。樋口の選ぶ銀座の店なら間違いない。

地下の駐車場へと続く階段は、ロビーの端にある。樋口の後について歩きながら、めぐみはペロリと舌を出した。

洒落た作りのビルではあるが、敷地面積が小さいぶん、地下の駐車場も手狭だった。そもそもオフィスビルが立ち並ぶこの汐留にマイカー通勤をする人間などほとんどいないから、この規模のビルであれば業者用を含めたとしても三台も置ければ十分なのだろう。実際、ここに樋口のアウディ以外が停まっているのをめぐみは見たことがなかった。管理人がいるわけでもなく、常にがらんとしている。

いつものように車に近づこうとして、ふと足を止めた。

異変に気づいたのは同時だった。

「なんだよこれ」

樋口が上げた叫び声が、コンクリート打ちっぱなしの空間に反響した。

真っ赤なボンネットに黒い文字が大きく書かれている。ほとんど読めないくらいの汚い字だった。やっぱりやられたか——と他人事のように考えることができたのは一瞬だけだった。文の内容が頭に入ってきた途端、めぐみはむせ返りそうになった。

『光岡めぐみは魔性の女 気をつけろ』

樋口の視線を頬に感じた。めぐみは声を震わせ、「何よ、これ」とようやく呟いた。

「さっき言ってたストーカーの仕業じゃないか？」樋口が怒りをはらんだ口調で言った。「油性ペンか。くそっ、とんでもないことしやがって」

「この車、いつからここに置いてたの」

「今朝からだよ」

——ということは、今日、山本がここに来たのだろうか。

動揺を悟られないようにしながら、めぐみは辺りを見回した。

「この駐車場って、誰でも入ってこられるのね」

「そうなんだよ。ビルの中からでも、外から直接でも」

「だったら、防犯カメラに写ってるんじゃない？　どこかに設置してあるでしょう。えっと——ほら、あれとか」

めぐみは天井の隅についている黒い球体の機械を指差した。もし山本がここに忍び込んで車に落書きをしていた証拠が撮れているのなら、警察に通報しさえすれば山本は確実に逮捕される。そうすれば、めぐみはようやく危険から解放されることになる。

期待を込めて言ってみたが、樋口は浮かない顔をしていた。

「一応通報はするけどさ、たぶん難しいよ」

「どうして？」

「一週間くらい前に、この駐車場に白い粉が撒き散らされる事件があってさ。ビルの管理会社に連絡して、防犯カメラに犯人が写っていないか確認させようとしたんだよ。そしたら、このビルについているカメラは全部イミテーションだって言われたんだ。要は、犯罪抑止目的でつけているだけで、証拠にはなりえないんだと」

「何それ。こんな立派なビルなのに」

「見た目だけ整えて、肝心なところがずさんなんだよな。だからテナント料も安めなんだけど」

自業自得だな、と樋口は肩を落とした。秋庭と違って、こういうところは意外と弱気だ。

「じゃあ、粉を撒いた犯人は見つからなかったわけ？」

「そう。結局見つからずじまい。まあ、そのときの白い粉はただの小麦粉だったから、なら別にいいやって話になったんだけどさ。こんなことになるなら、さっさと管理会社に対策させておくんだった」

「それって――」めぐみはふと思いつき、あごに手を当てた。「今回の犯人が、事前調査したのかな」

我ながら的を射た推理だった。「確かにな」と樋口が意気消沈した声で呟いた。

おそらく、やったのは山本本人か、もしくは山本の息がかかった人物だろう。後から見つかったとしても言い訳がきくような軽微な事件を起こしておいて、この駐車場に取り付けられている防犯カメラの性能やセキュリティシステムがどの程度のものか確かめたのに違いない。それで警察が自分に辿りつくことがなかったから、今回本番を実行したというわけだ。

くそ、とめぐみは心の中で歯嚙みした。何より、今回は明らかに樋口の前でめぐみを貶めることを意図した犯行であることに苛立っていた。おかしなストーカーの妄想だと思い込んでくれればいいが、万が一変な勘繰りでもされたら困る。男関係を疑われたらアウトだ。

横にいる樋口の顔をちらりと見る。樋口は顔をしかめながら、スマートフォンで電話をかけようとしていた。一、一、〇、と番号を押すのが見えた。

しばらく経って、制服を着た警察官がやってきた。事情聴取には樋口が主に答えた。途中で「彼女につきまとってるストーカーの仕業かもしれないんです。な?」と同意を求められたが、樋口の目の前で真木良輔の存在について詳細に語れるわけもなく、めぐみは曖昧な事実関係を喋るほかなかった。結果、単なる嫌がらせの域を大きく出ないと判断されたらしく、警察官は最後まで事務的な姿勢を崩さなかった。

警察官が帰っていった後、樋口は腕時計に目をやり、「銀座まで行く時間はもうないな」とため息をついた。「ごめん、また今度」

「純、あのね、さっきの――」

「車に書いてあったこと? 気にしてないよ。まったく、ひどい奴がいたもんだ」

めぐみはほっと息をつき、「ありがとう」と微笑んだ。こんな程度の低い悪戯のせいで、せっかく手に入れたセレブを手放すことになるのは御免だ。

樋口とは一階のロビーで別れた。ビルを出ようとしたとき、「あれ?」と後ろから声が聞こえた。

「社長とランチに行ったんじゃなかったの?」

振り返ると、香織が階段を下りてくるところだった。長財布とスマートフォンと日傘だけを持っている様子を見るに、今から昼休憩のため外出するようだ。

「ああ、なんか、急な仕事が入ったらしくて。行けなくなっちゃった」

本当のことを話せば、野次馬根性が強い香織は地下の駐車場を見に行きたがるに違いない。面倒な事態になるのを避けるべく、めぐみは嘘をついた。

「そうなんだ。じゃあ、私と行く？　と言いたいところだけど、すぐオフィスに戻らないといけないんだよね」

「あら、それは残念」

「駅までは一緒に行くよ」

めぐみは香織とともに自動ドアを抜けた。むっとした暑さと湿気が肌にまとわりついてきた。香織の日傘に入れてもらいながら歩く。自分のも持っているが、バッグの底から取り出すのが億劫だった。

「さっきの続きだけどさ、ジュンとタカとシンちゃんがストーカー事件に巻き込まれてるって話だったけど、関係ギクシャクしたりしてない？　大丈夫？」

「たぶん大丈夫」

めぐみはそう答えてから、三人の男たちの顔を順に思い浮かべた。秋庭と玉山は、そもそもめぐみとの関係にひびが入るようなことは起こっていないから問題ないはずだ。樋口が先ほどの落書きの内容をどう捉えているかが不安だったが、口調から察するに、あの文面を真に受けていることはなさそうだった。

そういえば――と、あることを思い出した。今日の現場には、三通目の手紙は残されていなかった。

「なら、いいけどさ」香織は身体を傾け、めぐみの顔を覗き込んできた。「あいつら全員と付き合うのって、なんだかんだ大変でしょ。そろそろ一本に絞る気はないわけ?」

「うーん、どうかな」

「ちなみに、あえてあの三人の中から一人を選ぶとしたら?」

「決められない」これは即答だった。「だって、全員決め手がないんだもの」

「プロポーズされたらどうするの?」

「それくらい私のことを愛してくれる人が現れたら、考えてみてもいいかも」

「ふーん、そっか。なんだか不思議な関係だね」

香織は眉を寄せ、身体をまっすぐに起こした。

「そういう隠し事はしないほうが楽しいと思うんだけどな。だって、SNSに写真もアップできないんでしょ? 私とよしくんの写真とか見てさ、羨ましくならないの?」

余計なお世話だ、と思う。短大を卒業するまでずっと彼氏がいなかった反動なのかもしれないが、香織は逆にプライベートを人目にさらしすぎなのだ。

「香織は彼氏さんともう長いよね。仲良さそうで何より」

ちょっとした皮肉を込めてコメントする。残念ながら、香織には言葉そのものの意味で伝わったようだった。

「ありがとう！　実は、一回別れてて、最近復縁したばっかなんだけどね」

「あれ、そうなんだ」

「よしくんを振ってからしばらくは別の男と付き合ってみたんだけど、そいつがとんでもない遊び人でさぁ。いくら注意しても浮気をやめない奴で、外面だけはいいくせにホントひどかったんだよね。やっぱりよしくんがどんなにイイ男だったかっていうのがよく分かったから、その男を捨てて、もう一回よしくんを受け入れることにしたの。今はすごく幸せだよぉ」

「よかったじゃない」

よしくんを振って、合間に別の男と付き合ってみて、その男を自ら捨てて、またよしくんを受け入れることにした。

短い言葉の中でよくこれだけ自分を高く見せるような言葉を詰め込めたものだ。めぐみは、そういう話し方はしない。一文一文すべてに根拠のない優越感をにじませるのは、自分に自信がない女のすることだ。

「そういえば、有希子もあんまりフェイスブック更新しないよね。新婚だったら、普通、いっぱい写真載せるよね？　有希子、旦那さんと上手くいってないのかなあ」

香織は十年以上前からブログやSNS中毒だからそういう思考になるのだろう。その指標だけで測るのはどうかと思うが、有希子が夫のことを軽視しているという部分は当たっていた。

「有希子が結婚してから、ほとんど会えてないや。久しぶりに、ご飯にでも誘ってみようかなあ」

それはありかもしれない、と思う。恋人たちに聞かれる可能性のない場所で真木の話をしたいし、有希子を家から引っ張り出して、アヤやマサミへの調査の結果を直接聞いてみたい。

「じゃあ、今度日程調整しようか」と言うと、香織は「え、本当？ やったあ」と胸の前で両手を合わせた。

十分ほど歩いて新橋駅に差し掛かったところで、めぐみは手を振って香織と別れた。急ぎ足で銀座線方面へと歩く。昼間の新橋駅には、スーツ姿のサラリーマンが多かった。営業職は、真夏でもジャケットを着て外出しなければならないから大変だ。そのつらさはめぐみにもよく分かる。

はあ、と大きなため息が出た。ホームに滑り込んできた黄色い電車に乗り、吊り革につかまってスマートフォンを開く。なんとなくフェイスブックのアイコンをタップすると、トップ画面に有希子の投稿が表示された。『なんと、我が家に猫が来ました！』という文と、毛並みの整ったダークグレーの子猫の写真が載せられている。おそらくロシアンブルーだ。有希子のことだから、もちろん血統書付きだろう。

嫌でも、有希子が既に家庭を持っていることを意識してしまう。夫の不在時に若い男と遊びに行けるように、という意味で世話の必要な犬より自由に飼える猫にしたのだろうが、それにしたって、だ。

いっそう沈鬱な気分になりながら画面をスクロールしていくと、先日の香織の投稿が表示された。彼氏のよしくんと一緒に行った花火大会の写真だ。この間はツーショットにしか目が行かなかったが、投稿に添付された写真は他にもあった。彼氏との写真のほかに、川の向こうに上がっている花火を写したものが数枚。対岸の川べりには明るい屋台が横一列に並んでいて、夜空に様々な色の花火が開いている。

——プロポーズされたらどうするの？

先ほどの香織の言葉が頭の中で鳴る。

三十を迎えようとしている女にとって、無視できない問題だった。付き合いのある女友達は有希子と香織だけだが、二人が二人とも特定のパートナーを既に見つけているという事実がやけに腹立たしかった。

それが焦りだとか嫉妬だとかいう、普通の女が抱くような感情だと認めるつもりは毛頭ない。しかし、複数の男に金品をねだって贅沢をする生活をいつまで続けていけるのかという疑問は、最近になって急激に現実味を帯びていた。今は何も考えずに参加している婚活パーティーだって、三十を超えると、年齢制限に引っ掛かる可能性がぐっと高くなる。

——そんなにいい男なら、結婚しちゃえば？

山本と出会った翌日の有希子の言葉を思い出す。この男になら本気になってもいいかもしれない、と一瞬でも思ってしまったことは否定できなかった。それほどの男が目の前に現れたというのに、その正体があの真木良輔だったなんて、屈辱的としか言いようがない。

スマートフォンの画面を見つめたまま、もう一度大きくため息をついた。

「それ、調布の花火大会だね。懐かしい」

突然、斜め後方から声がかかった。

勢いよく振り返る。相手を認識するより先に、全身に鳥肌が立っていた。

「多摩川の向かいから見るのは通だね、だいぶ空いてるから」

長い指がめぐみのスマートフォンの画面へと寄ってきた。めぐみは反射的にその手を払いのけた。

見上げた先には、山本が立っていた。白いシャツに黒いスキニーパンツという出会ったときと同じ格好で、今日は頭に黒いハットを載せている。

「どうしてここにいるの」

めぐみは思わず声を震わせた。

「まさか、ずっと跡をつけてたの？」

「まあ、そういうことになるかな」

山本は辺りを憚る小声で言い、頭を掻いた。

「あれから連絡が取れないし、家にも帰ってこないから、ほとほと困ってね。いつか樋口さんのところに現れるんじゃないかと思って待ち伏せしてたんだ。ようやく捕まえたよ」

めぐみは無言で山本の顔を見つめた。さすがに電車の中では逃げ出しようがない。この男が何を考えているのかさっぱりつかめなかった。

次は赤坂見附、赤坂見附、と車内放送がかかった。山本はちらりと目線を上げ、考えるそぶりを見せた。

「ちょっと話そうよ。めぐみさんは、僕のことで、何か大きな勘違いをしてるみたいだ」

*

駅で下車すると、山本はほんの少しだけ逡巡してから、紀尾井町方面の出口に向かった。濠にかかる弁慶橋を渡り、高級ホテルを横目にゆっくりと歩き始める。どうやら、行く当てがあるわけではなさそうだった。

平日の真昼だからか、広々とした歩道に人は少なかった。気温は高く日差しも強いが、だからといってこの状況でホテルのラウンジに二人で入る気にはなれない。山本が口を開くまでの間、めぐみは無言で山本の一歩後ろをついていった。

「最近、何か見た?」

山本が問いかけてきたのは、ずいぶん歩いて紀尾井坂に差し掛かった頃だった。ここは歩道が建物の陰になっていて、いくらか暑さも和らいで感じられる。

「見たって、何を?」

あえて挑戦的に訊き返してみたが、山本は前を向いたまま平然としていた。

「僕に関する情報をさ。どこで見たかまでは分からないけど――僕の部屋か、もしくはインターネットかな」

「そうね」めぐみはちらと山本の横顔を窺ってから、首を傾げた。「正志さんの部屋で、ちょっとおかしなものを見た」

「答案用紙？」

「ええ」

「やっぱりね。あれ、とは思ったんだよ。けっこう雑に突っ込んであったはずなのに、翌朝見たらちゃんと揃ってクリアファイルにしまってあったからさ。まあ、めぐみさんがあからさまに僕を避けるようになるまでは確信を持てなかったんだけどね」

めぐみは街路樹の下で立ち止まり、腕を組んで山本のことを睨んだ。山本はすぐに振り返り、足を止めてこちらを見つめ返してきた。

「真木良輔なのね」

気迫を込めて尋ねると、彼は目をつむって「そうだよ」と言った。

「こんなに早くバレるとは思わなかったな。迂闊だった」

山本――こと真木良輔は、笑みを浮かべながら頭に手をやった。その冗談めいた仕草がめぐみの苛立ちを募らせた。

「改めて、お久しぶり。小学校卒業以来だね。相変わらず元気にしてるみたいで、何よりだよ」

「ふざけないで、ちゃんと説明しなさいよ。どうして私に近づいてきたの？」

「そんなことを訊かれたって、ね。パーティーで先にアピールしてきたのはそっちだよ」

皮肉交じりの言葉に、腸（はらわた）が煮えくり返りそうになる。その感情が声に出ないように注意しながら、めぐみは真木に向かって言い返した。

「あのパーティーに現れたこと自体、策略だったんでしょ」

「たまたまだよ、って言ったら？」

「ありえない。偶然なら、偽名なんかを使って参加するわけがない」

「でもさ、君だってプロフィールの年齢が二歳違ってたよ」

「それとこれとは別でしょ」

真木は相変わらず表情を動かさなかった。もう一度「何が目的なの」と詰め寄ったが、答えは返ってこなかった。

しばらく無言で睨みつけた後、めぐみはふんと鼻を鳴らした。

「それにしても、ずいぶん変わったのね」

「ありがとう。中学以降はのびのび育ったからね。おかげさまで」

「そういうことじゃなくて」拳に力が入り、伸びた爪が掌に食い込む。「よくも騙してくれたわね、って意味」

「別に、学歴や職業は嘘じゃないよ。ついでに年収もね。まあ正直、法学部の准教授っていう肩書きが君のお眼鏡に適うのかは不安だったけど」

めぐみは舌打ちをした。法学部ではなく理数系の学部だったら、もう少し早く気づけていたかもしれない――と頭の中で負け惜しみを言う。

「あなたが得意なのは、数学だけだと思ってたけど」

「小学校のときに暗算ができたからといって、その後の人生を数学に費やすとは限らないからね。そもそも法律にだって、数学的な考え方は必要なんだ。民法や刑法なんて、図形の証明問題と似たようなものだよ」

真木はさらさらと語り、スキニーパンツのポケットに親指を引っ掛けた。

「君こそ、保険のセールスをしてるなんて意外だったよ。てっきり、光岡幸太郎と蓮見沙和子の金で遊んで暮らしてるのかと。まさか絶縁してるとは思わなかったな」

「……知ってたのね」婚活パーティーのプロフィールカードには、セールスではなく事務職と記載したはずだ。

「まあ、しばらくの間、君のことを調べていたからね。ある程度の情報は把握してるよ」

真木は涼しげな目で、じっとこちらを見つめてきた。

「……で、めぐみさんは僕のことを何だと思ってるわけ」

「何、って言うのは？」

「一昨日から僕を避け始めた理由さ。僕が真木良輔という名前の知り合いだと気づいたから──ただそれだけ？」

「そんなこと、わざわざ訊かなくたって分かるでしょ」

めぐみは胸の前で組んでいた腕を解き、腰に片手を当てた。「危険から逃れるためよ」

「だとしたら、それは誤解だ」

「この状況で誰が犯人か気づかないほどバカじゃないわ」

「違うんだ。一連の事件の犯人は別にいる。僕じゃない」

「苦しい言い訳はやめて。監禁といい塩酸といい、そういうことで私を恨んでいる人物なんて真木しかいないじゃない」

「だからさ、誰かが僕の犯行に見せかけようとしているんだよ」

真木はきっぱりと言い切った。その目の真剣さに、めぐみは一瞬たじろいだ。

「僕はやっていないよ。嘘はついてない。この点に関しては、僕を信用してほしい」

「信用？」めぐみは威勢を取り戻し、大げさに肩をすくめた。「それなら、どうして山本正志なんていう偽名を使ったのかしら。今の今まで素性を隠していたのはなぜ？」

「それはまだ言えない」

「ほら、やっぱり怪しい」

「そうじゃなくてさ。まずはその誤解が解けてからじゃないと、僕が何をどう弁明したところで君は信じないだろ」真木はあごに親指を当て、考えるそぶりを見せた。「秘密を明かすには、少なくとも――そうだな、君の部屋に上げてもらうくらいまで信用してもらってからじゃないと」

「はあ？　あんたなんか、入れるわけないじゃない」

「そんなにちらかってるの？」

真木が冗談を言ったのだと気づき、頭に血が上った。「ふざけないで」とめぐみは吐き捨てた。そばを通り過ぎた老夫婦が、驚いた顔でこちらを振り返った。

「正体がバレる前とはえらい違いね。急に横柄な口を利くようになって」

「そんなことないよ」

「君こそ、急に子どもみたいだ。あんなに大人の女性らしくおしとやかに振る舞っていたのに……普段、だいぶ無理してるんじゃないか」

「それはあなたも一緒でしょ」

これが山本正志と名乗っていた男の本性だと思うと気が遠くなりそうだった。柔らかで頭が良さそうな話し方をするのは一緒だが、雰囲気ががらりと変わっている。彼の口調からは包容力が消えていた。代わりに、時たま悪戯っぽさが覗く。

演技をしていたのはお互い様——ということか。

「まあ、確かにそうかもね」

「いちいちムカつくわ」

「そりゃどうも」

どれだけ煽っても、真木はまったく動じなかった。めぐみは常に周りをコントロールする側に立ってきた人間だ。相手を操れないどころか、逆に自分が翻弄されている現状には我慢がならなかった。

「とにかくさ、犯人捜しを手伝わせてほしいんだ。冤罪を証明して君の誤解を解かないと、僕だってやってられないからね。まあ、いったい誰がどういう目的で僕に濡れ衣を着せようとしているのか、純粋に興味があるっていうのもあるけど」

真木の両目にきらりと明るい光が浮かんだ。

「だから、もう一度チャンスが欲しい」

「私を騙していた人間と行動を共にできるわけないでしょ」

「どうせ警察は民事不介入だし、護衛や見張りを無償でしてくれる人間なんてそうそういないよ」

「そんなもの要らない。一人でどうにかする」

「ねえ、君さ、今の状況を理解してる？」

真木が急に呆れたような声を出した。

「事件は、僕が光岡めぐみに復讐をしているかのような形で次々と起こっている。ただし、犯人は僕ではない。そうすると、真犯人は、君が小学生の頃に僕に対して行った仕打ちをすべて把握している人物ということになるよね。つまり僕らの元同級生だ」

めぐみはぎくりとして硬直した。

「それから、事件が今このタイミングで起きているというのも気になる。言わせてもらうけど、恨みや怒りなんていう感情は、十五年や二十年も経てばある程度は風化するよ。だから、こんな事件をいくつも起こすような強い動機を持つ犯人というのは、今現在の君に対して何らかの強い恨みを抱いている可能性が高い」

真木は淡々と言い、身を屈めてめぐみの顔を覗き込んできた。

「初等部の同級生のうち、今でも付き合いが続いている人。――僕が見た限りでは、樋口純も、秋庭孝弥も、玉山新太郎も、全員当てはまるよね」

「……そうね」

「彼らのこと、過去の恋人って言ってたけど、本当にそうなの？」

一瞬迷ったが、真木の射貫くような視線に耐えられず、めぐみはやむなく首を横に振った。

「現在進行形なんだね」

「ええ、そうよ。とっくに知ってるのかと思ってたけど」

「いや、すっかり騙されてたよ。君が玉山と六本木ヒルズの展覧会に行ったのを見て、初めておかしいなと思ったんだ」

それは意外だった。出会う前から知られていたのかと思っていたが、どうやら違ったらしい。

「三股かけてる、ってことか。すごいな。……その上、僕にまで手を出して」

「嫌味？」

「まあね。君っていう人間は、本当にあの頃から変わっていないんだなと思って。そんな君に選んでいただけて大変光栄だよ。僕も男として成長したってことかな」

開き直った様子で真木が言った。喧嘩を売られているようだったが、ここは堪えることにする。

「もちろん当人たちには知らせてないんだよね。三股をかけてること」

「当たり前じゃない」

「じゃあ、その秘密がバレてたとしたら？」

そんなことない、とは言い切れなかった。蓮見沙和子の名を出してそれぞれに固く口止めをしてあったが、どこまで守られているかめぐみが逐一把握することはできない。むしろ、山本の正体が真木良輔だと分かる前は、その可能性を疑っていたのだ。

「自分以外の男――しかも二人や三人もの男と同時に関係を持っていたとなると、それを知った恋人は、君に対して何を思うだろうね」

「……あの三人のうちの誰かが犯人だって言いたいの？」

「大いにありうると思う。まあ、君のことだから、他にも人に恨まれるようなことをたくさんしているのかもしれないけど」

「してません」

すぐさま反論したが、真木は取り合うつもりがないようだった。

「ちなみに、あの三人以外に、今でも繋がりのある初等部の同級生はいる？」

「……有希子、香織、金内」

「それだけ？　女子は全員、高校まで一緒だったんじゃないの？」

「悪い？」

低い声で凄むと、真木は「別に」と顔を背けた。その唇の端が緩んでいるのを見て、めぐみは拳を握り締めた。

「ということは、君を狙っている犯人は、その六人の中にいる可能性が高いね」

「容疑者の筆頭はあなたよ。忘れないで」

「じゃあ七人か」

真木は心外そうに言ってから、「でも、僕が犯人じゃないっていう証拠は、きっとすぐに出てくるはずだよ」と付け加えた。

「どうしてそんなことが言えるの」

「僕の出現が、犯人にとっては不測の事態だからだよ。要は、君を狙っている犯人は、自分に嫌疑がかからないようにするため、転校してその後の消息が知れなかった僕に罪をかぶせようとした。それなのに、不運――君にとっては幸運――なことに、僕がたまたま同じタイミングで君のそばに現れてしまった。もし犯人がこのことを知ったら、慌てに慌てるだろうね」

人間、焦るとボロが出るものだからね。

そう言って真木は爽やかに笑った。その笑顔は相変わらず、思わず呼吸を忘れてしまうほど魅力的だった。

「だから、僕を味方につけておくというのは悪い話ではないと思うよ」

真木がすっと近づいてきて、めぐみの両肩に手を置いた。思わず身を引いたが、思いのほか力が強く、逃れられない。

「協力させてくれるよね」

静かながら、その声には有無を言わさぬ響きがあった。

めぐみはしばし考えを巡らせてから、試すつもりで真木の目をまっすぐに見つめ返した。彼は視線を逸らさず、一点の曇りもない目をこちらに向けていた。

全面的に信用できるかと言われると、できない。ただ、真木の主張は一応の筋が通っているようにも思えた。

「信用はしない。でも、探偵ごっこはしてもらう。これでどう?」

めぐみが言い放つと、こちらをじっと見つめていた真木は、可笑しそうに顔を歪めた。

「相変わらず、プライドが高いね。まあ、あの光岡めぐみが僕なんかを少しでも頼る気になってくれたというのは、あんまり悪くない気分だけど」

「バカにしてるの?」

「いや。でも安心したよ。これで君を次の被害から守ることができそうだ」

真木の言葉を聞き、めぐみは眉を寄せた。「次の被害?」

「君だって気づいてるだろ。今までの事件は、君が僕に対して行ったいじめの内容を順番に再現している。体育倉庫への監禁は、五年生の夏。塩酸の実験中に殴る蹴るの暴行を加えられたのは、六年生の夏。ということは、その次は、たぶん——」

「落書きでしょ。卒業記念品への。それならもう事件は起こってる」

めぐみは、三人の男たちがペンキや油性ペンによる被害を受けたことを話した。真木は驚いた顔をして、「それはまずいな」と呟いた。

「まずいって、何が?」

「事件のステップだよ。六年生の秋にオルゴール箱に落書きをされた後、仕返しをしようとしたところを君に見つかったろ。それから、いじめはどんどんエスカレートした。落書き事件の次となると、おそらく、六年生の十二月だ。君が僕にいったい何をしたか、覚えてる？」

「さあ」めぐみは首を傾げた。「校舎の裏の池に突き落としたことは覚えてるけど」

「確かにあれが一番ひどかったな。心臓麻痺で死ななかったからよかったものの、熱を出して何日も寝込んだ記憶があるよ。でも、それは卒業間際の二月のことだ。その前に、君はそれと同じくらい過激なことをしている。……どう？　思い出せた？」

「いいえ」

「何年経っても忘れられないのは被害者だけってわけか。本当に覚えてないの？」

いくら訊かれても、さっぱり記憶になかった。もともと、体育倉庫に監禁したことや理科の実験中に引きずり回したことも、一連の事件に真木良輔が関係していると気づいてようやく思い出した出来事なのだ。オルゴール箱に関しては現物が家にあるから記憶も残っていたが、そのほかとなると、真冬の池に突き落としたことくらいしか覚えていない。命に関わるような悪戯だっただけに、あのときだけはさすがに職員室に連行され、校長や教頭にこっぴどく怒られたのだ。母親の蓮見沙和子までもが呼び出された。母が学校に来たのは、後にも先にもあれ一回きりだった。

「君、殺されるかもしれないよ」

突然、真木が低い声で囁いた。聞き間違えたのかもしれないと、めぐみは思わず「え？」と訊き返した。

「六年生の十二月にね、君は僕に――」

真木は声を潜め、押し出すように言った。

「――毒を飲ませたんだ。あわや殺人未遂。それが、君が起こした四番目の事件だよ」

家に帰るまでの間、真木良輔はぴったりとめぐみの隣をついてきた。途中で「顔が白いよ」と言われたが、めぐみは真木のことを無視して歩き続けた。

――毒が怖いなら、人前で物を食べなければいいのだ。

四番目の事件など起こされてなるものか、と息巻く。だが、真夏だというのに、手足の先はどんどん冷たくなっていった。

マンションの前に着くと、真木は玄関ホールまで一緒に入ってきた。

「部屋には上げないよ」と念を押すと、「分かってるけど、これが気になって」と真木はすぐそばの壁に取り付けられている銀色の郵便ポストを指差した。めぐみの住む三〇七号室のポストに、白い封筒が差し込まれていた。

急いでポストに歩み寄り、封筒を引き抜いた。宛名も差出人の名も書かれていない。今までの手紙と同じだった。

真木が後ろで見守るなか、めぐみは封筒を破って白いコピー用紙を取り出した。

今までよりも少し長い文章が、紙の真ん中に印刷されていた。

もう分かったよね。塗りつぶしの後は、消毒液と、冷たい冬の池。
だが、君が自らの強欲と罪を認め、三人の男にすべてを白状して別れを告げるのであれば、
その実行はしないでおこう。

第三章　塗りつぶしの後は、消毒液

雨の日だからだろうか。今日は身体がどうも重かった。

私は、机に突っ伏すようにして窓の外に広がる灰色の空を眺めていた。お昼休みが終わって、次は五時間目。国語の授業だ。いつもは眠くなる時間だけど、給食のカレーを半分くらい残してしまったから、今日は目をぱっちり開けていられそうだ。昨日の五時間目の途中にお腹が痛くて保健室に行ってからというもの、食欲が戻ってこなかった。なんだか嫌な気分だ。

だるいなあ、と思いながら伸びをする。そのとき、ふわりと香水の匂いが漂った。

めぐだ、と思って振り返ると、やっぱりそうだった。最近、めぐは香水をつけ始めた。家にあるものを適当に使っていると言っていたから、たぶん、結構な高級品だ。テレビに出まくっているあの蓮見沙和子と同じ香りだと思うと、ちょっとワクワクする。めぐのお母さんは授業参観に来たことがないから、直接会ったことはないのだけれど、自分が蓮見沙和子の一人娘の親友なのだと考えるだけで誇らしい気持ちになれる。

「どうしたの、ぼーっとしちゃって」

私の机にあごを載せて、めぐが上目遣いをしながら尋ねてきた。

「雨、嫌だなぁって思って」

「ああ。冬の雨って最悪だよね。寒いし、冷たいし」

「外に出れなくてつまんないし」

「ホント。風邪引いてる人多いのに、こんなに寒くてじめじめしてるんじゃ、どんどん悪くなっちゃうよねえ」

めぐはため息をついて、机に右の頬をぺたんとくっつけた。

「金内も咳ばっかしてるし、タカも頭がちょっと痛いって言ってるし。シンちゃんなんて、こないだから熱が出て休んでるけど、インフルエンザだったらしいよ」

「大変じゃん」

「移されてないといいね」

そんなことを話していると、急に大きな声が教室中に響き渡った。

「おい、みんな、来いよ！」

驚いて廊下のほうを見ると、ジュンとタカが後ろのドアから半分身体を覗かせていた。ニヤニヤと笑っている。

「真木がトイレの個室に閉じこもって、ゲーゲー吐いてるぜ」

えー、やだぁー、という声が女子の集団から上がった。何人かの男子が立ち上がって、一斉に廊下へと出ていった。男子トイレのほうに走っていくのが見える。

「ね、私たちも行こうよ」

めぐに手を引っ張られて、私も席から立ち上がった。もうすぐ先生が来る頃だったけど、別にいいや、と廊下に飛び出る。どうせ国語の授業はつまらないし、ちょっとした刺激は大歓迎だった。

私たちが着いたとき、男子トイレの前には人だかりができていた。他のクラスの男子も交ざっているみたいだ。その真ん中には、得意げな顔をしたジュンが立っていた。

「あいつ、泣いてたぜ。ヒーヒー言ってる声が聞こえてくんの」

「だっさ」

めぐが大きな声で言うと、クスクスと笑いが起きた。ジュンが泣いている真木の物真似を始めたから、私も噴き出してしまった。タカも一緒になって、お笑い芸人がやるショートコントみたいに、個室の外にいるジュンと中にいる真木の会話を面白おかしく再現している。

「真木も風邪なのかな。そんなに吐くような風邪、移ったら嫌だな。絶対苦しいよ」

騒いでいる男子たちを見ながら私が顔をしかめると、めぐが私の耳にこそこそと囁いてきた。

「作戦成功！」

「え？」

意味が分からず問い返すと、めぐはピースサインを出してみせた。

「さっきね、ジュンやタカと一緒に、真木の給食に毒を混ぜといたんだ」

「ええっ、毒？」

大きな声を出しかけた私の口を、めぐが素早くふさいだ。私は漫画みたいに口をもごもごさせながら、「そんなもの持ってたの?」と訊き返した。

「驚きすぎだよ」

めぐは笑いながら、スカートのポケットから細長いプラスチック容器を取り出した。中には透明な液体がちょっとだけ残っている。顔を近づけてみると、青い文字で英語が印刷されていて、その下には漢字が三文字書いてあった。『化』と『水』という文字が読める。真ん中の文字はまだ習っていない漢字だったけど、容器の形からして、たぶんお化粧品だ。お母さんが使っているものに似ている。

「これ、めぐの?」

「そう。でも、中身は化粧水じゃないの。実はね――」

めぐは私の耳に口を寄せて、「消毒液」と囁いた。

「消毒液?」

「うん。保健室の棚に消毒液の詰め替え用ボトルが入ってるの、知ってる? そこからもらってきたんだ。ちょっといいこと思いついちゃって」めぐはふふふと笑って、「これを飲んだらどうなると思う?」と訊いてきた。

「うーん」私は首を傾げて考えた。「苦いんじゃないかな」

小さい頃、お風呂に入っているときにボディソープを舐めてみたことがある。いい匂いがするから甘い味がするのかと思ったのに、すごく苦くて、わんわん泣いてしまった。たぶんそういう感じなんじゃないかな、と想像してみる。

めぐは両腕でバツ印を作ってみせた。「それだけじゃないんだよ」と得意そうに言う。「タカに教えてもらったんだけど、ただ不味いだけじゃないんだって。消毒液って、飲んだら身体に毒なんだってさ。傷を治すために使うものなのに、毒にもなるなんて、不思議だよね」

「そうなの？　知らなかった」

「だからね、これを、さっきのカレーに入れといたんだ」めぐは得意そうに言って、胸を張った。「本当にタカの言うとおりなのか、試してみようと思って」

毒というのが消毒液のことだと分かって、私はほっとした。毒キノコとか、推理物のマンガに出てくる「青酸カリ」とか、そういうものでないのなら安心だ。

でも、少しだけ心配になった。いくら消毒液でも、たくさん飲ませたら危険なんじゃないだろうか。タカはお医者さんの息子だから、本当のことを言っているはずだ。

「それ、大丈夫なの？　真木、死なない？」

「あの程度で死ぬわけないよ。そういうことはさすがに分かってやってるんだからさ、安心してよ」めぐは私の心配を豪快に笑い飛ばした。「最近風邪引いてる人も体調崩してる人もすごく多いから、先生や親にも絶対バレないよ」

「さすが、頭いいなぁ」

私は感心してめぐの顔をしげしげと眺めた。

オルゴール箱に落書きをされそうになった先月のあの日以来、真木に対するめぐのいじめは今までよりもいっそう陰湿になっていた。真木が読んでいた本を取り上げて窓から投げ捨てたり、掃除の時間に箒の柄で殴ったり、放課後に真木の机の中のものを全部ゴミ箱に突っ込んだりはしたけど、ここまでやったのは初めてだ。

ゴホゴホと真木が咳き込む音が聞こえてきた。あはは、とめぐが上を向いて笑った。

「ねえみんな、先生戻ってきたよ！」

教室のほうから走ってきた男子が叫んだ。集まっていた人たちはわらわらとその場を離れ、自分の教室に帰っていった。

私はめぐを待って、最後まで廊下に立っていた。ジュンやタカも戻っていき、辺りが静かになった頃、トイレの水を流す音と水道の音がして、よろよろと真木が出てきた。

「どう？　気分は」

めぐが立ちふさがると、真木は眼鏡の奥の目を見開いた。もう誰もいなくなったと思っていたのだろう。

「保健室にでも行って、そのまま帰りなよ。明日土曜日だし、ちょうどよかったんじゃない？先生には、私から伝えておいてあげる」

「え、でも、ランドセルが……」

真木は苦しそうな声で言って、また口を押さえた。吐き気が込み上げてきたのかもしれない。

めぐと私は、小さく悲鳴を上げて数歩遠ざかった。

「持ってきたよ！　先生にも言っといた」

後ろから足音が聞こえた。白いワンピース姿の女子が、汚れた黒いランドセルを掲げている。

「ありがと」

めぐが微笑んだ。どうやら、教室を出る前に、真木が早退することを担任に伝えてランドセルを持ってくるよう命令していたらしい。この状態の真木を教室に戻すと消毒液のことがバレるかもしれないから、見つからないうちにさっさと家に帰してしまおうということだ。悪さをするときのめぐはいつも抜かりない。

めぐはランドセルを乱暴に押しつけ、呆然としている真木に向かって手を振った。

「じゃあね。また来週。……さ、有希子、香織、戻ろっか」

◇

一点の曇りもなく磨き上げられたショーウィンドウのガラスを横目に、古めかしい木の扉を引く。足を踏み入れると、畳の香りが漂った。クーラーをつけているようだが、店内の空気はぬるい。

「お、光岡さん、いらっしゃい」

店の奥から威勢のいい声がかかる。毎度のことながら、八百屋か魚屋にでも入ったと錯覚してしまいそうだ。

「久しぶりだね。今日は何を持ってきてくれたのかな——あれ、お連れさん?」

丸顔の店主が、めぐみの背後にいる人物に気がついて動きを止めた。ため息をつきそうになりながら振り返ると、真木良輔は両手に大きな紙袋を提げたまま物珍しげに店内を見回していた。

「一人で来るつもりだったんですけど、この人がついてきたいって言うから」

「へえ、随分と男前だね。羨ましい限りだ」

恋人だと勘違いされているのだろうが、本当の関係性を説明する気も起きない。だが、真木がまんざらでもなさそうに「いえいえ」と答えたのを聞き、めぐみはすぐに否定しなかったのを後悔した。

「今日はこれ全部、査定してほしいんです」

めぐみは乱暴に真木の手から紙袋を取り、カウンターに載せた。二つの紙袋に阻(はば)まれて、背が低い店主の顔が危うく視界から消えそうになる。

「え、こんなに?」

「ええ」

店主は紙袋を傾けて中を覗き、もともと丸い目をさらに見開いた。ブランドバッグ、小物、時計、貴金属など、ありとあらゆるものを雑多に詰めた袋は、宝の山にでも見えているのだろう。

「今日は大放出だねえ。しかも見たところ高額買取品ばかりだ」

「いつものことでしょ」

「まあそうだけどさ、数が違うよ。よくこれだけ持ってたね。君さ、本当に何者なわけ？　芸能人？」

「いいえ」母親はね、と心の中で付け加える。

「秘密主義だなあ。ねえねえお兄さん、光岡さんって何の仕事してるの？」

「うーん、一応会社員って聞いてますけどね、本当のところは分かりません」

答えを聞くなり、めぐみは真木の靴を踏みつけた。真木は顔を歪めて足を引っ込めた。めぐみは店主のほうへと向き直り、「お金、どのくらいになるかしら」と首を傾げてにっこりと微笑んだ。

「これ、全部買い取っちゃっていいの？」

「もちろん」

「そうだなあ、だいぶ数が多いから査定するのも時間かかると思うよ。そこで待ってる？」

店主が指差した先には、椅子が二つあった。バッグやアクセサリーが陳列された木製の商品棚の前に並べて置いてある、座りにくそうな銀色の丸椅子だ。めぐみは少し迷ってから、首を横に振った。

「いいえ、外にいます。ここから見えるところにいるので、終わったら声をかけてもらえます？」

「はーい、承知」

おどけた調子で言うと、店主はさっそく紙袋の中身を確認し始めた。めぐみは商品棚を眺めている真木の腕を思い切りつかむと、入り口の扉を押し開けて外に出た。

「痛い痛い」

手を離すと、真木は不満げに顔をしかめ、大げさに腕をさすった。「乱暴だなあ。昔っからだけど」というぼやきが聞こえ、めぐみは真木を睨みつけたが、真木はまったくこちらに目を向けていなかった。青々とした夏空を見上げている。

「暑いのに、どうして店の外に出てきたの？」

「余計なことを言われたら困るから」

「僕が？　そんなことしないさ」心外だ、というふうに真木が肩をすくめる。「三股かけてるから贈り物の数も三倍なんです、とか？」

「あのねえ」

「しかし意外だったな。もっと都会的な店に出入りしてるのかと思ってた」

「立地や店構えがちゃんとしてるところは、店舗の維持にそれ相応の経費がかかってるぶん査定額が下がるの。それくらい常識よ」

上野駅から徒歩十分程度の場所にあるこの店は、細い通りに入っていくつも角を曲がった先にあった。知る人ぞ知る質店で、いつも客は少ない。すっかり仲良くなった店長曰く、曾祖父の代から細々と続いている老舗らしい。店主が四十前後だろうから、その三代前からとなると相当だ。その歴史は、今にも倒れてしまいそうな木造の建物からも窺える。

「質屋の店主が、君のことをどう思ってるのかが非常に気になるよ」

「それはそうね」

「ガールズバーや高級クラブのナンバーワンか……もしくは、むやみやたらに客をたぶらかすキャバ嬢とかかな。君には後者がお似合いだ」

「ちょっと、どうして水商売限定なのよ」

めぐみが気色ばむと、真木は面白がるような表情をした。

「知らないの？　男に貢がせたブランド品を質屋に売るのは、夜の仕事をしている女性がよく使う手なんだよ」

「え？」頬が熱くなる。「そうなの？」

「うん。それくらい常識だと思ってたけど」

「でも、さっきは『芸能人？』って訊かれたじゃない」

「君を気持ち良くさせるためにおべんちゃらを言ってるんだよ。質屋だってビジネスだからね。客に『お水の人？』なんて訊けるわけないだろ。芸能人やセレブだったら、こんなところには来ないで業者を家に呼ぶさ」

――確かに、母はそうしていたかもしれない。

街中にある質屋の客層がどのようなものか、今まで考えたこともなかった。身の回りに水商売の女性は一人もいないのだから、知らなくて当たり前だ。

手の甲の火傷がじんじんと痛む。めぐみは真木を睨みつけた。腹立たしいことに、真木は楽しそうに微笑んでいる。

「それにしても、本当に全部売り払うんだね。遅かれ早かれ不健全な関係は清算したほうがいいとは言ったけど、ちょっと極端すぎじゃない？」

「後になって返せって言われたら困るから、先に換金しとくのよ。法的にも問題ないでしょ」

「まあ、もともと贈与されたものだし、条件つきでもない限り請求されても返還義務はないけど……でも悪質さの度合いによっては詐欺の要件を満たすかな」

「まあ、とにかく」深く突っ込むと逆に劣勢になりそうな気がして、めぐみは真木の言葉を遮った。「お金に換えてしまってから、自分の好きなものを買ったほうが楽しいしね」

「でもさ、今だって犯人に尾行されてるかもしれないんだろ。紙袋なんかで金目のものを持ち運んで、さらにはこれから大金に換えるなんて、盗まれたらどうするんだよ。不用心にもほどがある」

「すぐそこのATMで入金するから大丈夫。ついてきてくれるでしょ？」

めぐみは向かいにあるコンビニを指差した。真木は呆れた表情をして、肩をすくめた。

「君は、まだ僕のことを疑ってるんじゃなかったっけ」

「ええ。でも、人目のあるところで直接仕掛けてくるほど大胆な人間じゃないと思ってる」

「不名誉だな。ここまで来る途中、僕を荷物持ちにしたのもそういうこと？」

「両手がふさがってれば、私に手出しはできないでしょ。東京の街中を、かさばる紙袋を持って逃げられるとも思えないし」

「ひどいな」

「それはこっちの台詞よ。本当はついてきてほしくなかったのに、一緒に行くとか言うから。

何、大学の准教授っていうのはそんなに暇なわけ？」

「人によるよ。学会の時期や回数、海外学術調査の有無、一定の評価を保つために学術雑誌に出さなきゃならない研究論文の本数――このあたりは人それぞれだからね。ま、今みたいに学生が夏季休暇に入ってる時期は、講義も定期試験もないから有休は取りやすいよ。少なくとも一般企業よりはね」

この話し方からして、どうせ効率よく立ち回っているのだろう。めそめそ泣いてばかりいた真木良輔が今や人生の勝ち組として生活していることには、どうにも納得がいかなかった。

「はいはい。暇なのは分かったけど、マンションの前で待ち構えるのはやめてもらえない？心臓に悪いから」

「護衛する対象に警戒されている状況ってのはこんなにやりにくいんだね。心が折れそうだよ」

ちっともへこたれていない口調で言うと、真木は腰に手を当ててめぐみのことを見下ろしてきた。

「で、本当にあいつら全員と別れるつもりなの？」

「そのつもりよ」

「たった一晩で決めたわけ？」

「ええ」

「さすがだな。確かに、犯人があゝいうことを手紙に書いてきた以上、事件の根本的な原因だと思われる人間関係を断ち切るのは賢明だと思うけど」

「そうでしょ。何かおかしい？」

「いや、別に。自分に不必要だと思ったら掌を返してばっさり切るんだな、と思って」真木は堪えきれない様子でくすりと笑った。「君のそういうとこ、嫌いじゃないよ」

めぐみはふんと鼻を鳴らし、顔を背けた。

大きな道から離れているとはいえ、徒歩圏内に駅がいくつもあるこの地域はどこも人通りがある。平日の昼間だからか、スーツ姿がちらほら目に入った。

「さっきも言ったけど、メリットとデメリットを天秤にかけてるだけだから。デメリットが明らかに大きくなった以上、あえて執着する理由もないのよ」

あの三人と交際するメリットは、心ゆくまで贅沢ができて、好きなものをたくさん身につけられることだ。デメリットは、三股の事実を隠すため常に注意を払っていなければならないこと。今まではそれくらいだった。しかし、正体不明の犯人から届いた手紙には、三人の男と別れさえすれば四番目の事件は起こさないと書かれていた。つまり、逆に付き合い続けようとすると、毒を盛られて命を落とす危険があるということだ。

これではデメリットのほうが圧倒的に大きい。心に決めた婚約者というわけでもないのだし、むしろ良い機会かもしれない。

めぐみはいつだって、そのくらい割り切って過ごしていた。それが頭の良い生き方というものだ。

――本当は、怖がっているだけなんじゃないか。

頭をもたげる疑念を、めぐみは無視し続けていた。

「いったい犯人は、どういう意図で君を男たちと別れさせようとしているのかな」

真木がふと口を開いた。めぐみはその問いかけを一蹴した。

「嫉妬か嫌がらせのどちらかでしょ。恋愛関連のトラブルなんて大体がそれよ」

「単純明快だね」

「つまり、もしあなたが犯人なら、一連の事件は大嫌いな私への嫌がらせね」

「もし僕が犯人なら、ね。でも実際は違う。僕が小学校のときのことをまだ根に持っているという設定で、別の誰かが復讐劇を演じているんだ。その奥にある動機は、嫉妬か嫌がらせか、はたまた別の何かか」

真木は腕を組み、アスファルトをじっと見つめた。これだけ暑いのに、Tシャツを着た真木の首筋には汗が一滴も伝っていなかった。

「ちなみに、まずは誰から会って話をする予定？」

「そうね」めぐみは少し考えてから答えた。「新太郎かな」

「玉山ね。その心は？」

「なんとなく。理由なんてない」

嘘だった。玉山の名前を挙げたのは、一番すんなり別れられそうな気がしたからだ。秋庭とはとことん揉めるだろう。樋口は引き留めてくるだろうが、最終的には諦めるに違いない。

「いつ会うの？　君のことだから、まさか今日の夜とか？」

「いいえ。今日は先約があるから」

「あれ、誰と？」

「有希子と香織。久しぶりに三人で会うの。誰かさんが最近私の周りを嗅ぎ回っていたみたいだから、そのことを相談しに、ね」

「誰かさん、か」

真木は不満そうに唇をすぼめた。

「確かに君の居場所を調べたりはしたけど、僕を疑うのはお門違いだよ」

「お門違いかどうかは客観的に判断するから」

めぐみは好戦的な目で真木を見つめた。真木の目もめぐみの顔を捉える。吸い込まれるような目だ、と思った。


質屋での換金とATMへの入金を終えると、めぐみはいったん自宅に戻った。カフェで時間をつぶそうかとも考えたが、外で飲食をする気分には到底なれなかった。そもそも真木の見ている前でコーヒーを飲むなど論外だ。いつ毒を盛られてもおかしくない。

真木の給食に消毒液を振りかけたときのことは、聞いた当初、まったく思い出すことができなかった。だが、繰り返し語られるうちに、秋庭が消毒液の毒性について意気揚々と説明していた記憶や、皆で男子トイレの前に群がった記憶がだんだんと蘇ってきていた。

「よりによってカレーだったから、味の異変にすぐに気がつけなくて、飲み込んじゃったんだよ。おかしいなと思って君らの顔を見たら、ニヤニヤしてこっちを見ててさ。その後、急に手足が痺れたり身体が重くなったりし始めたもんだから、これはやばいと思ってトイレに駆け込んだんだよね。喉の奥に指を突っ込んで無理やり吐き出したからよかったけど、あのままだと倒れて運ばれてたかもしれない。下手したら死んでたよ。消毒液っていうのは致死量がものすごく少ないんだ。希釈してあるならまだしも、原液を飲んだら大変なことになる。身近なものの中では最も毒性が強い薬品の一つだってこと、あのときの君は知らなかったんだろうね――というか、知らなかったことを祈るよ」

よほど根に持っているのか、真木は何度もその話をした。めぐみが覚えていないと言ったのが悔しかったらしい。「ちょっとだけ思い出した」と話すと、真木は一転して満足そうな顔をした。

「池に突き落とされたときも怖かったけど、直接的に死を意識したのは後にも先にもあのときだけだね」

「何、謝ってほしいの？」

「いや。ただ、君が混入させた消毒液が致死量に達していたとしたら、僕はとっくにこの世にいなかったかもしれないと思うと感慨深くてね」

夕方にマンションを出て、待ち合わせ場所である代官山駅に向かう間も、どこからともなく現れた真木はまた恨み言をぶつけてきた。

「学校に行かないという選択肢があったら、間違いなくそうしていただろうね。ただ、あの頃の僕は真面目すぎた。いじめられたという理由だけで欠席するのは、ずる休みと同じだと思ってたんだ」

「確かに、不登校にならないのが不思議なくらいだった」

「そう思ってたなら、途中でやめてほしかったよ」

真木はこれ見よがしにため息をついた。

「僕だってさ、学年唯一の特待生だとか、暗算大会の覇者だとか、そういうレッテルに見劣りしないように頑張ってたんだ。特待生といっても教材代や寄付金は払わなきゃいけなかったし、両親がちょっと背伸びをして僕を玉菱に入れてくれたことは分かっていたから、転校先で弱音を吐いたらいけないと思い込んでいた。ようやく勇気を出せたのは、卒業間際になってからだった。池に落とされて高熱を出したとき、初めて両親の前で大泣きして、『中学は別のところに行きたい』って頼み込んだんだ。両親は、予想よりもすんなりOKしてくれた。それどころか、『玉菱に編入させちゃってごめんね』って謝ってもくれた。それで学んだんだよ。我慢しすぎるのも良くないことなんだ、って」

いい加減相手をするのも面倒になり、めぐみは黙ったまま先を歩いた。心配しなくとも、渋谷で乗り換えて代官山に向かうまではずっと人混みの中だ。真木が犯人だったとしても、衆人環視の中で突然後ろから刺してきたりはしないだろう。犯人捜しを許可してしまった手前、ある程度は割り切って過ごすしかなかった。

「まあ、何度も言うけど、君のことはもう恨んでないよ。中学以降、僕がことごとく空気を読む人間へと変身したのは、ひとえに君が僕に植えつけたトラウマのおかげだからね。おかげさまで、今では上手くやれてるよ。人間関係も、仕事もね」

電車から降りる直前、真木はそんな言葉を最後にどこかへ消えていった。もう恨んでいないなど、心にもないことをよく言えたものだ。めぐみは胸のむかつきを抑えつつ、急ぎ足で改札に向かった。

同級生への聞き込み調査を終えた、と有希子が連絡してきたのは昨夜のことだった。どうせなら香織と三人で食事でもしようと提案したところ、さっそく今日会うことが決まった。

改札前には、既に有希子が待っていた。長い黒髪にかけたパーマが前見たときよりもきつくなっている。もともと背が高いのに、十センチはありそうなヒールを履いていた。クリスチャン・ルブタンの黒いパンプスだ。

「お久しぶり」

さっと手を上げて合流する。二言三言交わしているうちに、すぐに後ろから香織が現れた。同じ電車に乗っていたらしい。

「わあ、香織に会うのすごく久しぶり」

有希子は顔をほころばせ、香織と手を合わせて喜んだ。

小学校から高校までずっと一緒に行動していた仲だ。顔を合わせるのは久しぶりだったが、すぐに以前どおりのテンションに戻った。めぐみが真ん中に立ち、三人並んで予約している店に向かう。店選びは、「代官山は庭」と豪語している有希子に任せていた。

有希子が選んだのは創作和食の店だった。個室を予約したと聞き、めぐみはほっと胸を撫で下ろした。これで、少なくとも食事中は、真木の視線を断つことができる。

席についてドリンクを頼むなり、「あのこと、香織にも言ったの?」と有希子が身を乗り出してきた。

「真木のこと? 言ったよ」

「そっか。なら話が早い」

有希子はさっそく、初等部の同級生に探りを入れたことを話し始めた。

「まずマサミに訊いたんだけど、思い当たることはないって言われてさ。その後アヤに電話してみたら、こっちがビンゴ。最近、急に田中さんからフェイスブック経由で連絡があって、めぐのことを訊かれたんだって。あ、田中さんって覚えてる? 田中智美(ともみ)」

「わりと地味な子? 優等生タイプの。確か高校から別の学校に行ったよね」

香織があごに人差し指を当てながら言うと、有希子が「そうそう」と頷いた。

「アヤに聞いてから思い出したんだけどさ、確か田中さんって、小学生の頃けっこう真木と仲良かったんだよ。すっかり忘れてたけど」

「で、アヤが話しちゃったわけ?」めぐみは顔をしかめて尋ねた。

「そうなんだよね。私から聞いてたことを洗いざらい喋っちゃったらしくてさぁ。家を出て今は一人暮らし、住まいは池尻、大学まで玉菱学園、仕事は保険関係、まだ独身、とかなんとか」

「それ、そもそも有希子がアヤに情報を渡しすぎなんじゃないの」

まだ独身、という情報は明らかに余計だ。それに、いくらなんでも住まいの場所まで教える必要はないだろう。有希子は自由が丘に住んでいるから、自慢がてらめぐみとの比較でもしていたのかもしれない。

「ごめーん」有希子が手を合わせたが、反省の色はさほど見えなかった。「でも、金内も訊かれたって言ってたよ」

「金内が？　誰に？」

「同じく田中さんに。変だなと思ったからあまり話さなかったって言ってたけど」

「それ、完全に黒じゃん。田中智美が真木に頼まれて情報収集してたんだよ」

めぐみはソファの背もたれに寄り掛かり、深く息を吐いた。有希子がちょっと訊いて回っただけで田中智美と接触した同級生が二人もいたということは、クラス全体で見るともっといるに違いない。

あとで真木を問い詰めよう――とぼんやり考えていると、扉が開いて店員が顔を出し、サングリアを三つテーブルに置いた。今日は女子会だから、飲む量をセーブする必要はない。乾杯をしてから、めぐみは一気に半分ほどを飲み干した。アルコールでも入れないとやっていられない。実のところ、昨夜も家で一人晩酌をしていた。

飲んでしまってから、ふと疑念が頭をよぎった。

――飲んで、大丈夫だったろうか。

身を硬くし、向かいに座っている二人を観察する。香織は、めぐみと同じように勢いよく酒を呷っていた。見た目によらずアルコールに弱い有希子は、口をつけただけでほとんど飲んでいない。特に変わった様子はなかった。

犯人は六人の中にいる――と断言した真木の言葉を思い出す。

めぐみは急いで口の中に残るサングリアの後味を確かめた。おかしなところはないように思えたが、消毒液入りのカレーを食べた真木の体験談を思い出した瞬間、食欲もアルコール摂取欲も急激に減退していった。

「それにしても、どうして真木はめぐだけじゃなくて彼氏たちも狙うんだろうね」

グラスを弄びながら、有希子が不思議そうに言った。「全員いじめっ子だったから？」と香織が首を傾げると、有希子は眉を寄せて首を左右に振った。

「ジュンは私たちと同じ班だったし、いじめの主犯だったから分かるけど、シンちゃんなんてほとんど何もやってないよ。それに、タカが入るなら金内だって対象にならないとおかしいし」

「そっかあ」香織が頬杖をついた。

「もしかして、嫉妬だったりして」

有希子の言葉を聞き、めぐみは「は？」と声を上げた。「どういう意味よ」

「ストーカーってことは、めぐに執着してるってことでしょ。つまり、めぐと一緒にいる彼氏たちは嫉妬の対象。だから男たちに嫌がらせをして、めぐから引き剝がそうとしてるんじゃないかと」

「ありえないでしょ。あれだけ叩きのめした相手なんだから」

「どうかな。人間の心理は複雑だからね。今になって小学生時代のいじめっ子に惚れる、なんてこともあるかもしれないよ」

有希子は面白がるように言ってから、「もちろん冗談だけど」と笑った。

「でも、めぐを好きだった相手といえば、金内のイメージのほうが強いな」

花びらの形に盛りつけられた刺身に箸を伸ばしながら、香織が何気ない様子で呟いた。

「え、金内？」

「めぐ、知らなかったの？　六年生の修学旅行なんて、金内がめぐに告白するかどうかでどの部屋も持ち切りだったのに。ね、有希子」

「そうだったね。懐かしい」

めぐみは目を丸くして二人を見つめた。「え、何それ。全然知らなかったんだけど」

「なんだ、意外。めぐのことだから感づいてるのかと思ってた。私、だから一年前の飲み会に、タカじゃなくて金内を呼ぼうとしたんだよ。それなのに、めぐがタカじゃないと嫌だって言うから」

「だって、金内はただのサラリーマンだもの」

「そんな理由で恋愛対象外にされるなんて、金内ショックだろうなあ」

「しょうがないじゃない、お金はないよりあったほうがいいし」めぐみは腕を組んで、有希子と香織の顔を交互に見た。「私、小学校の頃に自分のことを好きだった男子って、純だけだと思ってた」

「あー、ジュンもその頃からだったね。ますます懐かしいわ」

有希子が楽しそうに手を叩いた。香織は「そうだったっけ」と言いながら生春巻きを箸でつまんでいる。

そのとき、テーブルがブーという音を立てて振動した。伏せて置いてあったスマートフォンを手に取ると、『山本正志』という表示が白い文字で出ていた。

「あ、この間の大学教授さん?」すかさず上から覗き込んできた有希子が親指を立てた。「電話、出てきなよ」

登録名をそのままにしておいてよかった、とほっとしながら個室の外に出る。「大学教授って?」「めぐの新しい男だよ」という会話が後ろから聞こえてきた。もはやそうではないのだが、このまま何も知らせずにおくことにする。

後ろ手に扉を閉めてから、めぐみは通話ボタンを押し、スマートフォンを耳に当てた。

「もしもし、何?」

有希子と香織に声が聞こえないよう、入り口に向かおうとする。その途端、『君の個室の二つ隣』という声が耳に飛び込んできた。

狭い通路を見回すと、すぐそばの個室の扉がすっと開いた。そこから真木の顔が覗く。めぐみは驚いて後ずさった。

「どうしてここにいるの」

「君らの話を聞くためだよ。できるだけ近い席に通してもらったんだ。じゃないと、ついてきた意味がないだろ」真木は小さくため息をついた。「すっかり、僕がストーカーってことで話を進めてるんだね。大学の准教授とは別人ってことになってるし」

「成り行きよ。で、用件は？」

「音を拾いたいから、その電話を繋ぎっぱなしにしておいてほしいんだ。さっきまではだいたい聞こえてたんだけど、間の部屋に客が入ってからはさっぱりでさ」

「本気で言ってる？」

「僕は至って真面目だよ。君らの話の中に、真相に繋がるヒントがあるかもしれないからね」

今度はめぐみがため息をつく番だった。「通話料はそっち持ちね」

「それはもちろん」

めぐみは身を翻し、有希子と香織が待つ個室に戻った。スマートフォンをスピーカーモードに切り替えた上でボリュームをゼロにし、バッグに投げ入れる。これで、こっちの音だけが向こうに聞こえるはずだった。

話題はすっかり切り替わっていた。有希子は相変わらずグラスの酒を減らしていないが、香織は早くも酔いが回り始めたようで、さっそく目の縁を赤くしている。

「有希子がアップしてた猫の写真、可愛かったねえ。あれ、何の種類？」

「ロシアンブルーよ。素敵でしょ。イケメンだから一目惚れしちゃった」

「へえ、男の子なんだぁ」

「そう。おかげで家事をしてても楽しくって」

「有希子ってなかなかフェイスブック更新しないから、久しぶりに投稿見てびっくりしたよ。猫ちゃんの写真もいいけどさ、旦那さんとの写真とかもアップしようよ」

「えー、おじさんの写真なんか載っけてもつまらないでしょ」

有希子はケラケラと笑い、「年下の男の子との写真ならたくさんあるけど、SNSには上げられないし」と付け加えた。「限定公開機能を使えば大丈夫でしょ」と香織がコメントすると、有希子はもったいぶったように唇に人差し指を当てながら「そういう手もあるね」と片目をつむった。

「香織こそ、最近どうしちゃったの？　投稿の内容が彼氏の話ばっかりじゃん。前は全然そういう話題載せなかったのに、びっくりだよ」

「えー、そう？　書きたいことを書いてるだけだよぉ」

「へえ、香織も変わったねえ。昔は真面目だったのに」有希子が豪快に笑った。「投稿、けっこうチェックしてるよ。この間、調布の花火行ったんでしょ」

「そうそう。よしくんとね」

「写真に写ってたイケメン彼氏か」

「うん。かっこいいでしょ」

香織は急に声のトーンを上げ、身体をくねらせた。当てつけなのか分からないが、わざわざめぐみをちらりと見る。

「ああ、あのツーショット？」

そんな香織に苛立ちながら、めぐみはようやく話に割って入った。屋台が立ち並ぶ前で、仲良く浴衣を着てピースサインをしている写真だ。暗いところで撮った画質の悪い自撮り画像より、綺麗に撮れていた花火の写真だけ載せておけばいいものを、一枚目に表示されるよう香織が設定していたのは彼氏とのツーショットだった。

「花火の写真、上手く撮れてたね。あれもスマホで?」

話を逸らすべくめぐみが尋ねると、香織はバッグを探って四角いカメラケースを取り出した。

「ううん、花火はこれで。念願のミラーレス、買っちゃったんだぁ」

「お、奮発したね」

「そうそう、大出費。だから今回、せっかくよしくんと行ったのに、二人で撮ったのはあのスマホの自撮り写真だけで、あとはこっちのカメラで花火の写真ばっか撮っててさぁ」

「よしくんかわいそ」

めぐみは笑って香織の話を流した。また長いのろけ話に戻るのは御免だ。

「調布の花火大会を見ようって、わざわざ休日に学校に集まったのはいつだっけ」

有希子が首を傾げたのに対し、「五年生の夏」とめぐみは即答した。つい昨日真木と復習したばかりだからよく覚えている。「そんなこともあったね」と赤い顔をした香織が頷いた。

それからしばらくは、次々と出てくる料理の話題がメインになった。ただ、めぐみはほとんど食べ物を口に運ぶことができなかった。趣向を凝らしたメニューに舌鼓を打ちたいのは山々なのだが、どうしても頭の中で毒物の混入を疑ってしまう。手元のサングリアをちびちびと飲んでごまかしているうちに、刻々と時間は過ぎていった。

「そういえば、めぐは最近どうなの？　さっき電話してきた大学教授さん、結局四人目の彼氏にしたわけ？」

ようやく一杯目のグラスを空けた有希子が問いかけてきた。心なしか目がとろんとしている。

「やっぱりやめたわ。他に優良物件なんていくらでもいるし」

盗聴されていることを意識して、はっきりと否定した。有希子は「へえ」と目を見開いた。

「どうしちゃったのよ。この間はあんなに自慢してきたのに」

「やめてよ」

本当に勘弁してほしかった。この会話は真木に聞かれているのだ。

「じゃあ、しばらくは元の三人と付き合っていくつもり？」

「それなんだけど——」一呼吸おいて、めぐみは宣言した。「私、全員と別れることにした」

「え、どういうこと？」

「言葉のとおりよ」

「タカと別れるってこと？」「ジュンとも？」「シンちゃんとも？」

向かいに座っている有希子と香織が驚いた顔をして、口々に尋ねてくる。まあまあ、とめぐみは二人を宥めた。

「どういう風の吹き回し？」

「ストーカーから新しく手紙が来たの。今付き合っている男たち全員と別れるなら、これ以上つきまとうことはしない、って」

「ええっ、何それ」香織が眉を寄せた。有希子が「でもさ」と首を傾げる。

「ストーカーって言っても、正体は真木なんでしょ。あんな奴の言うことに従う必要なんてなくない？　弱気になるなんて、めぐらしくない気がするけど」

「だって面倒なんだもの、ストーカーを気にして生活しなきゃならないなんて。だったら、いっそのことけりをつけちゃおうかな、って。また新しい男を探せばいいだけの話なんだから、私にはほとんどダメージはないしね。それくらいで済むんだったら逆にいい機会だわ」

「うわあ、めぐったらポジティブ」有希子が口元に手を当てて笑った。「三人の金持ちを捨てたら、欲しいものがなかなか手に入らなくなっちゃうかもしれないのに」

「またそういう男を捕まえればいいだけの話よ」

「すごい強気ね」

見下すような雰囲気が言葉の端に感じ取れたが、気にしないことにした。男を落とすテクニックなら他の誰よりも磨いてきた。有希子は見くびっているのかもしれないが、これはハッタリではない。別のセレブを見つけて物にする自信は十分にある。

「ま、めぐがそこまで割り切ってるんだったら、真木は読み違えたってことになるね。恋人たちと別れることがめぐにとって打撃になると思って、そういう変な命令をしてきてるんだろうから」

真木は今でもピュアなんだろうな、と有希子は甲高い笑い声を上げた。

店員に伝票を差し出されるまで、とりとめもない話が続いた。店を出る間際に、「真木、早く捕まるといいね」と有希子が肩に手をかけてきた。

「警察には届けてあるんでしょ？　さっさと牢屋にぶち込んでくれればいいのにね」

「今の時点では警告しかできないみたいよ。犯罪の証拠が見つかれば、逮捕してもらえるんだろうけどね」

「ホント、気をつけてね」香織も心配そうに声をかけてきた。「また真木が何かしてきたら相談してよ」

「ありがと」

めぐみは二人に向かって微笑んだ。

代官山駅を入ってすぐに有希子と別れ、めぐみは渋谷まで香織と一緒に移動した。一人になってからは幾度となく辺りを見回してみたが、真木の姿は見当たらなかった。繋ぎっぱなしにしていた通話はいつのまにか切られていた。

――見張りをすると言っていたくせに、どこに行ったのだろう。

田園都市線に一駅乗って下車し、家までの道を歩く。暗くなってからこの道を通るのは気が重かったが、かといって歩いてすぐの距離をタクシーで行く気もしなかった。

コンビニや飲食店が並ぶ通りから一本中に入ったところから、めぐみは早足になった。特に、監禁された物置の前は小走りで通り過ぎた。まだ二十二時台だから通行人はちらほらいたが、足が急ぐのを止められなかった。

もう一つ角を曲がれば家に着くというところまで来て、ふと足を止める。

——もしかしたら真木は、先回りしてマンションの前で待っているのではないか。

めぐみはそっと曲がり角へと近づき、音を立てないように気をつけながら顔だけを出した。

マンションのそばにある自動販売機の前に、モデルのような体形をした長身の男が立っていた。飲み物をちょうど購入したところらしく、受け取り口から缶を取り出している。

——やっぱり。

めぐみは歩き出そうとした。そのとき、男の動きに異変を感じた。

真木は缶の蓋を開けると、ポケットから小さいビニール袋を取り出した。その中から小さな銀紙のようなものをつまみ出し、親指を当てて缶の中に中身を押し出すようにしている。直後、ポケットにビニール袋と銀紙をしまった真木は、缶をくるくると回し始めた。

錠剤か何かを溶かそうとしている動きに見えた。

一つ深呼吸をして時間をおいてから、めぐみは真木の元へと歩き始めた。「ここにいたのね」と今気づいたかのように声をかけると、缶を持った真木はすぐにこちらを向いた。

「おかえり。電話、繋いだままにしてくれてありがとうね。おかげで面白い話がいろいろ聞けたよ」

「わざわざ盗聴までする必要があったとは思えないけどね。あなたにとっては気分の良くない発言も多々あったんじゃない？」

「何、心配してくれてたの？」真木は悪戯っぽく目を輝かせた。「別に問題ないよ。君らに心ないことを言われるのなんて慣れっこだからね。痛くもかゆくもない」

「あら、そう」

「それに、懐かしかったよ。保科さんや本間さんが花火の話を始めるもんだから、体育倉庫に閉じ込められたことを思い出したりなんかしてね。君にいじめられるようになったのはあのときからだったな」

「そうだったかしら」

「まったく、いろんなことを忘れてるんだね、加害者は」

真木は皮肉交じりの口調で言った。

「おかげで六年生のときは、打ち上げ場所付近に行ったら君らに捕まるんじゃないかと怖くて、わざわざ対岸の川崎(かわさき)市まで行ってこっそり一人で見たんだよ。あっちは屋台もまばらだし、人も少なめだし、あんまりお祭り気分って感じでもないんだ。そのうえ定期券がないから往復の電車賃でお小遣いも吹っ飛ぶし……悲しかったな」

「あなたの昔話に付き合ってる暇はないんだけど」

「ごめんごめん。つい語りたくなっちゃってね、過去の恨みつらみを」

真木は異様なほど爽やかな笑みを浮かべた。やっぱりこの男は、どこかねじれているようだ。

「そうだ、先に言い訳しておくと、田中智美さんは何も悪くないよ。『今週刊誌の記者をしていて、蓮見沙和子の家族について書くことになったんだけど、本人には気づかれない程度に現在の光岡めぐみについて探りたいんだ』――なんて電話したら、予想外に訊き回ってくれてさ」

「利用したってことね」

「人聞きが悪いな」

まあ否定はできないけど、と歌うような口調で言い、真木は片手に持った缶を左右に振った。

「今日はけっこうお酒飲んだ？」

「多少ね」

「これ、よかったら飲む？　落ち着くと思うよ。今開けたばかりで、口はつけてないからさ」

真木はアイスココアの缶を差し出してきた。めぐみは首を左右に振り、「要らない」と答えた。

それから、低い声で、ゆっくりと尋ねた。

「今、何を入れたの」

「え？」

「見てたんだけど。あなたが薬みたいなものを取り出して、その中に入れるのを」

真木は驚いた顔をして数秒固まってから、悔しそうに唇を噛んだ。

「まずいな、見られてたか」

「私に何を飲ませようとしたの？」

「毒ではないよ。断言する」

「じゃあ、睡眠薬？」

「違う」

真木の目が少しだけ泳いだのをめぐみは見逃さなかった。

「犯人じゃないって主張してるわりには、随分と怪しいことするのね」

「……言い訳すればするほど不利になりそうだ」

「よくお分かりで」

めぐみはにっこりと微笑み、背の高い真木の胸元に人差し指を当てた。

「何を考えてるのか知らないけど、変なことをしたらすぐに警察を呼びますからね」

「重々承知してるよ」

「じゃ、おやすみなさい」

めぐみは真木の胸を思い切り突き放し、マンションの中に入った。オートロックを解除した直後に一度振り返ったが、真木の姿はもう消えていた。

＊

「そういや今クールの家族ドラマ、蓮見沙和子が出てるよな。見てる？」

赤い顔をした金内充が、生ビールのジョッキをコースターの上に置きながら尋ねてきた。そのがっしりとした肩に手を置いて、玉山がゆっくりと首を振る。

「こらこら、めぐが嫌がる話はやめなって」

「え、なんで？　もしかして、未だに仲悪いの？」

「そうみたいだよ」

「へえ、この歳になったらもう和解してるもんだと思ってたけどな。すまんすまん」

金内は顔の前で両手を合わせた。同い年のくせして、金内はここ数年でずいぶん親父臭くなった。一定の頻度で顔を合わせるようになったのは玉山と付き合い始めた一年前からだが、そのときと比べても、ビール腹がいっそうひどくなった気がする。

めぐみは困ったように微笑んでから、「そろそろ大人にならなきゃとは思ってるんだけどね」と呟いた。もちろん、そんなつもりは毛頭ない。愛情を注いでもらった覚えがないのだから、積極的に関係を修復する気も起きなかった。

「じゃあ、母親が出てるドラマは見てないんだ？」

「ええ、あんまり気が向かなくて」

「職場の人にも言ってないの？」

「秘密にしてる。有名人の娘って目で見られるのも大変だし」

「へえ、俺だったら自慢しちゃうけどな。テレビに身内が出てたら」金内はまたジョッキを手に持って、ごくごくと喉を鳴らして飲み干した。「殺し屋リエコ、今度小平桜子（こだいらさくらこ）主演で映画化だろ？　絶対、昔の蓮見沙和子のほうが良かったよなあ。俺、今やってる再放送、一話からずっと見てるんだ。あ、蓮見沙和子は今度のリメイク映画に友情出演するのかな？」

「だからさあ」

玉山が呆れた顔をして金内を横目で見た。めぐみのことを気遣ってくれているようだ。そんな玉山に「大丈夫よ」と言葉をかけてから、金内のほうに向き直った。

「申し訳ないんだけど、もう何年も連絡を取ってなくて」

「ええっ、そんなに?」

金内は大声を上げた。騒がしい居酒屋なのに、奥のテーブルに座っている客がこちらを振り返る。金内は小学生の頃からうるさい問題児だったが、バカで空気を読めない部分は社会人になった今でも健在らしい。

「大学を卒業する頃に家を出たんだけど、それっきり会ってもないし、話してもいないの。母だけじゃなく、父ともね」

「徹底してるな。親のほうから電話かかってきたりしないわけ?」

「家を出た当初は、母から毎日のように着信があったけど……元から仲が良かったわけでもないし、今更どう話していいかも分からなくて、結局取らずじまい」

蓮見沙和子から毎日着信があったのは、家を飛び出してから一か月ほどの期間だった。毎晩かかってくる電話に、めぐみは一貫して無視を決め込んだ。最初はいちいち通話終了ボタンを押していたのだが、しまいにはそれさえも面倒になって、着信拒否をするようになった。あれから八年近く経つが、未だにその設定は解除していない。

――あの後、母からの着信はどれくらいあったのだろう。

たぶん、ほとんどなかったはずだ。多忙で充実した日々を送っていた母のことだから、めぐみのことなど早々に忘れて、ドラマや映画の仕事にいっそうのめり込んだに違いない。着信拒否設定だって、そろそろ外してもいいのだろうが、それだけのためにわざわざログインして設定画面を開く気にはなれなかった。

「お父さんは？　連絡取ってるの？」

「ううん。父とも、かれこれもう七年くらいは」

「まじかよ。超のつく有名人を両親に持っておきながら、両方と絶縁してるのか」

赤ら顔をした金内が仰け反った。

「この間、光岡社長が携帯電話の家族割引にめちゃくちゃ力入れてたじゃん？『家族はつながっていて当たり前』とかいうほんわかしたキャッチコピーを掲げて、利益度外視かよってくらい価格を引き下げてさ。最近、俺の周りでも、子どもがいる奴はどんどんあのプランに変えてるんだよ。あの施策って、光岡社長が妻の蓮見沙和子とか娘のめぐを大事にしているからこそ生まれたんだろうなあと思って勝手にあったかい気持ちになってたんだけど、違うわけ？」

「さあ、どうなんでしょう」

家族割引の新CMはテレビで見た。父は、会社のブランドイメージには厳しい。広告やキャッチコピーの方針決めはすべて自分が仕切っていると昔から言っていたから、今回ももちろん監修しているはずだ。

「もしかして、めぐはお父さんのこと突っぱねてるかもしれないけど、向こうは仲直りしたがってるんじゃないの？」

「そうかもね」

実際、たぶんそうだ。めぐみが母にこっぴどく叱られて家を飛び出したときも、自身の金を使い込まれていたにもかかわらず、父はほとんど口出しをしてこなかった。父はいつだって娘に対して無関心を装っていたが、いつのまにかバラバラになってしまった家族に未練を抱いていることは、今回の新CMを見ればよく分かる。若い頃の蓮見沙和子に雰囲気がよく似た女優をメインに起用しているし、おまけにCMに出てくる夫婦には幼い一人娘がいるという設定なのだ。

——家庭を顧みずに仕事ばかりしていたくせに、今さら何を反省しているのだろう。

「一人娘なんだから、さすがに親も心配してると思うんだけどなあ。そろそろ連絡してあげれば？」

「そうしてみようかな。確かに、いつまでも意地張ってちゃいけないよね」

心にもないことをそれらしく言ってみる。めぐみが自分のアドバイスを受け入れたことに満足したのか、金内は丸々とした頰を緩め、追加の生ビールを注文した。

今日の玉山との約束に、金内がついてきてしまったのは誤算だった。玉山と金内は男子中等部に在籍している頃から親友の間柄らしく、今も二人揃って品川に本社を置く会社に勤めているから、仕事帰りの彼らに合流して飲むことは多い。ただ、今日はそういう気分ではなかった。さっさとやることを済ませて帰るだけにしようと思っていたのに、金内なんかに長々と付き合わされるのは骨が折れる。

もちろん、玉山とめぐみの関係については、金内に知らせていない。だからめぐみはあくまで玉山の飲み友達という体で参加していた。だから三人で会うのは気疲れするだけなのだが、玉山に誘われて行ってみると金内がいる、という今日のようなパターンがたまにあり、そうなるとその場で断る術がない。そういった情報は事前に連絡するよう玉山には再三伝えているのだが、スマートフォンでのやりとりで多くを語らない姿勢は一向に直る気配がなかった。

「君らはさぁ、めちゃくちゃ恵まれた地位にいるんだよ。もう少し自覚的になったほうがいいって。コネでも何でも利用しなきゃ」

すっかり酔いが回っている様子の金内が、玉山の細い肩を引き寄せながら大声で力説した。

「昔っから思ってたけど、玉菱学園の初等部出身の奴って化け物ばっかりなんだよな……あのバカ高い学費が屁でもないんだろ？　庶民の家に生まれた俺なんかにしてみたら、喉から手が出るほど羨ましい環境だよ。うちは両親が共働きしてようやく俺の学費を捻り出してたわけだからね」

めぐみは肯定も否定もせず、曖昧に首を傾げてカクテルのグラスを手に取った。ちょっと飲むふりをして、液体が唇に触れる寸前でグラスを下ろす。

さっき、ここに来る前に、「絶対に玉山の前で飲食物を口に入れるな」と真木に念を押されていた。玉山だけでなく金内まで出てきてしまったのだから、今は尚更注意しなければならない。

小学校の同級生は、全員犯人候補だ。

真木が腰かけている二つ隣のテーブルから、めぐみは頻繁に視線を感じていた。

どうやら、昨夜の一件の汚名返上をすべく、真木は今まで以上に躍起になって犯人を挙げようとしているようだった。今日の日中はさすがに大学に行っていたようだが、夜に玉山と会うことになったと連絡すると飛んで帰ってきた。そうして今は、仕事帰りのサラリーマンに扮するためにわざわざ紺色のスーツを着込み、至近距離からめぐみと男たちの会話を密かに見守っている。

そんな調子で名門大学の准教授が務まるのか、と突っ込みたくなる。めぐみの心の声を読み取ったのか、真木は手をひらひらと振りながら「論文を書いたり参考文献を読んだりするのは場所を選ばないからね。講義さえなければ自由なんだよ」と涼しい顔で言い訳していた。

今もテーブルに自前のタブレットを出しているようだが、もしかすると、あれで仕事をしているのかもしれない。

「例えばさぁ、めぐは母親のコネを使えば芸能界に入れたかもしれないわけだろ」

こちらを覗き込んできた金内に、「二世タレントはちょっと」とめぐみは軽く返した。

「それでも一般人とは一線を画してるわけだ。もしくは、父親を頼って超有名企業に入社するって道もあったんじゃないか？　あれだけ取引先が多ければ、娘の就職先なんて選び放題だろ」

「まあ、ね」――父親らしいことを一つもしてくれなかったあの人に借りを作るなど、こちらから願い下げだ。

「シンちゃんだって、めぐと同じだよ。もったいなさすぎる。さっさと家業を継いで麻布で優雅に暮らせばいいのに、わざわざ俺みたいのと同じように社会の荒波に揉まれてるんだから」

「サラリーマン経験は大事だと思うよ、将来ビジネスをする上で」

「またそんなことを言う。お前ら、親に上手く甘えてるジュンやタカを見習えよな。有希子もそうだよ、結婚する前は父親の事務所で政治家秘書やってたって言ってたし、お前らなんかよりずっと上手く立ち回ってる」

どうして金内なんかに説教されなきゃいけないのだ——と心の中で舌打ちをする。まったく、人の個人的な領域にずけずけと土足で踏み込んでくる男だ。

「いやあ、残念だよ。昔のめぐは、一位になろう、上に立ってやろうって気概が半端なかったし、将来大物になると思ってたんだけどな」

「小学生の頃の話はやめてよ、恥ずかしいから」

「俺、そういうところが長所だと思ってたんだよ。久しぶりに会ってみたら、おしとやかで色っぽい女性に変貌を遂げてて、心底びっくりさ。ま、今のめぐもそれはそれで魅力的だけど」

「何、口説いてるの？」

冗談っぽく返すと、「さあどうかな」と金内は不敵な笑みを浮かべた。その横で、玉山が目に警戒の色を浮かべた。玉山のような淡泊な人間でも嫉妬することがあるのだな、と思うと少し可笑しくなる。

——今日、別れを告げるというのに。

そのことを玉山はまだ知る由もない。帰り際にでも切り出そう、とこの後の段取りを思い描きながら、めぐみは目の前の二人を観察した。

のに。

——六年生の修学旅行なんて、金内がめぐに告白するかどうかでどの部屋も持ち切りだった

昨夜、香織が言っていたことを思い出す。

もし金内が、今でもめぐみに気があって、ストーカー行為を働いていたとしたら。

ずっと尾行を続けていれば、めぐみが玉山、秋庭、樋口の三名と恋仲にあることはすぐに分かるはずだ。その場合、金内がめぐみを脅し、三人の恋人と縁を切らせるメリットは、確かにある。

玉山の場合はどうだろう。万が一めぐみの浮気がバレていたとして、自分を含む三人全員と別れさせようとする気持ちは分からなくもない。だが、わざわざ真木になりすまして次々とめぐみに危害を加えるような悪趣味な真似を、この物静かな男が果たしてするだろうか——。

考え始めるとキリがなかった。どの可能性も今一つピンと来ない。

むしろ、直接怪しい行動に出ている真木が一番疑わしく思えた。本人は全力で否定しているが、もともと偽名を使って素性を隠していたのだから、真偽の程は分かったものではない。積極的に真犯人を捜すふりをしながら、今も虎視眈々とめぐみのことを狙っているのかもしれなかった。

陽気な口調で喋る金内と、黙々と頷いている玉山を横目に、めぐみは二つ隣のテーブルへとこっそり目をやった。

思わず身震いした。視界の端に捉えた真木は、見たことがないほど鋭い目つきでこちらをじ

っと窺っていた。

二時間で店を追い出され、品川駅前で三人は解散した。酔っ払って電車に乗るのがかったるくなったのか、金内はタクシーを拾って帰っていった。大手というわけでもない会社のサラリーマンだから、決して高給取りではないだろうが、これも独身貴族のささやかな贅沢だろう。金内が乗ったタクシーを見送ってすぐ、玉山が「ちょうどよかったね」と言ってこちらに顔を向けた。

「どうする、今から飲み直す？　それとも——」

いつものことだが、ホテルという単語を玉山は決して口にしない。恋愛に対する彼なりの美学があるようだ。

めぐみが無言で首を左右に振ると、玉山はきょとんとした表情をした。

「え、もう帰るの？」

「いいえ」めぐみは思わせぶりに答え、うっすらと微笑んだ。鈍感な玉山でもただならぬ雰囲気を察せられるよう、表情の作り方を意識して寂寥感を漂わせる。「ちょっと、散歩でもしたい気分」

めぐみは玉山の手を取り、駅を右に見ながら歩き出した。背の高いオフィスビルが並んでいる一帯には駅直結のデッキがあり、ほとんどの歩行者はその上を歩く。だから地上には、特にこの時間になるとほとんど人がいないのだった。

歩行者デッキの下は、ぽつぽつと小さなライトが点いているだけで、めぐみが想定していた以上に暗かった。広々とした空間にベンチがいくつも並んでいるが、人影は一切見えない。ここが品川駅のすぐそばというのが嘘のようだった。別れ話をするにはちょうどいい場所だが、万が一玉山が犯人だった場合を考えると恐ろしい。

変なことが起きそうになったら、駅へと一目散に走ろう――と考えながら、めぐみは街路樹の陰で足を止めた。

「こんなところに来て、どうしたの」

玉山が後ろから問いかけてくる。めぐみはゆっくりと振り返った。生温かい都会の風が吹き、めぐみの黒髪がさわさわと揺れる。

「話があるの」

静かに、かつ、はっきりと言う。

用件はあっさり切り出すことに決めていた。迷ったり悔しがったりしたら、それこそ犯人の思う壺だ。

「私と、別れてちょうだい」

「え?」

玉山は小さな声を発した後、目を大きく見開いた。「なんで?」と動揺した様子で尋ねてくる。

「新太郎と一緒にいるのは、もう飽きたの。そろそろ疲れちゃった」

「何言ってるんだよ」

「私たちが付き合い始めたのって、一年前のプチ同窓会がきっかけじゃない？　あのときにいた男子メンバー、覚えてる？」

「金内と……ジュンと、タカと、俺――だったと思うけど」玉山は怪訝な顔で言った。

「私ね、あれ以来ずっと、金内以外の全員と付き合ってたの」

めぐみの言葉を呑み込むのに時間がかかったようだった。一瞬の間の後、玉山は「嘘だろ」と唇をわななかせた。眼球がこぼれ落ちそうなくらいに目が丸くなっている。

「本当よ。新太郎も、純も、孝弥も、みんな魅力的な男性だった。だから全員にちょっとずつアプローチしてみたの。そしたら、意外だったんだけど、みんな同じような展開になっちゃって」

めぐみは片手を腰に当て、遠くの灯りを見ながら喋った。

「ずるずると付き合い続けてたんだけど、もういい歳だし、騙し続けるのもバカらしくなってきたから、やめにしようと思って。だから、もうここまで。新太郎と遊ぶのは純粋に楽しかったけど、今日で終わりにさせて」

遊ぶ、という単語を強調する。玉山は魂の抜けたような表情をしていた。

「そんなこと、急に言われたって」

「私の心は決まってるから」

――これで、犯人の出してきた条件は満たせただろうか。

瞳を泳がせている玉山を正面から見つめながら、めぐみは自分の台詞を頭の中で反芻した。三股をかけていた事実をすべて白状したのだから、問題ないはずだ。

「めぐ、なんかいつもと違うよ。普段のめぐの話し方はもっと——」

「おしとやか？」

挑発的に返すと、玉山は観念したように唇を結んだ。しばらくしてから、玉山がぽつりと呟いた。

「……演技、してたのか」

「多少ね。純や孝弥と会ってることは隠さなきゃいけなかったし」

「めぐ、小学校の頃と変わったな——って思ってたのに」

「人の本質っていうのはそうそう変化しないのよ」

めぐみはそう言い放ち、手に持っていたバッグを肩にかけた。ここで長々と話しても結果は変わらないし、玉山が惨めになるだけだろうから、早く去るのが得策だ。

「新太郎なら、もっと優しい女の人に出会えるよ。私みたいな悪女に引っ掛からないよう、せいぜい気をつけて」

じゃあね、と片手を上げて、めぐみは玉山のそばをすり抜けて駅の方面に歩き出そうとした。

その途端、強い力で腕をつかまれた。

めぐみは驚いて振り返った。殴られるのかと思い、咄嗟に身を縮める。

だが、めぐみが予期した一撃はやってこなかった。恐る恐る視線を上に持っていくと、玉山はめぐみの腕をつかんだまま、じっと目を伏せていた。

　玉山が目を上げた。めぐみは思わずドキリとした。

　その顔は、あまりに悲しげだった。

「そんなの、ひどいよ。別れるとか別れないとか、今すぐには判断できないよ」

　玉山が蚊の鳴くような声で、一方的すぎる。押し出すように言った。

「ちょっと、考えさせて」

　そんな顔をされるとは思っていなかった。自分でも気づかないうちに、めぐみは首を縦に振っていた。


　呆然としている玉山をその場に置いて、めぐみは品川駅から山手線に乗った。渋谷駅で降りて、田園都市線に乗り換える。

　池尻大橋駅から自宅に帰る途中の道には、個人経営の洒落た居酒屋やバーが数軒あった。そのうちのいくつかは、めぐみの行きつけの店だ。

　今日は、駅からは少し離れたバーに入ることにした。マスターがほとんど話しかけてこないため、物思いに耽りたいときにはぴったりの店だ。居酒屋で飲み食いできなかった反動か、無性に酒を飲みたくなっていた。

　バーに先客はいなかった。入ってすぐに、めぐみはマティーニを注文し、カウンターの端の席に腰かけた。

——ちょっと、考えさせて。

そう言ったときの、玉山の苦しそうな息遣いが耳について離れなかった。恋人に執着しないイメージの強かった玉山が、あれほど真剣に引き留めてくるとは予想していなかった。

チリン、と音を立てて、入り口のドアが開いた。見ると、紺色のスーツ姿の背の高い男が入ってくるところだった。

「こんなところまでついてくるのね」

「何、ほっといてほしかった？」

「ええ」

真木はめぐみの返事を無視し、隣の席に腰かけてきた。マスターがミキシンググラスにジンを注いでいるのを見て、「同じものをください」と声をかける。「真似しないでよ」と抗議すると、「こういうところに普段来ないから、勝手が分からないんだよ」と真木はめぐみの耳に口を寄せて囁いた。

カウンターにマティーニのグラスが二つ置かれるまで、店内には沈黙が流れた。先に口を開いたのは真木のほうだった。

「玉山、相当ショックを受けてたね」

「見てたの？」

「うん。少し遠くからだけど」

全然気づかなかった。真木の尾行術は日に日にレベルアップしているようだ。

「もしかして、玉山にあんな反応されたから後悔してる？」

「全然」

「じゃあ、どうしてここに来たの？」

「お酒を飲むのに理由なんて要らないでしょ」

めぐみはグラスを持ち上げて、ぐいと飲んだ。強い刺激が口の中に広がる。

「君、さっき自分のことを悪女って言ってたね」

「地獄耳ね」

「それが、君なりの、自分に対する評価なわけだ」

「他人から見たってそうでしょ」

頬杖をついて言い返すと、真木はうーんと唸って腕を組んだ。

「それが、そうでもないような気がするんだよな」

「は？」

「悪女っていうのは、男を振り回したりたぶらかしたりして、最終的に男の身を破滅させるような女のことだろ。ひどいときには、それで権力を握ったり、男を自殺に追い込んだりする。推理小説とかサスペンスにもよく出てくるんだけどさ。そういうのと比べると、どうも君には悪女の品格が備わっていない。まったくないとは言わないけど、随分と中途半端だ」

「中途半端？」予想外な言葉が真木の口から飛び出してきて、めぐみは顔をしかめた。「どういう意味？」

「君は、人から認められたいという欲求が強いね」

「突然何よ」

「小学生の頃からそうだった。あの頃は、クラスのトップに立って権力を手に入れることで君の欲求は満たされていた。そのために、僕のような犠牲者が生まれていたわけだ。それが大人になるにつれて、どちらかというと、女性としての承認欲求が強くなっていった。つまり、魅力的な女性に見られれば見られるほど、君は満足するというわけだね。お母さんが名の知れた女優だったから、その影響が多分にあったのかもしれない」

「はあ」

「その欲求を満たすために君が使ったのが、蓮見沙和子から受け継いだ演技力だ。気に入られたいばっかりに、本来の性格を厚化粧で隠して、気立ての良い女性を装う。——要はね、そういう君を外側から見ている人間からすると、表しか見えないんだ。裏の片鱗さえ感じない。そしてたぶん、今回のような特殊ケースを除くと、君は最後までその堅牢な仮面をかぶったまま、男と付き合ってやがて別れていく」

　めぐみは無言でマティーニをもう一口飲み、滔々と語り始めた真木の横顔を見つめた。心なしか、真木の頬は赤かった。玉山と金内を見張っていた居酒屋で、一杯飲んでいたのかもしれない。

「正直、玉山と同じで、僕も最初はすっかり騙されてたんだよ。久しぶりに会ってみたら、表情も柔らかくて、常に気品にあふれた話し方をする、それでいて色気たっぷりの女性になっていたんだからね。ああ、この二十年近くの間に光岡めぐみは改心したのかも、と一瞬でも思ってしまったものだから、そうじゃなかったと分かったときには逆にショックを受けたくらいだった。大抵、腹に一物持っている女性っていうのは話しているうちに分かるものなんだけど、君の場合はなぜだか読み切れなかったんだよね。不覚だった」

そう言うと、真木は目を細めてめぐみの顔を見つめ返してきた。

「本当に不思議だよ。どうしてだろう。さっき推察したように、親譲りの演技力のおかげかな」

「それ、褒めてるの、けなしてるの？」

「どっちもさ。どちらにしろ、興味深い女性であることは確かだ。研究対象としてね」

まったく憎らしい。めぐみは真木を正面から睨みつけた。

「今の話からすると、結局あなただって、私のことを性格の悪い女だと思ってるんじゃないの？」

「確かに性格は悪いね。でも、悪女、とはまた違う気がする。もっと小物っぽいと表現するのがいいのかな」

「小物って」——不名誉な。

「君がいろんな男と交際するのも、もらったブランド品を売り払って自分の好きな服やアクセサリーを買うのも、ひとえに女性としての承認欲求を満たしたいがためなんだ。面白いことに、その感覚は一般人の域を出ないんだな。君は悪女たる自分に誇りを持っているのに、実際はその理想に近づくこともできていない。本当に中途半端で、かわいそうな人だよ」

――気を緩めてはいけない。

めぐみは我に返った。真木の話にすっかり聞き入ってしまっていたが、そもそも信用していい相手ではないのだ。長ったらしく小難しいこの話も、めぐみを油断させるための罠なのかもしれなかった。

「あなたなんかに分析されたくないわ」

めぐみはあえて最上級の微笑みを浮かべ、グラスの中身を一気に飲み干して席を立った。真木のグラスには、まだ無色透明の液体がたっぷり残っている。

「もう帰るの？　会計は気にしなくていいから、好きなだけ飲んでいきなよ」

怪しい、と直感した。元来、真木は貧乏な家の出で、財布の紐は人一倍堅いはずだ。自分は酒をさほど飲まないのに、めぐみにだけおごろうとするのもおかしい。それに、好きなだけ、という言葉が引っ掛かった。

「また、変な薬でも入れる気？」

「まさか。昨日の今日でそんなことはしないよ」

「じゃあ、大量に飲ませて、酔っ払った隙に何かする気なのね」

「いやいや」

真木はゆるゆると首を振って否定した。たぶん、図星だ。

「残念でした。私、死ぬほど強いの。酒で酔ったことなんて今までの人生で一度もないから」

マスターに紙幣を差し出しながらそう言い放つと、真木は驚いた顔をした。

「まさか、婚活パーティーの後に二人で飲んだとき、酔っ払った感じになってたのは――」

「演技よ」

「やられた」

真木は悔しそうな顔をした。ふふ、と笑い声を漏らしてから、めぐみは颯爽と店を出た。

――真木は、何をしようとしているのだろう。

夜道を歩きながら考えてみたが、答えは一向に出なかった。

*

『慶明大学法学部　最年少准教授を徹底解剖!』

真木良輔、というキーワードに引っ掛かってくるページは山ほどあった。その中にはインタビュー記事もある。いくつかを開いて斜め読みしていくうちに、めぐみの唇はどんどんへの字に曲がっていった。

若き准教授。兄弟が多く家計が苦しい中、東大に現役合格した孝行息子。背が伸びてきた中学の頃から頭角を現し、中高の陸上では県内トップクラスの実力。大学三年生のときに旧司法試験にパスし、卒業後は法科大学院へ。現在は、英米の少年法を中心に研究論文を次々と発表。

ある記事には、小学校時代を語る真木の言葉が載っていた。

『小学校の頃は、典型的ないじめられっ子だったんです。背が小さくて、眼鏡をかけていて。

それが本当に悔しくて、中学からは違う自分になってみようと思いました』

その下には、おそらくキャンパス内の広場かどこかで撮影したのであろう、ファッション雑誌の一ページと勘違いしそうな全身写真が掲載されていた。

はにかんだ笑顔をカメラに向けている真木を数秒間眺めてから、めぐみはスマートフォンを持った右手をだらりと下ろした。

なんだか無性に悔しかった。どの記事も、真木の経歴や活躍を絶賛する内容だった。めぐみの知っていた真木の小学生時代とは、彼の人生においてただ一つの汚点でしかなく、彼はとっくの昔にその不遇な状態を脱却している。

その反面、めぐみはどうだろうか――。

幼い頃から腐るほど金を与えられてきた。服だろうが、香水だろうが、ダイヤをちりばめたネックレスだろうが、欲しいものは何でも手に入った。高層マンションの最上階に住み、幼稚園の頃から十五畳の自室を与えられ、フランス人形や高級なぬいぐるみに囲まれたダブルベッドで毎晩就寝していた。たまに父親や母親が「家族ごっこ」をするときには、シャンデリアが煌めくホテルの大広間に連れていかれ、華々しい肩書きを持つ経営者や芸能人と挨拶を交わした。

――こっちは、保険のセールスをし、三人もの男たちをだまくらかして、ようやくあの頃の生活水準を保っているというのに。

いいや、保っているとは言えないかもしれない。服や宝石はともかくとして、世田谷区というだけで選んだ家の間取りは1Kだし、社交界の華が集うパーティーに参加できるようなコネはなかった。

　妙に惨めな気分になりながら、めぐみはそばに転がしていたヴェルサーチのハンドバッグを乱暴につかんだ。香水の瓶をもう片方の手に取って首元に吹きつけ、大胆なスリットが入った薄手のワンピースに皺が寄っていないか確かめてから、つばの広い白色のハットを深々とかぶる。そして、家を出た。

　向かう先は汐留だった。別れ話をしに、昼間から樋口のオフィスに乗り込むのだ。

　直近で会おうと持ちかけたのに、今日と明日は会議と接待、週末は取引先とのゴルフで、空いている時間が少しもないと返された。ランチの時間はどうかと訊いたが、昼飯を食べる暇もないほど予定が立て込んでいるという。ダメ押しのつもりで「大事な話なんだけど」と電話をかけて仄めかすと、樋口はようやく時間を指定してきた。十四時から一時間、オフィスに来てくれるなら時間を取る、という話だった。いくらなんでも様子がおかしいと気づいたのだろう。

　樋口と会った後は、その足で秋庭に会いに行くことにしていた。今日で一気に片をつけるつもりだ。

　周囲を警戒し常に気を張り続ける今の生活を、一刻も早く終わらせたかった。

　新橋駅から地下のコンコースを歩いていると、さりげなく真木が合流してきた。今日はサラリーマンに紛れる気がないのか、ボーダーTシャツの上から白いサマージャケットを羽織り、細身のジーンズを穿いている。大学の准教授というよりは、アパレル店員のようだった。

「電話を繋ぎっぱなしにしておいてほしいんだ」

真木が身を屈めて囁いてきた。めぐみが無言で頷くと、「じゃ、頑張って」と真木は軽く片手を上げ、そそくさとどこかへ去っていった。今日は、前回のように至近距離から見張る気はないらしい。音声が聞こえればそれでなんとかなるのだろう。

二階に着いて自動ドアを通り抜けると、いつものように社員たちの視線が集まった。

デザインばかりが洗練されたビルのロビーに入り、ハイヒールの音を立てながら階段を上る。ロングスリットが入ったワンピースは、オフィスという空間には多少刺激的すぎるのかもしれない。男性社員の中には、顔を赤くしあからさまに目を逸らす者もいた。

視界の端で、丸テーブルに座っていた女性社員二人が、そっと囁き合うのが見えた。「社長の女」「また」などという言葉がちらりと聞こえる。その言い方に、好意は感じられなかった。

――やっかんでいるのだ。

富と地位を物にしている、若き経営者の恋人だ。ああいう地味な女性社員が羨ましがらないはずがない。めぐみが最近幾度もここを訪れていることを、あまりよく思っていないのだろう。全部、オフィスに呼びつける樋口が悪い。

めぐみはバッグからスマートフォンを取り出して、真木に電話をかけた。通話中、という表示が出たのを確認してからスピーカーモードに切り替え、バッグに放り込む。

「あ、めぐ!」

奥の席で、香織がいつものように立ち上がった。だが、今日はこちらに駆け寄ってくることはせず、オフィスの一番奥にあるガラス張りの部屋を指差した。

「社長、あそこで待ってるって。勝手に入ってきてくれって言ってたよ」

「はあい」

めぐみは遠慮なくオフィスの真ん中をつかつかと進んだ。さすがに話をするときは外に出るのだろうと思っていたが、外から丸見えのあの社長室で会うつもりらしい。

ブラインドを下ろしてもらえばいいか――と考えながら、めぐみはガラス戸をノックした。

樋口は浮かない顔で座っていた。ノートパソコンの隣に肘をつき、「どうぞ」とデスクの前にある椅子を指し示す。腰かけながら「ブラインドは？」と尋ねると、「ないよ」という答えが返ってきた。めぐみはぎょっとして動きを止めた。

「絶えず見られてて、居心地悪くないの？」

「社内の風通しを良くするためさ。仕切りを作るのは嫌でね」

神妙な顔をして、樋口がゆっくりと言った。どうやら、不穏な空気が流れていることは察知していて、その上でこちらの出方を窺っているようだった。

「電話で言ったとおり、話があるんだけど」めぐみは脚を組み、背もたれに寄り掛かりながら言った。「その様子だと、察しはついてるのかしら」

「そうだな、嫌な予感がしてるよ」

「何だと思う？」

「……別れ話？」

めぐみが樋口の目を見つめたまま深く頷くと、彼は薄めの眉を寄せ、「どうして？」と尋ねてきた。

「こんな丸見えのところで話すのは憚られるような理由よ」

「話の内容までは聞こえないさ」

樋口はちらりと部屋の外に目をやった。呼びつけたのは自分のくせして、社員たちに見られているのが気になるようだ。

めぐみは構わず話を続けた。

「私、純のことを騙してたの」

「騙してた、と言うと？」

「ずっと、浮気をね――していたの」

「そうか」樋口は思いのほか冷静な口調で答えた。

「意外と驚かないのね」

「別れ話となれば、それくらいは想定の範囲内さ」

樋口がくるりと首を回す。そして小さくため息をついた。

「相手は誰なんだ？　もしかして、俺の知ってる人間だったりする？」

「勘がいいのね」めぐみは動揺を顔に出さないようにしながら答えた。「孝弥と、新太郎」

「ああ、その二人か。なかなか傷つくな」樋口は疲れたような笑みを漏らした。「とうとう別れ話をしに来たってことは、俺よりもあいつらのほうが良くなったってこと？」

「いいえ、別に。もう私も二十九だし、自由に遊ぶのもそろそろ終わりにしないと、と思って。勝手で申し訳ないけど、不健全な関係は三十になる前に清算したいの。いったん全部」

樋口はしばらく考え込んでいたが、突然、にやりと口角を上げた。

「じゃあ、まだチャンスは残されているんだな」

「え？」

呆気に取られて樋口の顔を見返すと、樋口は「バカだな」と言ってまた笑った。

「小学校の頃からの仲だぜ。君の性格くらい理解してるよ。自由奔放で、己の欲に忠実で、何事も割り切って考えるのが上手。一経営者として、見習わないといけないな」

「何言ってるの」

「そもそも、俺は小学生のときからめぐのことを好きだったんだぜ、知ってるだろ？　今、めぐは自分がかぶっていたマスクを剝がしたつもりかもしれないけど、俺から見れば元のめぐに戻っただけだ。何も変わらない。むしろ、今までのおしとやかすぎるめぐよりも安心感がある。ああ、よかったよかった」

「からかってるの？　浮気をしていた女に追い縋るなんて正気とは思えないけど」

「むしろ、こういう状況だからこそ、俺は覚悟を見せたいんだ」

樋口ははっきりと宣言した。それからノートパソコンに向かい、おもむろにキーボードを叩き出した。

「来週の土曜夜、空いてる？」

目線を上げずに訊いてくる。「空いてるけど」と答えると、「じゃあ、俺と会って」と樋口は軽い調子で言った。

「どうして？」

「どうしても」

樋口の言葉には自信がにじみ出ていた。エンターキーを高らかに押すと、樋口はデスクをそっと押してするりと立ち上がった。

「今日の返事はまた今度」

そう言って、樋口はめぐみを促した。追い出されるようにして社長室を出ると、樋口は顔に不敵な笑みを浮かべたまま、ぴしゃりとガラス戸を閉めてしまった。そのまま身を翻し、デスクへと戻っていく。

急に恐ろしくなって、めぐみは慌ててその場を離れた。

一方的に別れ話を突きつけるつもりが、逆に動揺させられる結果になったのは不本意だった。しつこく引き留められ、ともすれば樋口のスケジュールを圧迫するような展開を想像していたのだ。それなのに、まだここに来てから五分も経っていないではないか。

めぐみは、好奇心に満ちた目でこちらを見ている社員たちが視界に入らないよう、早足でオフィスの真ん中を突っ切っていった。途中から、席を立ってちょこちょこといてくる足音が聞こえてきた。

「めぐ、めぐ」

「何？」

自動ドアを抜けてから階段の前で振り向くと、ノートパソコンを抱えた香織が目を輝かせて立っていた。

「さっき、社長からメールが来たんだけどさ――もしかして、来週土曜の会食の相手って、めぐ？」

「会食かどうかは知らないけど、予定を空けといて、とは言われたよ。どうして？」

「うわあ」

香織は開けっ放しのPC画面を見つめた。

「社長、とうとうこのレストランをプライベートで使うんだぁ」

「はい？」

「大事な商談とか、絶対に成功させなきゃいけない交渉とか、そういうときに社長が必ず使うレストランだよ。予約を頼まれたの。来週土曜夜に、二名で、って」

丸の内の高層ビルの最上階にあるレストランだ、と香織は説明した。

「これは、決めにいくつもりだね」

香織が下手くそなウインクを送ってきた。

「決めに、って？」

「とぼけないの。男が決めにいくって言ったら一つしかないでしょ」

――俺は覚悟を見せたいんだ。

先ほどの樋口の言葉が思い出され、めぐみは気が遠くなりそうになった。「嘘でしょ」という言葉が口から飛び出る。

「今日って、別れ話をするつもりだったんじゃなかったの？」

「したよ。でも、チャンスはあるとかなんとか、わけの分からないことを言い出して――」

めぐみは社長室でのやりとりを簡潔に話した。香織は興味津々な顔をしてめぐみの言葉を聞いていた。事の顚末を説明し終えると、香織は納得した様子で何度も頷いた。

「ジュンも、自信満々なところは昔から変わらないねえ。めぐが拒絶しても、自分の希望をぶつけてみるまでは諦めないわけか」

確かに、そういうところは変わっていない。小学生の頃、樋口とめぐみは二人してクラスのボスとして君臨していたものの、異なる主張をしてぶつかることも多かった。互いに頑固だったのだ。今でこそめぐみはだいぶ落ち着いたが、樋口にはまだその面影がある。そのくらいの強引さがないと、いくら小さな企業とはいえ、組織を率いることはできないのだろう。

「それにしても、小学校の頃からクラスで一番目立ってた二人がくっつくなんて、よくできたドラマみたいだね。めぐがどう思ってるかは知らないけどさ、ジュンって頭が良くて仕事は抜群にできるし、強情なところもあるけど人の話は聞くし、金銭的には問題ないどころかメリットがありすぎるくらいだし、申し分ない男だよ。私も、そういうところが信用できるなと思って、この会社に転職してきたんだから」

うだろう。

「まあ、そうだけどね」――乱暴な秋庭よりはまだまし、かもしれない。玉山と比べたら、ど

「いいなあ、ジュンが手に入るなんて。羨ましい」

「こらこら、何言ってるの。彼氏が泣くよ」

えへへ、と香織は照れたように笑った。

「もちろん、私の一番はよしくんだよ。最近は結婚の話も出てきてて、幸せ絶頂なんだ。確かにジュンに比べたらお金は全然ないけど、むしろ困難の一つや二つあったほうが恋も燃え上がるしね」

「はあ」

「とにかく、ファイト！」香織は両手を前に突き出し、親指を立てた。「レストランの予約はばっちりしとくから」

「そんな、張り切らないでよ」

困った顔で言うめぐみを制するように「お幸せに！」と手を振り、香織はオフィスに戻っていった。

まったく、何でもかんでも決めつけてかかるのはやめてほしい――とため息をつきながら、めぐみは一階のロビーへと続く階段を下りた。香織は、めぐみが樋口に対して良い返事をする前提で話を進めているようだったが、事態はそう単純ではない。

ビルの外に出て、しばらく歩いてから地下道に入った。秋庭と約束しているのは夜だから、

まだ時間がある。かといってカフェに入って公の場で飲食をする気にもなれないのが、今回の事件の厄介なところだった。

ふと、真木との電話が繋ぎっぱなしになっていたことに気づき、めぐみはバッグを探ってスマートフォンを取り出した。通話時間のカウントが二十分に差し掛かろうとしていた。

「まだ聞いてるの？」

スピーカーモードを切り、スマートフォンを耳に当てて呼びかけると、一瞬の間の後、『あ
あびっくりした』という朗らかな声が返ってきた。

『お疲れ様。まさかの展開だったね。樋口もやることが極端だ』

「本当にね」

『恋人が浮気したって言ってるのに、あの落ち着きようだもんな。さすがやり手のビジネスマン、策士なんだろうね』

「さあ」策士、という言葉は樋口に似合わないように思えた。「今、どこにいるの？」

『君の前方二十メートル』

そう言われて目を凝らすと、柱に寄り掛かってこちらに顔を向けている長身の男が見えた。めぐみは通話を切り、真木のほうへとまっすぐに歩いていった。

「君が僕の居場所を気にするとは思わなかったな。ここまで来たら勝手に合流するつもりだったんだよ。さては、ようやく仲間として認める気になった？」

「逆よ。怪しい人間だからこそ、居場所をつかんで動向を把握しておかないと」

「君は本当に詭弁ばっかりだな」

めぐみは無言で肩をすくめ、新橋駅の方面へと歩き出した。

「夜には秋庭の病院に行くんだろ？　それまで、喫茶店で話そうよ」

「あなたと何を話すって言うのよ」

「これまでの見解だよ。現時点で誰が怪しいか、とか」

「一番はあなたね。間違いなく」

「だから違うんだって」大股で追いついてきた真木は、不満げな声を出した。「悔しいなあ、信じてもらえなくて」

「アイスココアに睡眠薬を混ぜたり、酒で潰そうとしてきたりする人を信用できるとお思い？」

「そんなことはしてないよ」

「してた」

「再三言うけど、犯人候補から僕を除外したほうが身のためだよ。疑いは外に向けたほうがいい」

真木はやけに自信たっぷりに言ってから、大きくため息をついた。

「樋口と長々と喧嘩でもして、疲労困憊で出てくると思ったのになあ。ゆっくり話を聞いて、疲れた君を慰めてあげようと思ってたのに。これじゃ僕の出番がないよ」

「何、今度は心理的に油断させる作戦？」

「違うって」

めぐみは立ち止まり、真木の鼻先に指を突きつけた。

「あなたなんかに慰められても嬉しくないし、気を緩めたりもしないから」

警告のつもりだった。一度疑ってかかってからは、真木の嘘は容易に見破れるようになった。答案用紙と免許証を見るまですっかり騙されていた自分を殴りたいくらいだ。

真木は目を白黒させてから、「困ったなあ」と腰に手を当てた。

「そう強気にならないほうが楽に生きられると思うよ。まあ、男たちとどんどん別れて寂しくなったら、そのときは僕を頼ってよ」

「ふざけないで」

「ひどい反応だな。善意で言ってるのに」

善意、というのも嘘だろう――とめぐみはぼんやりと考えた。真木の言葉の裏には、何かめぐみの知らない思惑が隠されている。

「ねえ、喫茶店通り過ぎたよ」

「いったん家に帰るから。さよなら」

「じゃあついていくよ」

銀座線の改札を並んで抜けた。真木を無視して階段を下りながら、めぐみは今日の夜に会う相手について思考を巡らせていた。

もし、真木が本当に犯人でないとしたら――。

秋庭の顔が浮かぶ。玉山のように優しくはなく、樋口のように論理が通じるわけでもない、冷たく凶暴な顔だ。サラリーマンとして社会経験を積んでいる玉山や金内とも、コネがあるとは言っても経営者として苦労は絶えないはずの樋口とも違い、秋庭は生まれてこの方ずっと親の庇護の下にある。自分の意思に反して何かを失った経験など、ほとんどないはずだ。

ハイリスク、ハイリターン。金遣いも性格も荒い秋庭との関係を表すのにぴったりの言葉だ。

——今日は、無事に帰れるだろうか。

*

駅を降りると、下町の雰囲気が漂った。

六本木や銀座を根城にしている他の二人とは違い、秋庭の行動範囲はほぼ江戸川区の中で完結していた。秋庭の曾祖父の代から続いている大病院は、京成小岩駅から徒歩十分のところにある。

秋庭の実家である8LDKの豪邸は、病院からさらに五分ほど歩いたところにあるらしい。行ったことはないが、派手な暮らしぶりは秋庭の金銭感覚からも想像できた。そんなところに実家があるのに、より駅に近いデザイナーズの高級メゾネットを賃貸契約して一人暮らししているのは、一般人から見たら許しがたい贅沢だろう。

小学生がここから調布まで通うのは、なかなか大変だったに違いない——と考えながら、めぐみは病院までの道のりを歩いた。中等部から校舎が池袋になって、秋庭はだいぶ楽になったはずだ。一方、めぐみは新宿にある超高層マンションの最上階に住んでいたから、初等部がある調布も、中高一貫の女子校がある恵比寿も近かった。

めぐみが東京都内で好きな区は、一位が港区、二位が目黒区、三位が世田谷区だ。都心とは違った匂いのするここ江戸川区は、もちろんランク外。そして新宿区が入らないのは、ほかでもない、めぐみ自身が生まれ育った場所だからだった。

——今でも、あそこに住んでいるのだろうか。

どうでもいい両親の顔が頭に浮かぶ。それを消し去ろうと躍起になっていると、いつのまにか病院の正門前に着いていた。

病院まで来たのは久しぶりだった。正面ではなく通用口に回り、めぐみは塀に身体をもたせかけて待ち伏せを開始した。

通用口前は、薄暗い蛍光灯が一つ点いているだけで、思った以上に暗かった。時刻は十九時を回っていた。たまに退勤した看護師らしき女性が出てくる以外、人通りはほとんどない。

急に不安になり、後ろを振り返る。数十メートル先の電信柱の陰に、長身の男が佇んでいるのが見えた。

『気づかれるリスクを負ってでも、近くで見張って』

そうメッセージを送ったのはついさっきのことだった。真木からの返事はなかったが、めぐみの依頼を忠実にこなすつもりのようだ。めぐみは肩の力を抜き、再び通用口のほうを向いた。

気怠そうな顔をした秋庭が出てきたのは、それから十五分ほど経ってからだった。

「あ、孝弥！」

意図して作ったハイトーンの声で呼びかけると、秋庭は片方の眉を上げてこちらを見た。あまり驚いている様子はなかった。

「珍しいな、迎えに来たのか。終わったら連絡するって言ったのに」

「少し早く着いちゃったから」

めぐみは小さく笑みを浮かべ、秋庭のそばに駆け寄った。「それに、ちょっと一緒に歩きたいなって思って」

「何だそれ。帰るぞ」

秋庭はぶっきらぼうに言うと、先に立って歩き出した。予想していたことではあるが、めぐみが仄めかした散歩の提案に乗るつもりはまったくないようだった。

品川駅のそばで玉山と話したときのように、別れ話に最適かつ安全な場所まで誘導してから切り出そうと思っていたのだが、どうやらここから秋庭の自宅までの十分間で片をつけるしかなさそうだった。万が一を考えると、家に入るのは避けたい。真木や通行人の目が届かないところに行くのは自殺行為でしかなかった。

厄介なことに、病院から秋庭の自宅までの道はほとんどが閑静な住宅街だった。回り道して大きな道路を歩こう、などと言おうものなら怪しまれてしまう。

めぐみは、慎重にタイミングを計りながら秋庭の一歩後ろをついていった。

そのうちに、背の低い植え込みに囲まれた公園が見えてきた。真ん中に電灯が一本立っていて、その下のベンチには中学生か高校生らしきカップルが座ってぺちゃくちゃと喋っている。ここなら、人目がある状態で話ができそうだった。

めぐみは「あの」と秋庭に向かって声をかけた。

「ごめんなさい。やっぱり、家に行くのはやめておく」

「は？　いきなりどうしたんだよ」

秋庭は公園の入り口のそばで足を止め、こちらを振り向いた。彫りの深い顔に皺が寄っていた。

「大事な話だからよく聞いてね。……私、今日で、孝弥に会うのは最後にしようと思うの」

めぐみはすかさず顔に微笑みを浮かべた。

「私と別れてください」

本当は悲しそうな表情や気まずそうな表情をするのが正しいのだろうが、めぐみはあえてニコニコと笑い続けた。こういう男は、女が弱さや隙を見せようものならすぐに襲いかかってくる。経験上、この笑みを絶やさないようにしていれば、最悪の事態は避けられるはずだった。

「突然何だよ。理由は？　他の男か？」

秋庭の目に嫉妬の色が浮かんだ。すぐにそういう思考になるのは、秋庭の性格だ。これまでも、ありもしない——ということにめぐみがしている——男関係を疑われて、何度か殴られかけたことがあった。ただ、樋口や玉山の名が具体的に挙がったことはない。秋庭の疑念は、常に見当はずれだった。

その疑念を、今回ばかりは肯定しなければならない。

「そう」

めぐみの短い一言に、秋庭は目を剝いた。彼が口を開くのを待たずに、めぐみは先を続けた。

「私、本当にダメな女なのよ。たぶん、小学校のときから一緒にいる孝弥なら気づいてると思うんだけど——ほら、何事に関してもけっこう効率重視だったりするでしょう。それが、恋愛になるとどうしても悪いほうに働いてしまうの」

秋庭を苛立たせる時間が長ければ長いほど、最終的な被害が大きくなるように思えた。ならばさっさと済ませてしまうしかない。めぐみは立て板に水を流すように喋り続けた。

「私と付き合い始める前、何度か孝弥がドタキャンしたことがあったでしょう。緊急オペが入った、とか言って。デートを断る口実なのかな、って思って、私、諦めかけちゃったんだよね。ああダメなんだと勘違いして、第二候補の純や、第三候補の新太郎とも会うようになってた」

「純に、新太郎？」秋庭は喉の奥から絞り出すように訊き返してきた。「あの飲み会に集まったメンバーだよな」

「ええ。それでね——」

そうこうしているうちに、三人全員とそれぞれ恋愛関係になってしまったこと。断ち切ろうと何度も思ったが、決めかねているうちに一年もの時間が経過してしまったこと。

弁解している間、秋庭は黙ってめぐみの話に耳を傾けていた。

――案外、簡単に言いくるめられるかもしれない。

相手が秋庭だからといって過剰に心配することはなかったのだ。冷静な反応を見る限り、何の問題もなさそうだった。

「――だけど、さすがにそろそろ不誠実かなって思ったの。だから、孝弥だけでなく、純とも新太郎とも別れることにした。突然すぎるよね、ごめんね。きっと孝弥にはもっといい女の人がたくさんいるから、こんな私のことは忘れて――」

にこやかな笑顔を保つのを忘れていた、と気づいたときには、もう遅かった。

見えないほどのスピードだった。気がついたときには秋庭の手がめぐみの胸倉をつかんでいて、次の瞬間、薄暗い公園に引きずり込まれた。

悲鳴を上げる暇もなかった。数メートル進んでから地面に押し倒され、直後、右の頬に重い衝撃が走った。

「この性悪女が」

今度はあごに激痛が来た。思わず両腕で顔をかばうと、鳩尾(みぞおち)に拳を叩きこまれた。ぐふ、という、声にならない声が口から漏れる。

身体をよじって顔と腹を攻撃から守ろうとすると、髪の毛をつかまれて地面に顔を押しつけられた。口の中に砂が入る。じゃりじゃりとした感触とともに、血の味がした。

「最初から金目当てだったんだろ、泥棒猫め。全部返せ。弁償しろ。この――」

秋庭は罵詈雑言(ばりぞうごん)を口走りながら、動けないめぐみを殴った。

横を向いためぐみの目には、公園の真ん中に立っている電灯が映っていた。その下のベンチに、先ほどのカップルはいなかった。さらに、めぐみが倒れている植え込みのすぐそばは、おそらく、道路からの死角になっていた。

——しまった。

秋庭は、めぐみの弁解を無言で聞いていたのではなく、目撃者がいなくなるタイミングを注意深く狙っていたのだ。

「お前みたいな尻軽女は、顔が塩酸でただれてしまえばよかったんだ」

真木は、何してるの——。

「おい！」

辺りに大声が響いた。秋庭が怯み、攻撃が止んだ。

「何やってんだ！」

もう一度声が聞こえた。その瞬間、秋庭は一目散に逃げていった。

倒れたまま朦朧（もうろう）としていると、そばに駆け寄ってくる靴音が聞こえた。そのまま、身体の上に大きな手が置かれた。

「大丈夫？　めぐみさん！」

真木も動揺しているようだった。山本正志として振る舞っていたときの呼び名に戻ってしまっている。

めぐみは短く呻（うめ）いてから、真木の助けを借りて身体を起こした。頭を殴られたからか、吐き気がした。

「どうしてもっと早く止めなかったのよ」

頰についた血を拭いながら恨みがましく言うと、真木は「ごめんよ」と顔を歪ませた。

「十字路で見通しが良かったから、気づかれたらまずいと思って、少し遠くから見てたんだ。まさか、こんなことになるとは思わなくて」

「リスクを冒しても近くにいろって言ったでしょ。役立たず」

めぐみはそばに転がっていたハンドバッグをつかむと、真木の肩を支えにして、よろよろと立ち上がった。少し喋るだけでも、切れてしまった口の中が痛かった。ただ、殴られたのが腹から上だけだったからか、歩くのに支障はないようだった。

公園から出て大通りに向かおうとすると、「どこに行くんだよ」と血相を変えた真木が目の前に立ちふさがった。

「家に帰るの」

「ダメだよ、そんなの。まずは病院に行かないと」

「ここから一番近い病院がどこだか分かってる？　行けるわけないでしょ」めぐみは自分を蔑むように笑った。「だから帰る。これくらい、大したことない」

「大ありだよ。血まみれじゃないか」

めぐみは真木を無視して歩き続けた。途中、通行人と何度かすれ違ったが、辺りが暗いからか、血と砂だらけの格好でも不審な目で見られることはなかった。

大通りに出るとすぐ、めぐみはタクシーを拾った。乗り込んでこようとする真木を阻み、めぐみは無理やりドアを閉めた。

「ちょっとお客さん、どうしたの」

タクシーの運転手は、ミラー越しに驚いた顔をした。めぐみは動じずに、頬の痛みを我慢しながらにこりと微笑んだ。

「あの人、酔っ払ってるのよ。事情は一切訊かないでくださる？　池尻までお願いしたいの」

一切、という単語に凄みを利かせると、運転手は怪訝そうな顔をしながら車を発進させた。真木はギリギリまで追いかけてきて窓を叩いていたが、めぐみは取り合わなかった。

早く真木から離れたくて、何も考えずに乗ってしまったが、江戸川区から自宅までは車でもずいぶんかかるはずだった。気持ちを落ち着けようとして窓の外を見つめていためぐみは、両国付近に差し掛かったところで、汚れているハンドバッグからスマートフォンを取り出した。

怒りに打ち震えながら、有希子の番号を選び出す。誰かに思い切り吐き出したい気分だった。通話ボタンを押し、耳に当てて呼び出し音を聞いていると、すぐに有希子が出た。

『もしもし？　どうした？』

「ねえ、ちょっと、聞いてほしいことがあるんだけど」

『めぐ、今何か食べてる？　喋り方がおかしいよ』

口の中を怪我しているからだ。有希子の言葉を無視して、めぐみは話を続行した。

秋庭に別れを告げたことと、逆上して押し倒された挙句何度も殴られたことを話す。どうしても興奮してしまい、言葉に熱がこもった。語れば語るほど、秋庭に対する憤怒が増大していった。簡潔に話そうと思っていたのに、愚痴はなかなか止まらなかった。

「――さすがに、ここまでされるなんて思わなかった。ね、ひどいと思わない?」

めぐみが一気に話し終え、同意を求めると、電話の向こうから有希子のため息が聞こえてきた。

『だから、タカじゃなくて金内にしろって言ったのに』

「え?」

『私、忠告したよね? タカはやめておいたほうがいいよ、って。それなのに金に目がくらんでタカなんかと付き合うから、こういうことになるんじゃない』

有希子の口調は冷めきっていた。聞こえてきた言葉の意味を理解した瞬間、めぐみは「はあ?」と大声を上げた。

「そんなこと言われてないよ」

『言ったよ。オブラートに包んだ言い方したから、分からなかったかもしれないけど。めぐさ、今すごく怒ってるみたいだけど、自業自得だよ? 成人してから二回も暴行で捕まってるような男、本来は最初から狙わないのが正しいんだから』

「ちょっと待って、暴行って何?」

『あれ、言わなかったっけ、タカの逮捕歴。一緒に飲んでた人を殴って怪我させたんだってよ。それで何か月か医師免許の停止処分を受けてたことがあるんだって。病院関係者の間ではけっこう有名な話みたいだけど』

「聞いてない」めぐみはスマートフォンを握り締めた。「そんな札付きの男、どうして連れてきたのよ」

『めぐが紹介しろってうるさいからよ』

「だからって、おかしいでしょ。私が探してたのは優良物件であって、事故物件じゃないの。それくらい分かってるでしょ。いったいどういう神経してるわけ」

『あのね、めぐ』

急に、有希子の口調が説教臭くなった。

『合コンとか、ああいう趣旨の飲み会に引っ張っていける男なんて、大概が問題ありよ。そこに期待するのが間違ってる。だって、本物の優良物件がいたら、友達なんかに紹介しないで自分がいただくもの――』

めぐみはスマートフォンを耳から離し、勢いよく通話終了ボタンを押した。画面とぶつかった爪に軽い痛みが走った。

――ふざけんな。

ぐるぐると回る怒りと苛立ちを処理できないでいるうちに、めぐみの乗るタクシーはいつのまにか都心を横断し終え、二四六号線に入っていた。

マンションの前に着き、料金を払ってタクシーを降りる。そのとき、後ろにももう一台タクシーが停まっていることに気がついた。

真木が追いかけてきていたのだ、と理解した瞬間、めぐみはマンションの玄関ホールに急いで駆け込んだ。

「ねえ、ちょっと待って！」

後ろから聞こえる声を振り切るようにして、めぐみは廊下の奥へと走ってエレベーターに乗り込んだ。オートロックが解除されていたドアを通り抜けて真木が追いかけてきたが、間一髪でエレベーターが閉まった。三階に着くと、めぐみは自分の部屋まで走って急いでドアを開け、鍵をかけて中に閉じこもった。

すぐに、真木が廊下を駆けてくる靴音がした。続けて、ドアが勢いよく叩かれる。

「中に入れて。怪我してるんだろ。治療しないとダメだよ」

「今日はもう誰にも会いたくないの。帰って」

「ここを開けてくれよ。君のことが心配なんだ。本当に」

一瞬、心が揺れた。だが、めぐみは真木の声に、ぶれのようなものを感じ取っていた。声のトーンが上がる。心なしか、下手に出るような口調になる。語尾が不自然に硬くなる。全部、人が嘘をつくときの特徴だ。

真木は、純粋な心配とは別の理由で、この部屋に押し入ろうとしている。

「警察を呼ぶよ」

低い声で凄んでから、めぐみは玄関を離れ、靴を脱いで奥の寝室に向かった。

ドアを叩く音はしばらく続いていたが、やがて去っていく靴音がした。

めぐみは真っ先に砂だらけのワンピースを脱いだ。そのままベッドに倒れ込み、死んだような眠りについた。

＊

丸五日間、めぐみは家に閉じこもった。

一度だけ、職場から電話がかかってきた。マネージャーはそろそろ月が変わってノルマがリセットされることを心配していたようだが、こんな顔で営業に出たらむしろ逆効果だ。

顔の痣と腫れは徐々に引いてきていたものの、完治するにはまだもう少しかかりそうだった。「階段で転んだ怪我の治療費も、全額保険でカバーできました」などと適当にネタにすれば医療保険の契約は獲れるかもしれないが、自虐営業はめぐみのポリシーに反する。

朝昼晩と規則正しく鳴らされるインターホンの音は無視した。それとは別に一回着信があり、『生きてる?』というメッセージがスマートフォンに届いたが、未読のまま放置した。警察を呼ぶと脅したのが効果的だったのか、真木がそれ以上しつこく接触してこようとする気配はなかった。

普段は見もしないテレビをつけ、芸人やアナウンサーが地方を巡って食レポをしているのを眺めながら、めぐみはぼんやりと昔のことや事件のことを思い返していた。

五年生の夏に調布の花火に行った日のことは、正直なところ、よく覚えていなかった。真木を騙して体育倉庫に閉じ込めたときの快感と、親からもらった金で買った赤い浴衣を有希子に褒められて嬉しかったことだけが記憶にある。確か、浴衣の着方が分からないから、学校の近くの美容院でわざわざ着つけてもらったのだった。

——君は覚えてる？　監禁の後は、理科の実験。

塩酸を使った実験のことなど、それこそ記憶の彼方だった。数ある授業の一つに過ぎないのだから、花火の日の出来事以上に思い出せない。

一つだけ確かなのは、真木に対して塩酸を直接振りかけたりはしていないということだった。さすがのめぐみも、理科の教師から取扱いに関して相当注意されたであろう危険薬品を、他愛もないいじめに使うほど残酷な小学生ではなかったはずだ。おおかた、どんくさかった真木が実験中にポカをやらかしたとかで、男子と一緒になって真木を責めたり叩いたりしたのだろう。それなのに、今回の犯人は、実際にめぐみを危険に晒している。栄養ドリンクのときは引っ掛からなかったが、ボディミストやハンドクリームに混入されていた塩酸はめぐみの手に火傷を負わせた。この事件が小学生のめぐみがしたことに対応しているのであれば、犯人の行為は明らかに過剰だ。

——思い出した？　実験の後は、塗りつぶし。

有希子や香織と結託して卒業記念品を台無しにしたことは、真木に対して行った数々の悪さの中で、最もよく覚えている出来事だった。

真木が反抗したのは、後にも先にもあのときだけだった。危うく油性ペンで落書きし返されそうになっためぐみの木製オルゴール箱は、今もベッドの下にある。再び出窓に飾る気には到底なれなかった。

あのときの真木の悲しみようを思い出すと、犯人が三番目の事件としてこれを選んだのも頷ける。ただ、玉山、秋庭、樋口の三人を巻き込むことの意味が見出せなかった。

――もう分かったよね。塗りつぶしの後は、消毒液と、冷たい冬の池。

犯人はなぜ、毒薬事件の決行をちらつかせてまで、めぐみと恋人たちを無理やり別れさせたかったのだろうか。

ふと、真木の眉目秀麗な顔を思い出した。ストーカーのように毎日めぐみの前に出没していただけに、五日空いただけで、もうずいぶん会っていないような錯覚に陥る。

もう午前十時半を回っていたが、インターホンはまだ鳴らなかった。

――もしかしたら、真木は何かをつかんでいるのかもしれない。

あれだけ多くのインタビュー記事に載っている、名門大学の最年少准教授だ。頭の回転や分析力も一般人を遙かに凌駕しているのだろう。めぐみも頭の良さには自信があったが、それは常に適切な選択肢を採るとか、決断が早いとか、行動力に特化した話だ。学者の思考力とは種類が違う。

――真木なら、誰が犯人だと推理するだろう。

ブー、とスマートフォンが振動した。

――真木？

急いで取り上げる。画面には会社のマネージャーの名前が表示されていた。めぐみはため息をつき、スマートフォンを持ち上げて通話ボタンを押した。

「はい、光岡です」

『ああ、出た出た。今大丈夫?』

マネージャーのだるそうな声が聞こえた。

「ええ。どうしました?」

『光岡さ、まだ会社出てこられないわけ?』

「申し訳ないんですけど、もう少しかかります」

またか、と心の中で舌打ちをする。あと一週間は休みが欲しいと数日前に伝えたばかりなのに、どうしてこうも急かしてくるのだ。

『それってやむを得ない事情?』

「ええ」

『じゃあ、本当は光岡が出社してきてから話そうと思ってたことがあるんだけど、時間がないから今言うよ。いい?』

「はい、何でしょう」

普段から眠そうなマネージャーの声は、いつにも増してトーンが低かった。若干不機嫌なようにも聞こえる。

『君と結んでいる委任契約を、解除させてもらうことになった』

「は?」思わず大声を出し、スマートフォンを握り締めた。「契約解除って……解雇ってこと?」

『保険外交員とは雇用契約を結んでいるわけじゃないから、厳密には解雇という言い方はしないんだけどね。まあ、そういうことだ』

「どうしてですか。毎月、ノルマは達成していますよね? 成績は悪くないはずです」

『確かに悪くない。でも、良いわけでもない。運よく取れたとき以外は、ノルマを達成したらすぐに休みに入ってしまうからね。コツコツやってる真面目な子たちのほうが、長い目で見ると会社に貢献してくれるんだよ』

それにさぁ、とマネージャーはさらに低い声でぼやいた。

『乱暴なんだよ、契約の取り方が。前々から言ってるけど、自分がペナルティを受けたくないばっかりに〝二年間は契約解除ができないんです〟なんて客に嘘をついたり、契約を絶対に取りたいからって持病がある客に対して医療保険の告知義務についてちゃんと説明しなかったり、そういうモラルのない営業をしているのは光岡だけだ。そのせいでコールセンターにクレームが何度も来たり、金融庁に目をつけられかけたりして、こっちはそのたびにてんてこまいなんだよ』

そういえばそんな注意を受けたこともある。こっちにとってみれば月のノルマをさっさとクリアして長めの休暇と最低限の収入を得るのが唯一の目的なのだから、時には客を口先一つでたぶらかすことも必要だ。無知な人間であれば、大抵はめぐみの話術に呑まれて泣き寝入りしてくれる。ただ、一筋縄ではいかない客も中にはいて、そういう場合は本社にクレームが行ってしまうのだった。それでも解除になった契約分は新規で取り返していたのだから、会社に迷惑はかかっていないと判断していた。

『今回だっていきなり休みをとってずいぶん長いこと出てこないし、監督してる側はいちいち困るんだよ。会社にとってみたら、ノルマぴったりの契約数を毎月達成してくる君を雇い続けるよりも、君のマネジメントにかかる人的コストを切り捨てたほうが、むしろ得だしリスクも少ないんだ。あ、そう言い出したのは僕じゃなくてね、部長なんだ。ほら、最近はどこの会社でもコンプライアンスとか、うるさいだろ？――ちなみに、雇用契約と違って、委任契約は各当事者がいつでもその解除をすることができる。分かるね？』

マネージャーの、契約書の条文を丸々読み上げているような口調に腹が立った。

「つまり、今この場で私をクビにするってこと？」

『いや、決定ではない。今までの倍のノルマを毎月達成してくれると約束するなら、このまま働いてもらっても構わないよ。光岡なら、死ぬ気で頑張ればそれくらいできるだろ？』

――ふざけるんじゃない。

これまでの倍の契約を毎月獲るなど、それこそ身を粉にして外を駆けずり回らなければならないではないか。それはめぐみが求めている自身の姿ではないし、何より、あわよくばめぐみの不利な立場につけこんで自分の成績を上げようとするマネージャーの魂胆が丸見えだった。

「そこまで言うならもういいです、やめます。ご迷惑おかけしたようで、大変申し訳ございませんでした。心よりお詫び申し上げますね」

最大限の皮肉を言葉に込める。だがマネージャーは『ああよかった。じゃ、契約解除ね』と妙に安心した口調で言い、すぐに電話を切ってしまった。

通話の終了したスマートフォンの画面を呆然と見つめる。七年間続けてきた仕事を突然失ったという事実は、すぐには頭に入ってこなかった。

しばらくしてはっと我に返り、そのままスマートフォンでインターネットバンキングのアプリを立ち上げる。最近、クレジットカード決済ばかりしていたから、貯金の残高を長いこと確かめていなかった。

――まだ、二百万はあったはず。

七年前に家を飛び出したとき、口座に入っていた金だ。当初に比べるとずいぶん減ってしまい、底をつきかけているが、まずはそれで繋ぐことができるはずだ。

ログイン情報を入れ、表示されたページをざっと見た瞬間、血の気が引いた。預金残高の欄に記載されている数字は、たったの六桁しかなかった。

――いつのまに。

高級化粧品やブランド品を買うときのカードローンで、思いのほか貯金を食い潰していたようだった。エステやネイルにしょっちゅう通っていたのも原因の一つかもしれない。

家賃やまだ残っているローンの支払額、クレジットカードの引き落とし額などが急に頭を駆け巡る。しばらくそうした後に、めぐみは大きく息をつき、頭を左右に振った。

計算するのはやめにした。少なくともあと三か月は暮らせるだろうし、それまでに策を考えればいい。男に貢がせるのに無理があるなら、最悪、家族に未練があるらしい父とよりを戻せばいいのだ。

また、スマートフォンが短く震えた。

ちらりと目をやると、『ST』という文字が見えた。メッセージアプリ上での、玉山新太郎の登録名だ。『返事、遅くなってごめん。あれから…』というメッセージの冒頭部分だけが、通知画面に表示されている。

「考えさせて」と悲しそうに囁かれて以来、気になっていなかったと言ったら嘘になる。

ドキリとしながら、めぐみは親指をスライドさせてメッセージを開封した。

返事、遅くなってごめん。あれからいろいろ考えてみた。

君は本当にひどいことをしたね。言われたときはショックだったけど、だんだん怒りのほうが大きくなってきた。

二十代も終わろうとしているこの時期に一年という時間を奪ったことの罪の大きさを、君は胸に刻んでおくべきだと思う。君は軽い気持ちだったのかもしれないけど、俺や、ジュンや、タカは果たしてどうだったろう。

君自身のためにも、一度、よくよく考えてみたら?

返信は要らないよ。どうかお元気で。

今までに玉山からもらったメッセージの中で、最も長文だった。

返信は要らないよ、という一文が胸に突き刺さる。一方的すぎる、と苦しそうに言っていた玉山が最後に送ってきた言葉は、めぐみの発言以上に一方的だった。

悪態をつく気も起きなかった。というよりも、時間をかけて打ったのであろう数行の文章の中に、揚げ足を取る隙を見つけられなかった。

「これって――」

――振ろうとしたつもりが、逆に振られた、ということだろうか。

そうだとしたらひどく屈辱的だった。めぐみは今までの人生で、一度も男に振られたことがない。別れを告げるのは、いつだってめぐみのほうからだった。

「私を振るなんて十年早いわ」

悔し紛れに呟いた後に訪れた空しさは、ピンポン、という無機質な電子音によってタイミングよく霧散した。

めぐみはゆっくりと、壁に取り付けられた白いモニターに近づいた。画面に淡い水色のシャツを着た細身の男が映っているのを確認してから、通話ボタンを押し、小さく息を吸い込む。

「毎日毎日、ご苦労様。立派なストーカーね」

『……やっと出たか』

安堵したような、怒ったような声がスピーカーを通して返ってきた。

『怪我の具合はどう？』

「少しは良くなってきたけど、まだ目立つかな」

『いつまで籠城するつもり？　食料品、もうないだろ』

図星だった。最初の二日は冷蔵庫のものを適当に食べていればどうにかなったが、三日目から備蓄食料が残り少なくなり、昨日と今日は白米とビスケットくらいしか口に入れていない。

「あるものを買ってきてくれたら、出ていってもいいけど」

『何？』

「マスク。さすがに真夏だから、切らしてて」

『ああ』

真木は納得したようだった。少しでも痣を隠したいという女心を瞬時に理解し、何も訊かずに受け入れてしまうところがかえって憎らしい。

『分かった。コンビニで買ってきてからもう一度鳴らすから、そうしたら出ておいで』

真木が画面から消え、歩き去る靴音が聞こえた。

既に化粧と着替えは終えていた。コンシーラーで入念に隠せば、もうほとんど痣は目立たない。真木をコンビニに走らせたのは、何の条件や対価もなしに外に出ていくのが癪だからだった。

十五分ほど経って、もう一度インターホンが鳴った。めぐみは財布とスマートフォンだけをつかみ、だるい身体を引きずるようにして部屋を出た。

念のため郵便受けを覗いてから、外に出る。マンションの前には、白いビニール袋を持った真木が佇んでいた。こちらを見ずに、黙って差し出してくる。中を覗くと、サイズの小さい女性用マスクのパッケージが見えた。ご丁寧に、フローラルの香りつきだ。

めぐみがマスクを装着するとすぐに、真木は先に立って歩き出した。駅とは逆の方向に向かう真木を「どこへ行くの」と呼び止めると、「世田谷公園」という返事があった。

「この暑いのに、どうして外で話さなきゃならないのよ」

「だって君、僕の前で物を飲んだり食べたりするのを嫌がるじゃないか」

「いいから、喫茶店でも行きましょ」

そう言うと、真木は少し驚いた顔をしてから進路を変えた。

駅の方面に向かってしばらく歩き、二人は小さな喫茶店に入った。メニューをパラパラと見てから、コーヒーとサンドイッチを注文する。本当はスコーンやケーキも食べたいくらいだったが、真木の見ている前で思うがままに食欲を満たすのはプライドが許さなかった。

それでも、サンドイッチを頼んだめぐみを見て、真木は「お腹が減ってたんだね」と笑った。

「失礼ね」

「そう感じたなら謝るよ。でもさ、ようやく僕のことを少しは信用してくれるようになったんだね」

「どうかしら。外で飲食してもいいかなって気分になったのは、もう犯人に襲われることはないだろうと判断したからであって、あなたがどうこうって話じゃない」

「手紙に書かれていた命令には従ったから、もう食べ物に毒を入れられたりはしないだろう、ってこと？」

めぐみに否定されたのが不本意だったのか、真木は眉尻を下げながら言った。

「犯人が約束を破る可能性は考えないんだ？」

「キリがなくなるでしょ。いつまでも怯えてたら、それこそ犯人の思う壺じゃない。さっき確認したら新しい手紙も届いてなかったし、もう安心って思うことにしたの。あとは――そうね、あなたさえ私の前から消えてくれれば元の平穏が戻ってくるはずなんだけど」

「本当に、君っていう人間は」

真木は呆れた顔をして、やれやれ、という様子で肩をすくめた。

「仮に犯人からの攻撃がもうないとしても、事件はまだ終わってないよ。犯人を捕まえるまでが事件なんだから」

「どこかの探偵小説の受け売り？」

「まあそうだね」真木はもったいぶったように頷いた。

「じゃあ聞かせてよ。いったい誰が犯人なの？」

「うーん」

「もう分かってるんでしょ？」

「いや、さっぱり」

「はあ？」

拍子抜けして、めぐみは思わず真木の顔を凝視した。

「あれだけ私の行動を見張っておいて、何もつかめてないの？　真相は？　今まで何やってたのよ」

「やってみると違うもんだね、小説と現実は」

「ふざけないで」

期待してたのに——という言葉を辛うじて呑み込んだ。

「あなた、名門大学の准教授でしょ。しかも法学部の。一人じゃ何もできないんなら、最初からその権威であのやる気のない警察を出動させるくらいしてくれればよかったのに」

「それこそ、どこのドラマだよ」

「分かった。じゃあ、現時点での見解を聞かせて。何もつかめてないことはないでしょう？」

真木を睨みながら、ゆっくりとマスクをずらし、手元に運ばれてきていたコーヒーを一口飲んだ。厳しく問い詰めているつもりなのに、真木は相変わらず飄々（ひょうひょう）としていた。

「まあ、ヒントはたくさん見つけたよ。確証がないのが痛いところだけど」

「誰が怪しいと思うの？　もしくは、誰なら除外できる？」

今度こそ期待を込めて尋ねた。真木は落ち着いた様子でコーヒーを啜ってから、「先に君の意見を聞きたい」とはっきりとした口調で言った。

「君は、誰が犯人だと思う？　ただし、容疑者から僕は除くこととする」

法律書の一節を読み上げるように、真木が付け加えた。その条件は不満だったが、めぐみはひとまず言われたままに答えることにした。

「真木じゃなかったら、孝弥かな。……金内や純の態度もちょっと気になったけど」

「じゃあ、逆に、容疑者から外してもいいと思うのは？」

「新太郎」そういうつもりではなかったのに、即座に言葉が出た。

「本間有希子と保科香織に関してはどう考えてる？」

「分からない」

「まあ、そうか。君ら、意外と仲良くなさそうだもんな」

六日前の有希子との電話を思い出し、心の底で黒いものが燻（くすぶ）る。「余計なお世話よ」とめぐみはぶっきらぼうに返した。

「僕はね、全員同じくらい怪しいと考えてる。誰だと特定もできない代わりに、除外もできない」

真木は堂々と宣言した。

「それって、要は何も分かってないってことじゃないの」

「僕だって、さすがに動機のない人間が一人くらいいるんじゃないかと思ってたんだよ。でも、調べれば調べるほど、全員に理由があるように思えてきてさ。残念ながら、君の周りには、無条件に信用できる親友や恋人という存在が皆無なんだな」

「そういう嫌味はいいから」

「じゃあ――そうだね、先ほどの君の意見を尊重して、君が一番怪しいと思っているであろう人から順に説明していこうか」

真木はコーヒーカップの把手を弄びながら、もう片方の手をジーンズのポケットに突っ込んだ。取り出したのはスマートフォンだった。メーカーのロゴが見えるよう、中央部分に丸い穴が開いた、黒い無地のシリコンケースをつけている。

尾行の結果を律儀にメモしてあるのか、真木は画面に目を落としながら、「まずは秋庭孝弥」と言って指を一本立てた。

「想定される動機としては、浮気をしている恋人に鉄槌(てっつい)を下したかったから、ということになるね。嫉妬深く粘着質な性格からして、一連の事件を起こして君に心理的負担を与えた上で、他の二人の男とも別れさせ、さらに君のほうから三股の事実を白状するように仕向けて、一方的に暴力を振るう大義名分を得た——というふうに考えるのは比較的自然じゃないかな」

「あの人ならやりかねないと思う。塩酸だって、医者なら簡単に手に入るんじゃない？」

「うーん、それはどうかな。ドラッグストアや薬局でも売ってくれるところはあるみたいだし、一概には言えないけど。でも、このあいだ君を殴ったときに、『顔が塩酸でただれてしまえばよかった』と暴言を吐いていたのは怪しいと思ったよ。どうせなら手じゃなくて顔を傷つけてやればよかった——という意味にもとれるからね。ま、考えすぎかもしれないけど」

真木はめぐみの前の皿を指し示し、「食べながら聞いてよ」と促してきた。「では遠慮なく」とサンドイッチを両手で持ち上げると、真木はにこやかに微笑み、「次は金内充」と言って再びスマートフォンに視線を向けた。

「彼に関しては情報が少ないけど、一年前の飲み会に参加していた四人の男のうち、君が唯一選ばなかった一人というのが引っ掛かるね。しかも、小学校の頃、金内は君にべた惚れだった。ということは、事件に関わっているかどうかはともかくとして、君が手に入れた三人の恋人を恨めしく思う可能性は十分に高い。ちなみに、金内は独身だよね？　付き合っている女性もいない？」

「ええ」未婚で彼女もいないくせに腹が出てきているから、これから先、結婚相手探しには苦労するだろう。

「じゃあ、やっぱり犯人である可能性は拭えないかな」真木はあごに指を当てて逡巡してから、「三番目は、樋口純か」と呟いた。

「実は、僕は樋口が一番怪しいんじゃないかと思ってる」

「え、そうなの？」その言葉は予想外だった。「どうして？」

「言動がおかしいからさ。まず、君が浮気をしていたと聞いてもまったく驚かなかった。ここまではいいとしよう。だけど、その直後に、『相手は俺の知ってる人？』なんて質問をしているのは見過ごせない。自分の恋人の裏切りをなんとなく察したとしても、浮気の相手が自分の知り合いだなんて普通思わないだろ？　社内恋愛とかで、日常的に所属するコミュニティが一緒ならともかく、樋口と君の場合はそうではないわけだし」

「確かに……そうね」

「それから、『浮気』という単語しか出していなかった君が、相手が誰だか訊かれて秋庭と玉山の名前を挙げたとき、樋口は相変わらず平然としていたよね。浮気相手が二人いた、という新事実にまったく動じなかったんだ。普通は突っ込むよ。ひどい話だからね」

度々挟まれる皮肉は無視することにして、めぐみはサンドイッチを飲み込んでから「つまり」と口を挟んだ。

「純は、全部知ってたのに、あえて知らないふりをしてた可能性が高いってこと？」

「そう。君の態度でなんとなく感づいたって言ってたけど、嘘なんじゃないかな。ストーカー行為を働いているうちに、秋庭や玉山とも会ってる君を目撃してしまったのかもしれない」

めぐみは椅子の背もたれに寄り掛かり、腕組みをした。ガラス張りの社長室で会ったとき、樋口のやけに冷静な態度に面食らったが、発言内容の不審な点には気づかなかった。

そう言われればそうだ。別れ話の内容をなんとなく予想できたとしても、浮気相手の人数や素性まで察しがつくはずがない。

「ってことは、純がもう一度会う提案をしてきたのは――罠？」

「そうかもしれないし、本気でプロポーズをするつもりなのかもしれない。後者の場合、樋口は他の二人の男を蹴落として君を独り占めするために一連の事件を起こしたということになるね。いったん君に三人全員を振る形を取らせたのは、自分が犯人であることを隠すためだ」

どうだろう、と考える。もしそうなら、今週の土曜日はどんな心構えで樋口に会いに行けばいいのだ。

「その次は、本間有希子と保科香織だったね」

樋口への疑惑を深掘りするつもりはないようで、真木は先を続けた。

「本間有希子には夫がいるし、保科香織には結婚間近の恋人がいる。普通に考えたら、彼女らが君と三人の恋人との仲を引き裂く動機はないはずだ。だけど、どうやら君らは常に牽制し合っているし、虚栄を張って自慢のぶつけ合いをしているし――少なくとも、互いの幸せを心から喜び合うような関係ではなさそうだってことがだんだん分かってきた。だから、昔からリーダー格だった君を痛めつけるというのは、二人からすれば気味がいい行為なのかもしれないね。つまり、嫌がらせそのものを目的とした愉快犯だ」

「ふうん。私の女友達をそういうふうに見てたのね」めぐみは片方の眉を上げ、不機嫌な声を出した。「でも、それだと動機が弱いし、根拠もないんじゃない？」

「分かってるよ」

「で、新太郎は？　彼も犯人かもしれないの？」

「むしろ、君がどうして玉山新太郎だけを容疑者から除外できると思ったのか、興味があるんだけど」

面倒な質問が飛んできて、めぐみは顔をしかめた。うやむやにするためにコーヒーを一口飲み、頬杖をつきながら、もう片方の手を自分のスマートフォンに伸ばす。パスコードロックを解除してから、めぐみは先ほど受信した玉山からのメッセージを開いた。

「さっき、メッセージが届いたのよ。私とはもう連絡も取りたくないみたい。ま、文章の内容があまりに悲愴感にあふれてて、返信する気も起きなかったけどね」

「玉山が純粋に悲しそうにしてたから、犯人ではなさそうだと感じた、ってこと？」

めぐみは無言で頷き、再びサンドイッチを取り上げた。真木はどこか愉快そうな表情をしていた。

「無理に隠さなくていいよ。未練があるんだろ、玉山に」

「そんなわけないでしょ」

めぐみは真木を睨んでから、スマートフォンの画面をオフにしてテーブルに伏せた。

「まあ、金持ちにしては珍しく、誠実で一途そうな人だったからね。君が惜しく思うのも頷ける。でも、恋愛に対して真摯な人間こそ、裏切られたときの怒りは大きくなるのかもしれない」

「それで新太郎が報復行動に打って出た、って言いたいの？」

「うん。いったん返事を保留してから改めて別れの言葉を送ってきたのも、自分から君を振りたかったからかもしれないしね。何らかの事情で、事実を知ったことを自分から言い出せなくて、君から白状するよう操作した。だけど最終的には、自分が優位の立場で終わらせたかった」

「新太郎は、そんなプライドの高い人間じゃないと思うけど」

「そうだね。僕だって、あの玉山がわざわざ僕に罪をなすりつけるような卑劣なことをしたとは思いたくないさ」

「あら、新太郎のことはかばうの？」

「彼はほとんどいじめに加担したことがないからね。僕に味方こそしなかったけど、あれだけ権力関係がはっきりしていたクラスで、強い集団に従わなかった玉山はすごい子どもだったと思うよ」

　ああいう人間が皆無だったら僕は今頃この世にいなかったかもしれないね、と真木は白い歯を見せて笑った。綺麗な歯だった。

「推理は以上？」

「そうだね。今のところは」

「じゃあ、残念ね」

「え？」

「結局、怪しいことばかりしてるのはあなただけじゃない」

「だから僕は関係ないよ。樋口が疑わしいって言ったじゃないか」

「そうだけど、あなたの胡散臭さには及ばない」

「君は本当に頑固だな」

　真木は小さくため息をつき、すっと手をこちらに伸ばしてきた。驚いて仰け反ると、真木はめぐみの手元から何かを取り上げた。はっとして目で追うと、真木の手にはめぐみのスマートフォンが握られていた。

「ちょっと、何するのよ」

　取り返そうと身を乗り出したが、真木は身体をよじってめぐみの手が届かないようにした。そのまま、パスワード入力画面に四桁の数字を入れる。弾かれることもなく、呆気なくホーム画面が表示された。

「は？　ちょっと、どうして知ってるのよ」

「パスワードぐらい、手元をちょっと注意深く観察すれば分かるさ。君が初めて僕の部屋に来たときから記憶してたよ」

「返しなさいよ。何を見る気？」

「男たちとのやりとりとか、もろもろ。さすがに文字での会話は追えていないから、参考情報として頭に入れさせてほしいんだ。何か、ヒントがあるかもしれないしね。さて、まずは玉山からの別れのメッセージを――」

めぐみはスマートフォンを取り返そうと足掻いたが、真木が身軽によけるため、しまいには諦めた。「勝手にすれば」と吐き捨て、サンドイッチの残りを食べ始める。

真木は時たま笑みを浮かべたり眉を寄せたりしながら、めぐみのスマートフォンを操作した。サンドイッチをたいらげてコーヒーを飲み干すと、めぐみは仕返しとばかりに真木の黒いスマートフォンに手を伸ばした。真木は止めようともしなかった。

取り上げたスマートフォンに、『1111』『9999』など適当な数字を何度か入力してみる。しかし、エラーしか出なかった。だんだん苛立ってきて、いっそのこと落としたふりをして画面のガラスでも割ってやろうかと、くるくると手の中でスマートフォンをひっくり返す。

一心不乱にめぐみのスマートフォンの画面を見ていた真木が、不意に「へえ」と声を上げた。

「その黄色い靴、玉山からもらったものだったんだね」

「これ？　そうだけど」

脚を椅子の横へと動かし、足元を見やる。全体が明るい黄色でヒール部分が黒い、十センチヒールのセパレートパンプスだ。ルイ・ヴィトンが芸術家とのコラボコレクションとして売り出したものを、玉山に買ってもらったのだった。つま先と足のサイドが大きく開いている大胆なデザインだから、夏に履くにはちょうどいい。

「男たちからもらったものは全部売り払ったのかと」

「特に気に入ったデザインのものは取っておいたの。使えるから」

「へえ。奇抜なミュールだなあと思ってたんだけど、自分で買ったものではなかったんだね」

この靴を履いた写真を撮って玉山に送った覚えがあるから、そのやりとりを見たのだろう。関係のないことには口を出さないでほしい。

――まったく、迷惑なことをするものだ。

そんなことを考えながらも、何かが引っ掛かっていた。

しばらくじっと膝を見つめながら思考を巡らせていると、ある光景が頭の中に蘇った。目をつむり、そのときのことを一つ一つ思い返してみる。

徐々に、違和感がはっきりとした輪郭を持って浮かび上がってきた。

――もしかして。

目を開けためぐみの視線の先には、真木のスマートフォンがあった。ロックを解除するのを諦めて、さっき目の前のテーブルに伏せて置いたのだった。黒いシリコンケースに空いた背面の丸い穴から、リンゴの形をしたメーカーのロゴマークが覗いている。

はっと顔を上げて、目の前の真木を見つめた。

同時に、なぜだか、真木も驚いたような顔をまっすぐこちらに向けていた。

めぐみは一つ――思い出した。

第四章　消毒液の後は、冷たい冬の池

――めーぐ、めーぐ。

手拍子と大勢の声が裏庭に響く。クラスメイトたちがわいわいと騒いでいる、その前列に、私はいた。

――めーぐ、めーぐ、やっちゃえ、めーぐ。

輪の中心には、コンクリートの縁で囲まれた小さな池があった。その縁の上に、ちっぽけな真木が身を縮めて立っている。さっきまで着ていたパーカーを引き剝がされて、この寒いのに白い長袖Tシャツ一枚という格好だ。ぶるぶると震えている真木を、その隣にいるめぐは、ニヤニヤと笑いながら見上げていた。自分は片方の足を地面につけて、安全を確保している。

「真木なんか、落としちゃいなよ！」

私は大声で叫んだ。

「真木なんか、ずぶぬれにしちゃえ！」

――めぐなら実行できる。めぐに、実行してほしい。

「そんなにみんなが言うなら、期待に応えちゃおうかな」

めぐがこちらをくるりと振り向いて、ふふ、と口元に手を当てて笑った。「めぐ、やっちゃえ!」私はもう一度、みんなを代表する気持ちで声を張り上げた。

ばしゃん、と大きな音がした。

冷たい水が跳ね上がり、めぐも、取り巻いていた私たちも、悲鳴を上げて池から逃げた。

後ろを振り返ると、池の中に、白い服が透けて見えた。バタバタと身体を動かしていて、細かい飛沫(しぶき)が飛び散っている。

「いいね!」

私は真木を突き落としためぐに向かって親指を立てた。めぐは片目をつむってから、得意気に胸を張った。ジュンやタカや金内が、「すげえ水飛沫だったな!」などと興奮した口調で言いながら、めぐのところに駆け寄ってきた。

もう一度池を見ると、真木がコンクリートの縁につかまって這い出してくるところだった。

少し長めの髪がべったりと額に貼りついていて、濡れた白いTシャツは灰色っぽくなっている。

出てきて地面に足を着くなり、真木は派手に音を立てて転んだ。冷たい水に突然入ったせいか、脚が攣(つ)ってしまったようだった。

そんな真木を、私たちは、みんなで笑った。

◇

少ない木陰を見つけて足を踏み入れると、頭上で緑の葉がさわさわと揺れた。太陽の光を遮断するだけで、うだるような暑さが和らぐ。平日の真昼だからか、世田谷公園の広い敷地に人影はまばらだった。

「さっきは嫌そうだったのに、どうしてまた外へ？」

長袖のシャツを着ているのに汗ひとつかいている様子のない真木が、低い位置に突き出ている木の枝に手をかけながら尋ねてきた。

「喫茶店で話すのは憚られるからよ」

「だったら最初から外にすればよかったじゃないか」

「違うの。たった今、気がついたことがあるのよ」

めぐみは腰に手を当てて真木を見上げ、無言で右手を差し出した。

「……何？」

「スマホ。ちょっと、出してみて」

「僕の？　どうして」

「いいから」

めぐみが苛立った声を出すと、真木は渋々といった様子でジーンズのポケットに手を突っ込んだ。差し出されたスマートフォンを奪い取り、真木の顔をじっと見つめながら、黒いシリコンケースをさっと外す。

一瞬、真木の顔が歪んだのをめぐみは見逃さなかった。

手元に視線を落とす。背に丸く穴が開いているケースを取り去った後に残ったのは、ロゴの周りだけが薄黒く汚れている銀色のスマートフォンだった。

「どうして私がこんなことしてるか、分かる?」

「さあ」

この期に及んでまだしらばっくれるつもりらしい。そうはさせまい、とめぐみは丸く汚れがついたスマートフォンを真木の眼前に突きつけた。

「こういう変な形に汚れが残っているスマホをどこかで見たな、って気がついたのよ。それで思い出したの。みすぼらしい格好をした婚活パーティーの勧誘員が、こんなスマホを使っていたな――って」

藤沢駅前で声をかけてきた、猫背の冴えない男性を思い出す。皺の寄ったシャツを着て、銀縁眼鏡をかけている男だった。財布をすられためぐみが途方に暮れていたとき、タイミングよく声をかけてきた彼が使用していたのは、ロゴの周囲が薄汚れた裸のスマートフォンだった。何もかも清潔感がないな、と呆れた覚えがある。

「あれ、あなたでしょう」

「何のこと?」

「とぼけても無駄よ。あの男、確かに身長は高かったし、細身だった。髪の長さもあなたと同じくらいだったはず。意識的に背を丸めて、わざと皺だらけの服を着て、ださい眼鏡をかけてしまえば、別人に見せかけるのは簡単だったでしょうね」

めぐみは手の中のスマートフォンをひっくり返した。

「後から山本正志として私に接触したときに不審に思われないよう、いつも使っているケースを外したんでしょ」

「このケース、ショップで売られてる純正品だよ。僕以外にだって、使ってる人は大勢いる」

「だとしても、わざわざ外す必要はないでしょ」めぐみは真木の反論を一蹴した。

「だからさ、その男が僕だったと断定するのはやめなよ。スマホについた汚れの形くらいで何を言い出すんだ。そんなもの何の証拠能力も持たない。都合のいい思い込みだよ」

「じゃあ、もう一つ、教えてあげましょうか？」めぐみは真木に挑戦的な目を向け、自分の足元を指差した。「こういう靴を何て呼ぶか、知ってる？」

真木はめぐみの黄色い靴を眺め、「え、ミュール？」と首を傾げた。

「これはね、セパレートパンプスって言うの。ミュールじゃなくて、パンプスね。ミュールとの違いは、かかとの部分が覆われているかどうか。ミュールはつっかけのサンダルみたいな形状だけど、この靴はかかとの後ろにも生地がついてるでしょ。爪先のデザインがオープントゥで、足のサイドを覆う生地がないっていう点でよくあるミュールのデザインに似ているけど、まったくの別物。法学部の准教授さんは女性のファッションになんて興味がないでしょうから、だいたいの形だけを見て勘違いしたのかもしれないけど」

めぐみがそう皮肉ると、真木はみるみる顔を赤くした。その顔が何よりの証拠だ。一度ボロを出させてしまえば、真木も案外分かりやすい。

「婚活パーティーに誘ってきた眼鏡男も、このパンプスを見てミュールって言ってた。一瞬気になったのよね、ただのパンプスのことをわざわざミュールなんて呼ぶから。――同じパンプスを見て同じ言葉の間違いをする男が、短期間に二人も現れた。しかも、ケースを外してみたら、スマートフォンの汚れの形まで一致している。法律的にこれが証拠になるのかは知らないけど、私にとってはこれで十分。だって変だもの」

真木は黙ってこちらを見ていた。形勢が不利になったのを悟り、まずはめぐみの出方を窺うことにしたようだった。

「それにもともと、偶然が重なって行くことになったパーティーにどうしてあなたが待ち構えていたのか、大いに疑問だったの。……今までは、私を尾行していたあなたが後から飛び入り参加したんじゃないかと思ってた。でも、よく考えたら、そんなはずないのよね。だって、婚活パーティーは男女同数じゃないといけないから。女性が足らなかったはずなのに、その後で新たに男性参加者を受け入れるはずがない」

「ふうん、なかなか細かいところに目をつけるね」

真木は木の幹に手をついた。余裕がありそうに見えるが、おそらく上辺だけだ。

「要するに、あなたは最初からあのパーティーに参加する予定になっていた。もしかすると、電話をかけて予約したふりをしただけで、実は私の名前も登録済みだったのかもしれない。あのとき、『さっき予約した者です』って受付の女性に言ったら、変な顔をされたのよね」

「考えすぎじゃない？　そもそも、僕が自分で申し込んだ経緯については、最初に説明したじゃないか。学生に見つかると面倒だから、都心から離れた場所でやっているパーティーに参加することにしたんだ、って」

「それが嘘だって言ってるのよ。文京区に住んでるあなたが、どうしてわざわざ湘南まで行きたいと思うの？　北上して埼玉に行くほうがよっぽど近いじゃない。急に私があっちの方面に向かったのを見て、いいチャンスかもしれないと思って慌てて予約したんでしょ。男女一名ずつの申込なら、よっぽど満席でない限り、当日でも受け付けてくれそうだしね。あの日は平日だったし」

「まあ、仮にそうだとしてさ」真木は苦々しい表情を作った。「数ある駅の中で、君が藤沢で時間を潰すなんて読めないよ。そこから電車を乗り換えて、小田原とか熱海とか、とても平日の夜にお見合いパーティーなんてやっていそうにないところまで行ってしまう可能性だってあったじゃないか。そういう事象まではコントロールできないよ」

「え？」

「だから財布をすったんでしょ」

めぐみは真木を真正面から睨みつけた。

「あなたはずっと、どうにかして私に近づこうと考えていた。ただし、正体を気取られてはならない。自然に接触するには、見ず知らずの人と知り合うのが当たり前の場所がちょうどいい。例えば、街コンとか、婚活パーティーとかね。あなたはそういう場所に私をおびき出す機会を窺っていた。そのタイミングがすべて綺麗に揃ったのが、あの夜だった。私を藤沢に足止めさえしてしまえば、計画は上手くいく――というわけ」

めぐみの財布を取り上げ、家に帰れなくする。藤沢駅から動けなくなっためぐみに、パーティーのスタッフのふりをして声をかける。電車賃に困っていためぐみは、ちょうどよかったとばかりに、男からもらう金を当てにして婚活パーティーに参加する。めぐみが会場に入ったのを見届けてから、ビルのトイレで服を着替え、眼鏡を外して、しれっとパーティー会場に紛れ込む――。

「君の推理には、証拠がない」

「ええ。でも、筋は通ってるはずよ。こう考えれば、あなたとの出会いの謎が解けるもの。あれは絶対に偶然ではなかった。巧妙に仕組まれたことだったのよ」

めぐみは堂々と宣言し、スマートフォンとシリコンケースを真木に突き返した。

「犯人はあなただったのね」

「は?」

「一連の事件を起こしやすくするために、私に近づいたんでしょ。監禁事件や塩酸事件は他人でも実行できそうだけど、毒を飲ませるとなると、顔見知りになっておく必要がありそうだものね。私があなたの正体にいち早く気づいてしまったのが、あなたの運の尽き。一番近くから私の命を狙おうとしていたあなたの計画は、それによって破綻した」

「ちょっと待って。それは早とちりだ」

真木は慌てているようだった。

「僕が犯人だったら、あんなに分かりやすい事件は起こさないよ。まるで『犯人は僕です』と宣言してるみたいじゃないか。あんな悪質な事件を次々起こすほど、僕は君を恨んでいないし」

「その言い訳はもう聞き飽きた」

「ああもう、分かった。認めるよ」真木は珍しく、自暴自棄な口調で言い捨てた。「君の財布をすって、婚活パーティーに行くよう仕向けたのは確かに僕だ。君と出会い直すために計画した。だけど、監禁だとか塩酸だとか、ああいうことは一切していない」

「まだ言い逃れをする気？」

「本当なんだって。僕は犯罪者じゃない」

「スリだって立派な犯罪よ」

「財布は手元に戻ってきたろ。拾ったふりをして、次の日にちゃんと警察に届けたんだから。それに、抜いたお金は全部電車賃と食事代で返したよ。何なら倍にして払ってもいい。君を危険に晒している事件とは無関係だ」

めぐみと真木はしばらくのあいだ睨み合った。真木の目には真剣な光が宿っていた。どうやら、一歩も譲る気はなさそうだった。

バカらしくなって、めぐみは先に目を逸らした。同時に、真木がふうと大きなため息をついた。

「君の勘の良さには敬服したよ。今さら気づかれるとは思わなかった」

「見直してくれたかしら」

「少しはね。だけど、いささか思い込みが激しいな。感情で物事を片づけようとするのはやめたほうがいいよ。後半の主張には論理性が欠けていた」

「ろくに犯人当てもできない探偵気取りの人には言われたくないけどね。自分が無実だって言うなら、誰が真犯人なのか当ててみてよ」

「そうだ、そのことだけど」

真木が急に明るさを取り戻した口調で言った。

「分かったよ」

「え?」

「犯人の正体。ついさっき、推理が完成したんだ」

——ハッタリ、だろうか。

めぐみは腕を組み、真木の表情を観察した。今まで追い詰められていたのが嘘だったかのように、真木は爽やかな笑みを浮かべていた。「そんなに怖い顔するなよ」と朗らかに言う。

「誰なの?」

「それはまだ言えない。目星はついているんだけど、今のままでは物的証拠がないからね。これから真犯人を罠にかけるから、見ていてほしい」

「そうやってお茶を濁すのが怪しいのよ」

「僕の言動をどう思うかは自由だけどさ、少なくとも、君はもう少し周りを警戒しておくべきだよ。なぜなら――」

真木は自信満々に言い切った。

「――まだ、毒薬事件は終わっていないから」

一瞬の間の後、めぐみの喉元でヒュッという音が鳴った。息を呑み込んだ音だった。

「どうして？　手紙の指示には従ったじゃない」

「君がやったことは間違っていないよ。ただ、残念ながら、犯人が意図していたことは実現されなかったんだ。だから、もう一度君に危害を加えようとする可能性が高い。目的を達するためにね」

「何よそれ」

めぐみは唇を震わせた。

顔を腫らし、屈辱的な思いまでして男たちに別れを告げたというのに、まだ犯人は懲りずにめぐみの命を狙っているというのか――。

「心配しないで。そのための罠だ。犯人が君を襲おうとしているのを逆手に取って、おびき出す。君は僕の言うことに従ってくれればそれでいい」

真木は「また連絡するよ」と微笑むと、くるりと回れ右をし、公園の出口へと歩き出した。

「ねえ、ちょっと」

「不審者にはお気をつけて」

真木はこちらに背を向けたまま片手を高く上げた。足早に去っていく真木の後ろ姿を、めぐみは呆然と立ち尽くしたまま眺めていた。

＊

ビルの一階にある広々とした喫茶店は、思いのほか混み合っていた。

手前の二人掛けのテーブルを指し示した店員に、「後から人数が増えるかもしれなくて」と告げると、一つだけ空いていた奥のボックス席に案内された。一見、愛想の良さそうな女性の店員だったが、ほんの少しだけ迷惑そうに眉をひそめたのはいただけない。心の声と表情の連動を統制できない女は、接客業になど就くものではないと思う。

ボックス席は大きな窓に面していた。外の大通りから丸見えにならないように、胸の高さより下には白いガラスフィルムが貼ってある。いざ腰を下ろしてみると、そこは三方を衝立と白い窓に囲まれた快適な空間だった。

「できるだけレジやキッチンから離れた、隅の席に座るように」というのが真木の指示だった。その真意は分からない。さらに言えば、先ほどめぐみのスマートフォンを勝手に使って相手にメッセージを送り、待ち合わせ場所をレストランからこの喫茶店に変更したのも、すべて真木の仕業だった。

——今日、決行するよ。

真木から突然電話がかかってきて、そう告げられたのは、つい今朝方のことだ。それ以来、めぐみはずっと落ち着かない気持ちでいた。今だって、心なしか鼓動が速くなっている。約束の時間が刻々と近づき、肩の筋肉がこわばり始めていた。

決行というのは、もちろん、犯人を罠にかけることを指している。その日が今日だということは、つまり——。

考えたくもなかった。じきに待ち合わせの相手がやってくると思うと、頭が痛くなりそうになる。

——今から計画を話すよ。君ならすぐに覚えられると思うけど、よく聞いて。

ここに来る道すがら、真木が語っためぐみへの指示は、非常にシンプルなものだった。

喫茶店に入り、人目につかない席を確保する。

コーヒーを一杯だけ頼むが、口をつけてはいけない。

相手がやってきてからも、飲まずに雑談を続ける。

その後、相手が電話で席を外したタイミングで、トイレにでも行くと見せかけて、後を追うようにテーブルを離れる。

「これだけやってくれれば、あとはなんとかするよ」と真木は胸を張っていた。そんなことでどうやって犯人を引っ掛けるつもりなのか見当がつかなかったが、再三尋ねても真木は微笑むだけで、計画の全貌を伝えてこようとはしなかった。

真木は、喫茶店内の反対の端に席を取ると言っていた。仲間がいると知れるとまずいから絶対に辺りを見回したりするな、と念を押されたが、そんなことは言われなくても分かっている。めぐみは、運ばれてきたコーヒーを無意識に口元に運ばないよう気をつけながら、スマートフォンをいじり、たまに首を伸ばして外の往来を眺めて、三十分ほど時間を潰した。

ぼんやりと、これからの展開を想像する。

犯人がめぐみのことを襲おうとするのを逆手に取る、と真木は明言していた。つまり彼は、今日これから現れる人物の目的が、めぐみに危害を加えることだと確信しているわけだ。罠を仕掛けると言いつつ、真木が全然連絡してこなかったのはそういうことだったのか――と今さら気がつく。犯人を騙して呼び出すためにはめぐみから何かしらのアクションを起こさなければならないのだろうと考えていたのだが、その必要はなかったのだ。

――最初から、計画の日取りは決まっていたのだから。

「やあ、お待たせ」

横から声がかかったとき、めぐみは思わず飛び上がりそうになった。怯えが態度に出ないよう、全力で感情を抑え込みながら、めぐみはぱっと顔を輝かせて目線を上げた。

現れた中肉中背の男――樋口純は、オフィスでもよく着ているブラウンスーツを着込んでいた。

「あれ、その服は初めて見たな。てっきり、このあいだ買ってあげたシャネルのドレスを着てくるのかと」

めぐみの着ている黒いオフショルダーのワンピースを、樋口が珍しそうに見つめた。にっこりと微笑み、考えておいた言い訳を口にする。

「実はすごく迷ったの。でも、あれって生地が厚めだったでしょう。もう少し夏っぽいほうがいいかなと思って、こっちにしたの」

「そうか。じゃあ、近いうちに夏用のドレスも買おうか」

「あら、素敵」

もらったものも全部質屋に売り払ってしまったのだから、新たに買い与えてもらうつもりなどさらさらなかったが、真木が言っていたタイミングが来るまでは話を繋がなければならなかった。

真木には、事前に樋口の電話番号を訊かれていた。「忙しい人みたいだから本当に電話がかかってくるかもしれないけど、その気配がなさそうだったら自分でかけるよ」と真木は何でもなさそうに言っていた。

「飲み物、頼んだら？」

「そうだね。まだ時間もだいぶあるしな」

樋口が向かいに腰を下ろす。最上階のレストランを予約しているのは十八時からだった。あと五十分はある。『仕事関係の人と会う用事が中途半端な時間に終わっちゃうから、早く来てくれたら嬉しいな』というメッセージを樋口に送ったのは、めぐみではなく、真木だ。「たぶん三十分もあれば大丈夫」と真木は呟いていたが、どうやら十分な時間を確保できたようだった。

ドリンクメニューを手に取って眺め始めた樋口を、めぐみは頬杖をついて観察した。

——真木は、どうやって真相に辿りついたのだろう。

このあいだ喫茶店で喋っていたときは、真木はあくまで樋口以外の人間も疑ってかかるスタンスを貫いていたはずだ。確かに樋口が一番怪しいとは言っていたが、その直後に犯人を特定するまでに至ったのがどうにも不思議だった。きっかけは、いったい何だったのだろうか。

あのとき、真木は熱心にめぐみのスマートフォンをいじっていた。ということは、樋口とのメッセージのやりとりの中に決定的な証拠でもあったのかもしれない。ただ、思い出す限り、樋口とは次に会う約束の日程調整くらいしかしていないはずだった。

樋口は店員を呼びつけてアイスティーを頼むと、「今日これから行くレストラン、行ったことある?」と尋ねてきた。NOという答えを期待している、自慢げな訊き方だった。

「いいえ、初めて」

「やっぱり。そうだよな。滅多に行けるようなところじゃないんだよ。俺だって、会社の命運をかけた商談や、最重要取引先の接待でしか使ったことがないんだ」

「そんな場所、私が行って大丈夫なのかしら」

「何言ってるんだよ。めぐは元来、そういう場所にふさわしい人間じゃないか。それに、今日は俺があそこをどうしても使いたかったんだ」

樋口は真面目な顔をしていた。香織はプロポーズに違いないとはしゃいでいたが、今のところ、そのつもりであるようにしか見えない。こちらを騙して毒薬を飲ませるつもりなら、一口も飲んだ形跡がないめぐみのコーヒーにもう少し注意を向けるのではないだろうか。彼はめぐみのカップに目もくれていない。

「そんな高級レストラン、予約するの大変だったんじゃない？」

「全然。うちの親父が常連でね、多少の融通は利くんだよ」樋口はまた得意顔をした。「きっと、めぐの親父さんだって、使ったことはあるはずだよ。鉢合わせしたらどうしようか」

「やめてよ」

めぐみは笑って、顔の前で手を振った。玉山と違って、樋口は頻繁にめぐみの両親の話をする。気遣いができないというよりは、めぐみが嫌がるのを面白がっているようだった。

本人はからかっているつもりなのかもしれないが、こっちの身にもなってほしい。

おそらく、めぐみと樋口は、本来相性が悪いのだ。小学校でクラスを仕切っていた者同士がくっつくのはよくできたドラマのようだと香織が言っていたが、まさにそのとおりだ。他人を攻撃していた者同士が、一緒にいて上手くいくはずがない。

そうだ。きっと、秋庭も、有希子も、香織も、金内だって、本当は――。

「どうした？」

気がつくと、樋口が怪訝な顔をしてこちらを見ていた。彼の前には、いつのまにかアイスティーが運ばれてきていた。

「ああ、ごめんね。ちょっとぼーっとしてた」

「疲れてるのかな？　今日も客と会ってたんだろ。保険の仕事は大変だな」

「純こそ、人のこと言えないでしょ。土日も返上して仕事ばっかしてるじゃない」

「まあ、それもそうなんだけど」

　樋口はいつものように、スマートフォンを机に出していた。取引先のほとんどはテレビ局やその系列会社で、曜日に関係なく仕事をしているから、担当者によっては構わず土日に電話をかけてくることもあるらしい。それを見越して、真木は今日の計画を組み立てたのだろう。

　話したかったことが山ほど溜まっていたようだった。アイスティーを一気に半分ほど飲み干してから、樋口は一方的に喋り始めた。接待で行ったゴルフで危うく優勝しかけてしまい、上手く負けるのが大変だったこと。その結果、樋口に逆転勝ちしたテレビ局の専務が、上機嫌で子会社の社長ポストに就く人物を探している話を振ってきたこと。

「ま、丁重にお断りしたけどな」

　誇らしげな顔で語り続ける樋口の前で、何度も頷いたり相槌を打ったりする。こうすることには慣れているはずなのに、時間が経つにつれて疲労と苛立ちが大きくなってきた。すぐに電話をかけてくるものと思っていたのに、真木が予想外に焦らすからだ。

　途中で、膝の上に置いたスマートフォンにちらりと目をやる。時の進みが遅いように感じているだけかと思ったが、やはり体内時計は正しいようだった。もうすぐ、樋口が来てから二十分が経とうとしている。あと十五分もしたら、樋口が余裕たっぷりに腕時計を見て「上へ行こうか」などと言い出すに違いない。

――真木は何をしているのだ。

思わずヒールの踵で床を蹴りつけそうになった瞬間、肘をついていたテーブルが振動し始めた。

「あれ、誰だろう」

慣れた様子でスマートフォンを取り上げ、樋口が眉を寄せる。こちらに向かって片手を上げてから、樋口は背もたれに寄り掛かってスマートフォンを耳に当てた。

「はい、もしもし。……ああ、お世話になっております。……日新テレビの情報システム部？　ああ、樋口功から聞いたんですね。……いえ、特には……いやいや、こちらこそ失礼しました」

樋口功とは、テレビ局の役員をしている樋口の父の名だ。どうやら、真木はテレビ局の一社員に化けることにしたらしい。役員の名前や組織図くらいなら、ホームページからいくらでも入手することができるのだろう。

「え、今ですか？　ちょっと今、具体的な話をするのは……分かりました、少々お待ちください」

樋口はいったん通話を保留にすると、「ちょっとごめんよ」と席を立った。そうして、再びスマートフォンを耳に当てながら、店の出口に向かって歩いていった。

――今だ。

めぐみは平静を装いながら、バッグからポーチを取り出した。スマートフォンと一緒に手に持ち、そっと席から立ち上がる。「トイレにでも行くと見せかけて」というのが真木の指示だから、念のためバッグは置いていくことにした。万が一盗まれたら、損害額を真木に請求すればいい。

店の中にトイレがないことは、事前にフロアマップで確認済みだった。ビルの一階には化粧室が二か所あり、そのうち一つは店を出てすぐ右に曲がったところにある。

店の出口へと歩を進める途中で、真木の姿が視界に入った。レジの近くの席に陣取り、口元を押さえて小声で電話をしている。

めぐみは真木から目を逸らし、ゆったりとした歩調を心がけながら店から出た。そのまま右に曲がり、数歩歩いてから足を止める。

店のすぐ外の広い通路には、観光客らしい外国人たちの姿があった。ただ、樋口の姿は見当たらなかった。ビルの外に移動したのかもしれない。

——で、どうすればいいのかしら。

この後のことは何も聞いていないことに気がついた。真木も随分と無責任だ。

ひとまずここを離れたほうがいいのかな、と再び歩き出そうとした瞬間、ガタン、という大きな音が店内から聞こえた。椅子を蹴ったような音だった。

めぐみは驚いて振り返った。続いて、バタバタという靴音がした。近くから、遠くへと、だんだん小さくなっていく。その直後、短い悲鳴が聞こえた。

喫茶店へと、急いで駆け戻る。

入り口に立ちはだかって店内に目を走らせると、最初に、真木が先ほどまで座っていた椅子が目に入った。乱暴に立ち上がったのか、椅子はテーブルから大きく離れ、手前の壁際で斜めに傾いで止まっていた。

視線を上げると、店の奥に、揉み合っている二つの人影が見えた。

背が高いほうは真木だ。もう一人をボックス席に押し込むようにして、腕を拘束している。真木に押さえ込まれてもがいているTシャツ姿の人物は、黒いキャップをかぶり、手に何か光るものを握っていた。

――まさか、あれは。

ざわざわとしている店のど真ん中を、めぐみは店員を押しのけながら走った。

真木のすぐ後ろで立ち止まると、Tシャツ姿の人物は顔を隠すように下を向いた。そんなことをされても、誰だか判別する妨げにはならない。至近距離で相手の正体を視認するやいなや、喉からかすれた声が漏れた。

「どうして」

それ以外に言葉が見つからなかった。

真木がつかんでいる相手の腕は、めぐみのコーヒーカップの上に伸びていた。――その指の間から覗いていたのは、口が開いた透明の小瓶だった。

後ろから足音が聞こえた。「どうしたんだ」という声がする。

振り返ると、スマートフォンを手に持った樋口が立っていた。目を限界まで見開いて、真木ともう一人の人物を凝視している。

「この人が、お二人が席を立った隙に、めぐみさんのコーヒーカップにこれを入れようとしていたんです」

真木はそう言いながら、相手の腕から手を離し、素早い動きで小瓶を取り上げた。それを、めぐみと樋口の前に掲げてみせる。

瓶の中には、少量の透明な液体が残っていた。

「おそらく、消毒液でしょうね。僕が昔やられた事件に鑑みると」

樋口が「何だよそれ」と魂の抜けたような声を出した。真木は席から一歩離れ、ソファにへたり込んでいる人物へと向き直った。

「やっぱり犯人はあなただったんですね。どうも、お久しぶり。小学校のときのクラスメイトだった、真木良輔です」

真木は慇懃な挨拶をし、自分の胸に手を当てて頭を下げた。

その名前を聞いた瞬間、相手の顔が青ざめた。「嘘だ、そんな」という小さな声が、唇の間から漏れる。

「僕がちょうどめぐみさんのそばにいたのが、運の尽きでしたね」

――と、犯人に向かって、真木は爽やかに笑った。

＊

「真木良輔って、お前……まじかよ」樋口が口をあんぐりと開けて真木を見上げた。「え、なんで？　どうしてここに」

「樋口もお久しぶり。僕なんかのことを覚えてくれて光栄だよ。小学校卒業以来だから、十七年ぶりくらいかな」

真木はにっこりと口角を上げ、丁寧な仕草でテーブルを指し示した。

「まあ、とりあえず座りなよ。店に迷惑だから」

うなだれている犯人をボックス席の奥に押し込むようにして、真木は手前に腰を下ろした。物腰柔らかな真木にしては強引な態度だった。

ようやく恐る恐る近寄ってきた店員を「気にしないで」と追い返してから、めぐみも向かい側のソファに滑り込んだ。ちょうど、犯人の目の前に陣取る形になる。

黒いキャップで顔を隠したまま、犯人は目を上げようともしなかった。身じろぎもしない。どういう顔をしてめぐみに会えばいいか分からないのかもしれないが、それはこちらも同じことだ。

「純じゃなかったのね」

斜め前で頬杖をついている真木に話しかけると、「犯人が樋口だなんて一言も言ってないよ」という飄々とした答えが返ってきた。

「紛らわしいのよ」

「それは申し訳なかったね」

平然としている真木を睨みつけていると、樋口が隣に腰を下ろしてきた。周囲の視線が気になるようで、キョロキョロと目を泳がせている。つまるところ、樋口はだしに使われただけだったのだ。狐につままれたような心地でいるに違いない。

「俺はめぐと会うつもりだったのに、どうなってんだ。どうしてお前らがいるんだよ」

樋口が声に嫌悪感をにじませながら、向かいに座る二人に文句を言った。

「めぐは、前から真木と繋がってたのか？」

「最近になって、急に真木のほうから近づいてきたのよ。私はてっきり、塩酸を送りつけてきたり純の車に油性ペンで落書きしたりしたのは真木だと思ってたんだけど」

「例のストーカーか」

「ええ。それが――」

――こっちだったなんて。

めぐみは目の前のTシャツ姿の人物に視線を向けた。樋口はようやく合点したのか、「ああ」という沈んだ声を喉から漏らし、背もたれに寄り掛かって黙り込んだ。

しばらくの間、誰も喋り出そうとしなかった。真木の隣で小さくなっている犯人の黒いキャップを、全員で眺める。

最初に沈黙を破ったのは真木だった。

「プチ同窓会だね」三人の顔をぐるりと見回して、真木がふふと微笑んだ。「なんだか懐かしいや」

表情とは対照的に、真木の口調は硬かった。小学校の同級生を三人も目の前にすれば、ひどい目に遭わされていた時代を嫌でも思い返さざるをえないのだろう。

ただ、あの頃とは状況が一転している。呆気に取られている樋口と、逃げ道を塞がれた犯人、そして真木が正しい答えに辿りついた経緯をまったく理解できていないめぐみを前に、真木は十分な優越感を覚えているはずだ。

それがどうにも腹立たしい。

「さっきも言ったけど、僕さえここにいなければ、光岡めぐみが君に辿りつくことはなかっただろうね」

真木が身体を横に向けた。テーブルに片肘をつき、窓際に追いやられた犯人をまっすぐに見つめる。

「彼女は完全に僕を疑っていた。そりゃ、普通に考えたら、監禁だとか塩酸だとか、ああいう出来事に関連して彼女を恨んでいるのは僕だ。彼女が僕に対して行ったいじめを模倣する形で次々と事件が起こっているんだから、復讐だと思われてしまうのも仕方ない。それが君の明確な狙いだったんだよね。——だけど、僕が犯人でないことは、僕自身が一番よく知っている」

どうやら、真木はあくまで犯人に語りかける形で真相解明をするつもりのようだった。犯人を諭すというよりは、めぐみに見せつける意味合いのほうが大きいのだろう。真木の意識がこちらに向けられているのがはっきりと感じ取れる。

「つまり、誰かが光岡めぐみに危害を加えるにあたって、行方の知れない僕という存在を都合良く利用しているということになる。それはいったい誰なのか。そう考えたとき、ぼんやりとではあるけれど、思い浮かんだ存在があった。玉菱学園初等部のクラスメイトの中で、光岡めぐみを憎んでいるであろう人物に、一人だけ心当たりがあったんだ」

あの頃から察していたわけではないけどね、と真木は付け加えた。こういう事件が起こったということは、もしかして――というふうに推理した結果だという。

真木がちらりとこちらを見た。

「小学校のときに僕を狙って行われた一連のいじめ事件で傷を負ったのは、何も僕だけではなかったんだよ」

「え?」

「君も被害者だった」真木はめぐみの声を無視し、隣に座る人物に話しかけた。「そうだよね?」

しばらくの間があり、黒いキャップの下から呻き声が漏れた。それを肯定とみなしてよいものか考えあぐねているうちに、「やっぱりか」と真木が深く頷いた。

「何も分かっていない元番長二名のためにも、状況を整理させてもらうよ。君も異議があったら言ってほしい」

めぐみと樋口が抗議する前に、真木はすらすらと語り出した。

「まず、花火大会の日のことだ。光岡めぐみが僕を校庭に呼び出したとき、もちろん君もそこにいた。確か、君は白い浴衣を着ていた。君らが付き従っていた光岡めぐみは、自分と同等かそれ以上に派手な服を周りの人間が着るのを極端に嫌っていたからね――たぶん、浴衣選び一かわいそうな話だ、と真木は実感のこもった口調で呟いた。

「それでも、ああやって浴衣を着て、髪も綺麗に整えて現れたんだから、君は花火をすごく楽しみにしていたんだと思う。仲間と一緒に夕方の校庭に集まって、お互いの浴衣の褒め合いっこをしたりなんかして、あとは屋台で何を買おうかとか、確かそういう話をしていたはずだ。その片隅で、僕も心を躍らせていたよ。クラスで一番目立つグループに初めて遊びに誘ってもらえて、純粋に嬉しかったからね。その日の花火大会は父親が花火師として運営に関わっていたし、それを転校したばかりのクラスの友達と見に行けるなんて最高だと喜んでた」

まさかそのあと閉じ込められるとはね——と真木は自嘲気味に笑った。

出発する直前、突然樋口と秋庭に両腕をつかまれ、体育倉庫に引っ張っていかれた。叫ぼうとしたが、すかさず伸びてきためぐみの手に口を覆われた。なす術もなく、真っ暗な倉庫に放り込まれ、外から鍵をかけられた。

「みんなが笑っているのが聞こえたよ。大泣きして、ガンガン扉を叩いたけど、開けてはくれなかった。そのうちに、倉庫の外の賑やかな声は遠ざかっていった。僕を置いて、花火を見に行ったんだ。ただし、一人だけ例外がいた」

めぐみははっとした。そういうことか——と急に血の気が引く。

「君は、光岡めぐみに命令されたんだ。『真木が逃げないように見張ってて』ってね。彼女より立場が弱かった君は、その場に残らざるをえなかった。鍵がかかっているんだから僕が自力で出られるはずもないのに、君は三時間もの間、倉庫のそばに座って仲間の帰りを待っていた。暗くて暑い夏の夜に、浴衣姿の小学生が一人で、だよ。――つまり、あのとき君は、監禁されていた僕と同様に、楽しみにしていた花火を見られなかったんだ。光岡めぐみのせいで」

真木は休む様子もなく、「二つ目」と指を二本立てた。

「塩酸を使った理科の実験を行ったのは、六年生の夏のことだった。あのとき、君はひどい目に遭ったね。実験台に背を向けて先生の話を聞いているときに、後ろで塩酸が入ったビーカーが倒れて、危険な液体が君の背中にかかってしまったんだ。キャミソールを着ていた君は軽い火傷を負った」

露出度の高い服を着ている児童がいた場合、実験着を貸すべきだった。危険な薬品を使用する実験をそのまま行ったのは、完全に教師の落ち度だ。

そんなことをペラペラと喋り、真木は表情を険しくした。

「だけど、君の火傷のことで責められたのは、僕だった。君が痛みを感じて実験台から飛び退いた直後、光岡めぐみが立ち上がって言ったんだ。『真木がリトマス紙を取ろうとして、間違ってビーカーを倒しちゃったんです』って。そうして、みんなは僕をタコ殴りにした」

まったくの嘘っぱちだったのにね――と真木は悔しそうに呟いた。

「ビーカーを倒したのは、僕を糾弾した張本人だよ。ねえ、覚えてないの？　自分で塩酸をぶちまけておいて、僕に罪をなすりつけたこと」

真木がこちらに顔を向けてきた。めぐみは背中に悪寒が走るのを感じながら、咄嗟に首を横に振った。真木は面白くなさそうな顔をして元の方向に視線を戻した。

記憶にないのは事実だった。学生時代のめぐみにとって、いじめは日常を彩る刺激的なスパイスに過ぎず、一つ一つの詳細など覚えていない。

ただ──小学生の頃の自分は、自分で記憶している以上に残酷だった。

「さっきも言ったけど、あの頃の光岡めぐみは、自分より可愛い服を着た人間を敵視する傾向にあった。君はそのことを重々承知していたはずだけど、あの日はちょっとだけ、お洒落な服を着ていたね。確か、小学生女子に人気だったブランドの──」

「エンジェルブルー」ふてくされたような声が黒いキャップの下から聞こえてきた。

「そう、それ。光岡めぐみは、君の素敵な服を台無しにしたかったんだ。僕は見たよ、光岡めぐみがビーカーに手をかけて、君が座っている方向に倒すのをね。あの頃の僕がもう少し強くて、クラス全員の前で恐ろしい女番長に反論することができたなら、すぐに無実の罪を晴らせたんだろうけど……きっと、君が事実を知るまでには時間がかかってしまったんだ。僕以外にも光岡めぐみがやったことを目撃したクラスメイトはいたはずだから、そういうところから後後情報が回ったんだろうね」

まじかよ、と隣で樋口が呟くのが聞こえた。めぐみは聞こえなかったふりをした。

「さて、次は六年生の秋だね。図工の授業で、卒業記念品の木工製作に取り組んだときのことだ。僕らの年は、大きめのオルゴール箱をそれぞれデザインして作ることになった。オルゴールの音楽はどれにするかとか、蓋を閉じたら音楽が止まるようにちゃんと作れるかとか、そういうワクワク感がたまらなかった覚えがあるよ。まあ、君も光岡めぐみも、ついでに言えば樋口も、けっこう手を抜いていた気がするけどね。少なくとも僕は夢中だった」

緻密に計算しながら組み立て、丁寧に色をつけ、慎重に仕上げのニスを塗った。あとは乾けば翌朝には出来上がり、というときに悲劇は起きた。

真木の口から聞くまでもない。めぐみたちが、黒い油性ペンで真木のオルゴール箱をぐちゃぐちゃに塗りつぶしたのだ。

「本当にショックだったね。あのときは初めて保健室に行って、わんわん泣いたよ。養護の先生には心配されたけど、いじめが発覚して報復されるのが怖くて、結局何も話さずに教室に帰ったな」

この場合は被害者の要素がないじゃないか——と考えた矢先、相変わらず犯人のほうを向いている真木が淡々と続けた。

「僕がとぼとぼと教室に帰ったとき、担任の教師がすごい剣幕で説教をしていたんだ。そのとき立たされていたのが君だった。僕のオルゴール箱に悪戯をしたのがバレたんだね。正直、快感だったよ。ざまあみろと思った。だけど、変だなと感じたのは、どうして君だけが怒られたのかということ。その疑問は後になって解消したよ。落書きに使われた油性ペンは、全部光岡めぐみが君に命じて用意させたものだったんだ」

木製のオルゴール箱の表面を思い切り油性ペンでこすったら、先が潰れてペンがダメになってしまう。教師が本気で犯人を捜そうとすれば、凶器を発見するのは容易かっただろう。

ただし、複数人が共同で使用したそのペンは、ある一人の児童の筆箱にすべて入っていたというわけだ。

「光岡めぐみは、自分の身を守るために、君を盾にしたんだよ」

真木はため息をついて、テーブルの真ん中に置かれたままのカップに目をやった。小瓶の中にあった液体が一部混入したかもしれない、めぐみが注文したコーヒーだ。

「どんどんいこうか。四番目は、今日君がやろうとしたことの元となった事件だ。光岡めぐみが僕の給食に消毒液を混ぜ込んだという、いわば毒薬事件だね。これに関しては、確固たる証拠を持っていないから想像で補うしかないんだけど——君、確か、僕が体調を崩して早退した日の前日に、同じように腹痛を訴えて保健室に行っていたよね？」

「他人のことなのに、よく覚えてるね」

黒いキャップの下から、犯人がぼそりと言った。

「よかった、合ってたか。自分があんな目に遭ってから家でよくよく考えてみたら、普段あまり体調を崩さない君が、昼休みのすぐ後に保健室に行っていたことを思い出したんだよ。そんなことが二日連続で起こるなんておかしくないか、と疑問に思ってね」

「私も、後から同じように考えたの」犯人が初めて顔を上げた。「それで、消毒液入りのカレーを食べた真木が苦しそうにしてたとき、めぐが言ってたことを思い出したんだ。『あの程度で死ぬわけないよ。そういうことはさすがに分かってやってるんだからさ、安心してよ』って。それって——めぐはいったい、どうやって確かめたわけ？　あの頃はまだまだインターネットも普及していないから、小学六年生が簡単に致死量を調べる方法なんてなかったはずなのに」

「ひどいな。やっぱり、君に少量の消毒液を事前に飲ませていたのか。本番である僕のときに量を加減するためだったんだろうね」

　真木が「覚えてる？」と訊いてくることはなかった。無駄な質問だと分かっているのだろう。めぐみにしてみれば、むしろ被害者側の記憶力が空恐ろしい。

「最後は、小学校卒業直前に起こったことだったね。本当によく覚えてるよ。二月の池に突き落とされて、高熱を出して何日も学校を休んだんだ。ちなみに、このときの君は、傍観者でありながら、二者に対する完全な加害者でもあった。二者というのは、一人は僕。そしてもう一人は光岡めぐみだ」

「私が被害者？　どういうことよ」

　めぐみは思わず口を挟んだ。

　ようやく、真木がこちらに向き直った。犯人に語りかけることで間接的にめぐみを攻撃しようとするのはやめたらしく、正面からじっと見つめてくる。

「あのとき、クラスの輪の中心にいた君を、積極的に煽ったのは彼女だ」

　真木は親指で隣に座っている犯人を指差した。

「『突き落とせ』などと何度も叫んだ彼女の声に乗せられるようにして、君は僕の身体を押した。君にしては珍しかったよね。衆人環視の中であんなことをしたら保護者を巻き込んだ大問題になるに決まってるのに、ついやってしまった。クラスメイトの後押しがあったから。やってほしい、という強い要望を受けたから」

「それって、つまり——」

「そう。あのとき彼女が君を焚きつけたのは、いつも汚れ仕事を押しつけてくる君に、ちょっとした復讐をしたかったからなんだ。その目論見は見事成功し、君と君の母親は、校長室に呼び出されてこっぴどく叱られた。鬱憤が溜まっていた彼女は喜んだだろうね。そして思うに、こういうことを小学生のうちからしていたということは、この頃から、彼女は君に対して真の友情など抱いていなかったことになる」

かっと顔が熱くなるのを感じた。真木は憐れむような表情を浮かべてこちらを眺めていた。

「つまり、僕をターゲットにした一連の事件をきっかけとして、僕をいじめていた側の人間であるにもかかわらず、彼女も光岡めぐみを少なからず憎むようになったというわけだ。グループ内の上下関係の弊害、とでも言っておこうかな」

真木はもう一度横を向き、観念したように天井を見上げている犯人へと言葉を投げかけた。

「僕の推理、概ね合ってますよね。——保科香織さん」

＊

こくり、と香織の首が縦に動いた。

小さく顔を歪ませ、開き直ったかのように背筋を伸ばす。香織の挑戦的な両目が、まっすぐめぐみの顔を捉えた。

明らかに人目を避けるための格好をしている香織と、こんなところで顔を突き合わせているのは不思議な気分だった。樋口はともかく、真木も含めたかつての同級生四人が同じテーブルについているという意味でも、現実感が薄い。

「めぐはさ、私のことを何だと思ってた？　友人？　それとも家来？」

「どうしてその二択なの」めぐみは眉を寄せた。「友人よ。じゃなきゃ、大人になってまで付き合い続けるはずがないじゃない」

「有希子のことも同じように思ってる？」

「ええ」

「かわいそうな人」

香織が言い放った台詞に、めぐみは目を見開いた。香織は不機嫌な顔をして、Tシャツの袖から突き出たふっくらとした腕を胸の前で組んでいた。

「めぐには昔から有希子と私しかいないみたいだから、今さら理解できないのかもしれないけどさ。『友人』って言葉の意味、履き違えてるんじゃないの」

香織の目に、侮蔑(ぶべつ)の色が浮かんだ。

「有希子と私がずっとめぐとつるんでたのは、めぐと友達になりたかったからじゃないよ。学校っていう閉じられた空間の中で、安全を確保したかったから。ただそれだけ。だって、自分がターゲットにされていじめられるくらいなら、めぐに媚を売るほうがずっと楽だもん。有希子はまだいいよね、都議の娘だったから。普通にしてたって比較的優遇してもらえてた。私なんか、大変だったよ。親が海外に駐在してたってだけであの学園に編入できた、ただの電機メーカー社員の娘だからね」

「人を出自で判断するようなあの学園の風潮は、僕も嫌いだったな」

香織の言葉を遮るようにして、真木が話しかけてきた。犯人である香織に長々と喋らせる気はないようだ。敵なのか味方なのかまるで分からない。

「その中でも特に、君はそういう傾向が強い生徒だった。両親が両親だからね、育った環境の問題なんだろう。それにしても、無自覚っていうのは恐ろしいね。君自身は友人として接しているつもりだったのに、保科さんから見たらまったく対等ではなかったわけだから」

不健全な関係だ、と真木はめぐみと香織を交互に見やりながら呟いた。

「君の『友人』には、二パターンあった。一つは、自分とそう変わらないレベルの家の出の人間。そしてもう一つは、『本来私と釣り合っていないけど、特別に仲間に入れてあげている』という驕り（おご）の意識をもって付き合っていた人間。君は大抵の人間を見下してかかるから、明確に区別していたつもりはなかったんだろうけど、後者に属する保科さんのような人は苦渋を味わっただろうね」

「今でもそうだよ」香織が恨みがましい目をした。「めぐは、小学生のときから全然変わってない。いつも上から目線だし、自分が一番偉いと思い込んでる。ずっと、私を下に見てる」

「それなら、どうしてこの歳になっても私とつるんでるのよ。そんなに嫌なら、やめればよかったじゃない」

「あれ、気づいてないの？　高校を卒業して以来、私たちが集まるときって、言い出しっぺは必ずめぐだったんだよ。一年前の飲み会も、この間の女子会も、全部そう。誘われたから、仕方なく行っただけ。勘違いしないでね。私にはもうめぐは必要ない。だけど、自分からわざわざ縁を切るのにもエネルギーがいるから、惰性で付き合ってただけ。有希子だってたぶん同じだよ。めぐよりも大切な女友達なんて山ほどいると思う。私たち二人くらいしか声をかける相手がいないめぐとは違うんだよ」

もうやめて、という言葉が頭の中に浮かんだ。その声を振り払いながら、「そんなことで？」と嫌味を込めて尋ねた。

「小学生のときに嫌な目に遭ったからってだけで、犯罪に手を染めたの？」

──もしそうだとすれば、あまりに子どもじみている。

そう考えた矢先、真木が「ああ、違うよ」と軽いトーンで否定した。

「ここまでは前提知識。というか、後づけとも言えるかな。本題はこれからだ」

もったいぶった様子もなく、真木はさらりと喋った。「保科香織が怪しいと初めて気づいたのは、君のスマホでフェイスブックのアプリを立ち上げたときだった」

そんなところまでチェックしていたのか、と心の中で舌打ちをする。見られたのはメッセージアプリのトーク履歴とフォトアルバムくらいだろうと思っていた。

「保科さんは、彼氏と調布の花火に行ったというコメントとともに、写真を上げていたね。全部で五枚。一枚は男性とのツーショットだ。ピンク色の浴衣姿で、屋台が立ち並ぶ前で楽しそうに写っていたね。そして残りの四枚は、カメラで撮影した花火と川の風景写真だった。手前には土手、奥の夜空には大きな花火、その間には色とりどりの光を反射している川。なかなかセンスのある写真だな、と思ったよ。でも――これはちょっとおかしい」

視界の端で、香織がぴくりと頰をひきつらせたのが見えた。

「調布の花火大会のことをよく知らない人は何も思わないだろうけど、残念ながら僕は父親の職業柄、何度も会場には足を運んだことがある。とはいっても、君らと鉢合わせするんじゃないかと怖かったのもあって、六年生以降は毎年川崎市側から見ることにしていたんだ。会場の音楽も聞こえないし、屋台が多く出店される賑やかな場所も一切ないから、ちょっと物足りなさはあるんだけど、何より人がいない。空いてるんだ。――保科さんも、今年はそうしたんだろ？」

真木に急に問いかけられた香織は、ばつの悪そうな顔をして唇を結んだ。「多摩川の向こうに上がっている花火も、対岸にずらりと並ぶ明るい屋台の列も、よく撮れていたからね」と真木は楽しげに言った。

「調布にじいろ花火大会の打ち上げ場所は、メイン会場である東京都調布市の河川敷。川を挟んで最新型の花火を写した四枚の写真は、反対側の、神奈川県川崎市の河川敷で撮影されたもの。つまり、保科さんは、花火大会の日に川崎市側にいたということだ。そうなると、一枚目の写真だけがなんだかおかしい。遠くまで続いている屋台の列の前で、人に揉まれながら撮影しているってことは、明らかに調布市側だからね」

一夜限りの花火大会にデートに行って、わざわざ調布市と川崎市を渡り歩くことはしないのではないか、と真木は説明した。打ち上げ場所の近くには歩いて渡れる橋が一切ないし、電車を使うにしても混雑がひどく、そう簡単には移動できない。つまり、一枚目のツーショットと四枚の風景写真は、同じ日に撮られたものとしては不自然ということになる。

「気になったから、保科さんの過去の投稿を遡ってみたんだ。予想どおりだったよ。ちょうど二年前の投稿に、似たような写真が何枚もあったんだ。まったく同じ浴衣を着て、同じ髪型をしている二人が、屋台の前でピースサインをしていた。なんと、背景の屋台の並び順まで一致していたんだ。つまり一枚目のツーショットは、二年前に撮影されたものだったんだよ」

えっ、とめぐみは思わず声を上げて香織を見た。隣で、樋口も同じように反応している。

「ちょっと待って。よしくんとかいう彼氏と行って楽しかったって、さんざん私に自慢してきたじゃない。あれは何だったの？」

香織は何も言わなかった。

「結婚間近だっていうのは？」

答えがない。

「このあいだ君ら三人が代官山で女子会をしてたときに、保科さんの発言で初めて知ったんだけどさ。フェイスブックって、投稿の公開範囲を特定の友達に制限できる機能があるんだよね」真木が相変わらずゆったりとした口調で言った。「たぶん、保科さんはその機能のヘビーユーザーだ。チェックしてみたら、ここ一年くらい頻繁にあった、彼氏とどこどこに行った、というような内容の投稿だけ、友達からの反応数が異常に少なかったからね。あの投稿、樋口には見えてる？」

「見えてるよ」樋口が動揺した様子で答えた。

「じゃあ、きっと小学校の同級生限定なんだな」

めぐみは唖然としていた。投稿された写真への「いいね」が少ないのは、香織の彼氏自慢にフォロワーが辟易しているせいだと思い込んでいたが、それだけではなかったということか。

「あれは全部、偽装だよ。熱愛中の彼氏がいる、ってことにしておきたかっただけなんだ」

「どうしてそんなことをする必要があるの」

「簡単なことさ。保科さんは、ＳＮＳだけでなく口頭でも、君に見せつけるかのように彼氏の自慢ばかりしていた。おかげで君は毎回イライラしてたろ？　当てつけかよ、って怒っていたはずだ。そういう保科さんの態度から察するに、この偽装は明らかに君を意識して行われていた」

　ということはさ、と真木は悪戯っぽく目を光らせた。

「保科香織は、君と恋愛関係でトラブルになる可能性がないことをアピールしたかったんだよ。裏を返せば――現在進行形で熱愛中の彼氏がいる、なんていう強引な嘘をついて、君の反感を買いそうな恋愛関係を隠そうとしたんだ」

「私の反感を買いそうな恋愛関係？」

めぐみは真木の台詞を繰り返した。

「それって、香織が——私の男と関係を持ってたってこと?」

「秋庭、玉山、樋口。さあ、どれだと思う?」

真木があまりにも軽い調子で尋ねてきた。

めぐみは一考してから、ゆっくりと顔を上げた。じわじわと身体を横に向け、隣に座っている男の表情を窺う。

樋口の額には、脂汗(あぶらあせ)がにじんでいた。

「そう、簡単な三択だよね」真木は深々と頷き、樋口を一瞥した。「保科香織の相手が誰だったかは、容易に想像がつく。親密さや接触頻度から考えても、勤め先の社長である樋口だろう。そういう先入観を除いたとしても、よくよく考えれば樋口が絡んでいることは間違いないんだ」

「純が、私の男関係についてもともと知ってたみたいだったから?」

「それもあるけど、塩酸事件だよ」

真木はあごの下で両手を組み、天井を見上げた。

「君の話では、三人の男たちからそれぞれ種類の異なる試供品を渡されたということだった。秋庭がボディミスト、玉山がハンドクリーム、そして樋口は栄養ドリンク。君さ、樋口が栄養ドリンクを飲まないって、知ってた?」

「いいえ」

「それなんだよ。犯人にしてみれば、塩酸で傷つけたい相手は光岡めぐみなんだから、君に渡る前に男たちが容器を開けて怪我をするようなことは避けたかったはずだ。ボディミストとハンドクリームは明らかに女性向けだったから、無事に秋庭や玉山の手から恋人の君に渡った。でも、栄養ドリンクだけは別だ。樋口が栄養ドリンクを苦手としていることをあらかじめ知っていなければ、塩酸を入れるのにはリスクがあるからね。それを犯人が難なくクリアしたということは、恋人の君でさえ知らなかった樋口の好き嫌いを把握していたということだ。その点でも、ワンフロアのオフィスで普段から一緒に働いている保科香織なら、何かのきっかけでそういう情報を仕入れることはできただろうと思ってね」

真木の長々とした説明が終わるのを待ちきれず、めぐみは小指でテーブルをコツコツと叩いた。

「で、よしくんっていうのは誰？　香織と純はどういう関係なの？」

「よしくんは二年前に交際していた元カレだろう。完全な邪推だけど、お金のトラブルか何かで別れたんじゃないかな。ただの嘘にしては、なんだか実感がこもっていたような気がしてさ」

――確かにジュンに比べたらお金は全然ないけど、むしろ困難の一つや二つあったほうが恋も燃え上がるしね。

このあいだ樋口を振ろうとしてオフィスに行ったときに、香織が幸せそうな顔をして言っていたことを思い出す。あの表情もすべてめぐみを騙すための作り物だったのか、と改めて考えると腹の中が熱くなった。

「肝心の、保科さんと樋口の関係だけど、可能性としては三つある」

　真木は指を順番に立てていった。

「一つは、現在進行形で交際している可能性。二つ目は、以前付き合っていたことがあるが、保科さんがまだ未練を残しているという可能性。三つ目は、交際したことは一度もないけど、保科さんが樋口を熱烈に好いていて、君から略奪しようとしていた可能性。いずれにせよ、小学生の頃から君に見下され続けていた保科さんが怒りを爆発させるきっかけになったのは、樋口純に対する恋愛感情と、君に対する嫉妬だと考えられる。そうでないと、このタイミングで事件を起こした説明がつかない」

「待ってよ。それって矛盾してない？」めぐみは真木に向かって身を乗り出した。「そもそも、私に純を紹介したのは香織よ。一年前の飲み会までは、小学校で一緒だった男子となんて、ずっと交流がなかったんだもの。自分が好意を持っている相手を、普通、ゆう――知り合いに紹介したりする？」

　友人、という言葉が出そうになって咄嗟に言い換えた。後から屈辱感が襲ってくる。

ついこの間、有希子も言っていた。秋庭をめぐみに紹介したのは、恋愛対象外の男だったからだと。自分が惚れるようないい男だったら、最初からめぐみなどには回さない、と。

「香織が純のことを気に入ってたなら、私に引き合わせなければよかったじゃない。自分できっかけを作っておいて、いざ付き合ったら腹を立てて復讐するなんて、いくらなんでも自分勝手すぎる」

「まさにそのとおりだ。では、なぜ保科さんは、樋口純という『いい男』を光岡めぐみに紹介したのか」

真木はすうっと目を細め、正面にいる樋口へと顔を向けた。

「この間、ここにいる女性二人の他愛もない会話をちょっとだけ盗聴させてもらったんだ。保科さんは、君がプロポーズする腹を決めたことを知り、光岡めぐみのことを祝福していた。そして、樋口純は申し分のない男だ、と何度も強調していた。羨ましがってもいたね。——確かに、樋口は光岡めぐみが秋庭や玉山と浮気していたことさえも受け入れているようだし、懐が深い男であることは間違いないようだ。でも、さっき述べたとおり、保科さんは小学生の頃から、光岡めぐみに対して友情らしい友情は抱いていなかった。そんな面倒な知り合いに、自分の理想の男を果たして紹介したりするだろうか？」

ここで恐ろしい可能性に思い当たったんだ、と真木は静かに言った。

「保科さんは、あえて事故物件を紹介したんじゃないか？　とね」

「事故物件？」めぐみは息を呑んだ。

「そう。それを証拠に、保科香織は以前、こんな発言をしている」

——よしくんを振ってからしばらくは別の男と付き合ってみたんだけど、そいつがとんでもない遊び人でさぁ。いくら注意しても浮気をやめないような奴で、外面だけはいいくせにホントひどかったんだよね。

真木は香織のねっとりとした口調を上手に真似てみせた。

黒いキャップの下で、香織は目を見開いていた。まさか真木に発言を聞かれていたとは思っていなかったのだろう。香織はのろけ話や自慢話を大声で話すくせがあるから、めぐみを尾行していた真木の耳にも届いていたのに違いない。

「この発言は、事実？」

真木が香織の顔を覗き込んだ。香織は唇を真一文字に結び、じっとテーブルを見つめていた。

「事実なんだね」真木は一人で納得し、目をつむって頷いた。「ITベンチャー企業の社長。親は民放キー局の役員。外見も別に悪くない。服装にもこだわりがある。そして何より、ATMとしてのポテンシャルは非常に高い。……ちょっと女性に声をかければ、すぐ引っ掛かってきそうだ。銀座か六本木あたりで夜な夜な遊びたくなるのも理解できるね」

「おい、適当なことを言うなよ。証拠もないくせに」

樋口が声を荒らげた。

「じゃあ、君は逆に、光岡めぐみに対して一途だったと証明できる？」真木は顔色も変えずに樋口の攻勢をかわす。「できないよね」

「いや、できるさ。今日だって、上のレストランを予約して――」

樋口は今思い出したかのように袖をまくり、腕時計を見てちっと舌打ちをした。もう予約時刻はとっくに過ぎている。

「――これを渡そうとしてたんだ」

乱暴に上着のポケットに手を突っ込み、樋口は手のひらサイズの箱を取り出した。樋口がテーブルに叩きつけた白い箱は、ころりと横に転がった。

「そうか、じゃあ、少なくとも今日の君は本気だったんだね」真木は樋口の主張をあっさりと受け流した。「でも、今まではどうだったろう。ここにいる二名を含め、数々の女性を弄んできたんじゃないか？　何せ、樋口は『とんでもない遊び人』になれるだけのスペックの持ち主なんだからね」

「だから決めつけはやめろと言ってるだろ」

「それなら質問を変えるよ。保科さんとはどういう関係？　今二股をかけて付き合っているのか、もしくは過去に交際していたことがあるのか」

「俺の彼女はめぐだけだ。香織と付き合ったことなんてないよ」

「はあ？」

香織が突然大声を上げた。店内の客が幾人かこちらを振り向いた。

「私とは付き合っていないつもりだったの？　社内の綺麗なお姉様方は？　今でもよく声をかけてるじゃない」

「待てよ、最近はもう誘ってないだろ」

「身体だけの関係がある人が山ほどいるくせに、よくめぐにプロポーズなんかする気になったよね」

「だからそういう関係は全部切ったたって」

「本当かな。カレンダーを見てもやたらとプライベートの飲み会の用事ばっか入ってるし、怪しいよ」香織は次々とまくしたてた。「それなのに、最近になってめぐを何度もオフィスに呼びつけてさ。私だけじゃなく、社長とおかしな関係になった女性なんて社内に何人もいるのに、まるで見せつけるようにして。めぐが来るたびに、『また社長の女が増えたよ』って噂されてたの、知らないの？」

めぐみは、このあいだ樋口のオフィスに足を運んだときのことを急に思い出した。

丸テーブルに座っていた女性社員二人が、入り口に現れためぐみのことをちらちら見ながら、好奇心丸出しの目をして囁き合っていた。彼女らが発していた「社長の女」「また」という断片的な言葉の意味が、ようやく繋がる。

――「また社長の女が来た」ではなく、「また社長の女が増えた」。

「ほらほら、他のお客さんに迷惑だからやめなよ」

真木が樋口と香織の間に身を乗り出して、激高している香織を諫(いさ)めた。そしてめぐみをちらりと見て、肩をすくめる。

「そんな樋口だけど、なぜだか、君に対しては本気になった。似た者同士だったからかもしれないね。他の女性との関係をすべて清算し、結婚に向けて動き出そうとしたのは、おそらく一か月ほど前のことだ。保科香織はいち早くそのことに気がつき、驚愕した。だって、樋口が唯一の欠点だった女遊びをやめてしまったら、小学生の頃から憎んでいた女に、誰もが羨む理想の男を紹介してしまったことになるんだからね。『自分と同じように遊ばれて捨てられてしまえ』なんて内心ほくそえみながら樋口を押しつけたはずだったのに、そんなの滑稽すぎるじゃないか。……監禁事件が起きたのは、ちょうどその直後くらいだったね」

香織が落ち着きを取り戻したのを確認してから、真木は身を引っ込めて背もたれに寄り掛かった。

監禁事件の実行犯は、協力者の男性だろうと真木は淡々と述べた。「金に困っている元カレの『よしくん』なんか、最適だったろうね」という真木の言葉に対し、香織はうつむいたまま何も言わなかった。

「よりによって、僕らしき犯人像を作り上げるために、それっぽい手紙まで用意したりして。いい迷惑だよ。法律に触れることをするなら、せめて潔く捕まる覚悟でやってほしかった」

真木はぶつぶつと文句を言ってから、先を続けた。

「それから立て続けに、塩酸事件、落書き事件。これは保科さん本人が変装して試供品を配っているふりをしたり、ペンキや油性ペンで男たちの持ち物や家を汚したりしたんだと思う。毎回違う人間に頼むのは、ある意味自分でやるよりリスクが高いからね」

試供品を配っていたのは女性だった、と三人の男たちがそれぞれ主張していたのを思い出した。彼らの証言は少しずつ異なっていた。ウィンドブレーカーを着ていた、キャップをかぶっていた、など。

「そのあと犯人は、君と樋口を別れさせるべく、恋人全員との関係を終了させるよう君に命じた。だけど、手紙の文章が悪かった。『三人の男にすべてを白状して別れを告げる』というのが毒薬事件を防ぐ条件であるように書かれていたけれど、君がそのとおりに実行したにもかかわらず、樋口との関係だけはそのままになってしまった。これでは犯人の目的は達成されない。
――だから今日、ここで待ち構えることにしたんだよ。樋口のスケジュールを時間単位で把握できる環境にある保科香織は、絶対に姿を現すだろうと思った。明確な計画があるかどうかはともかくとして、隙があれば樋口純と光岡めぐみの最高の夜を邪魔しようとしに来るんじゃないか、と予想したんだ」

防犯カメラのなさそうな、広くて店員の目が行き届きにくい喫茶店で、香織が現れるのを待つ。姿を確認できたら、タイミングを見計らって、光岡めぐみがコーヒーを残して席を立つような状況を作り出す。

「簡単に引っ掛かってくれて助かったよ」真木はゆるりと微笑んだ。「この状況で光岡めぐみが毒物を飲んで倒れたら、まず疑いがかかるのは僕、そうでなくとも樋口だろうからね。そういう意味でも、保科さんは油断していたんだろう」

樋口は苦い顔をして顔をうつむけていた。同じように下を向いていた香織を見ているうちに、ふっと昔のことを思い出す。

「香織はさ」どうして自分が今さら気を使おうとしているのかも分からなかったが、めぐみはいつになく慎重に切り出した。「初等部にいた頃から、純のことが好きだった？」

樋口純の全盛期は、小学生の頃だった。勉強も運動も完璧にこなし、クラスの中で背の順は一番後ろだった。だから、真木や他の弱い人間に対してえげつないいじめを繰り返していたくせに、樋口を好いている女子は多くいた。

「……そうだけど。悪い？」

香織がぷいと横を向いた。

樋口の経営する会社にわざわざ転職したのはそのせいか、とようやく気づく。よしくんと二年前に別れたのをきっかけに、フェイスブックで人材募集をしていた初恋の男にアプローチしたのだろう。たぶん、香織は今でも、小学校の頃に見ていた樋口の印象に引きずられているのだ。

それなのに、大人になって遊び人と化していた樋口には、数回遊んで捨てられた。

――かわいそうな人だ。

「ねえ、どうしてめぐなの？　なんで私はダメで、めぐならいいの？　最悪な女じゃん。三股も四股もかけるような女と結婚なんかしても幸せになれないよ。何度も忠告したよね？」

再び、香織が樋口に対して怒りをぶちまけ始めた。

「なんで、こんな高飛車な女が、私より幸せになろうとしてるわけ。いろんな男を好きに弄んで、貢いでもらったブランド品を次々と身につけて、いい思いをしてるわけ。男にばかりいい顔して、女友達もろくにいないような人なのに」

「別に、俺はそれでもいいんだ」樋口が弁明する。「いろんな男を惹きつけられるっていうのは、女性の中で最上級に位置することの証明だろ。服とかバッグとか化粧とか、いろんなところに気を使える女性が俺は好きだ。そういう魅力的な女性が、恋愛関係に関してある程度奔放になるのは、仕方ないことじゃないか。極論、遊んでいてもいいと思うんだよ。俺の母親だってそうだった」

樋口は語尾を小さくすぼめた。「めぐは、あの人に似てるんだ」とぼそりと言う。「だから、どうしても手放したくない」

母親、という言葉を聞いた瞬間に、すっと気持ちが冷めた。香織が嘲るような笑みを浮かべたのが見えた。

そういえば、樋口の母親は、樋口が中学一年生のときに男を作って家を出ていっていた。元モデルの、若く派手な母親だった。

「あと、これくらい恋愛関係にフリーな人のほうが、俺も後で咎められないと思ったし」

「……そういうことだったのね」

めぐみは窓際へと腰を動かして、あからさまに樋口との間を空けた。樋口はショックを受けた顔をしていた。

「かわいそう」

香織が笑いながらこちらに目をやり、もう一度その言葉を口にした。

「それは君のほうだよ」

すかさず言い返したのは真木だった。

「とにかく、留置場で頭を冷やすんだね」

「何、めぐをかばうの?」香織の笑みがすっと消えた。「昔、あんなにひどいことをされたのに」

「かばうわけじゃない。だけど、一連の事件を部外者である僕の犯行に見せかけようとした時点で、保科香織も光岡めぐみも、僕にとっては同類だ。最低だよ」

ずきんと胸が痛んだ。こういう感覚は久しぶりだった。

スマートフォンを取り出し、警察に電話をかける真木を見ながら、めぐみは香織に問いかけた。

「最後に一つ、質問してもいい？」

「何？」

「私が純のプロポーズを断る、って可能性は考えなかったの？」

「めぐは打算的だから、そういう申し出は絶対に受け入れるよ」香織はめぐみの顔も見ずに決めつけた。「このあいだ探りを入れたときも、『愛してくれる人が現れたら、考えてみてもいいかも』とか言ってたし」

確かに、言ったかもしれない。

「あともう一つ、質問」

「何よ」

「この消毒液」めぐみは、テーブルに転がっているガラスの小瓶を指差した。「致死量、だったの？」

「さあね。分かるわけないでしょ」

香織はふんと鼻を鳴らした。

「確かめたこともないし――他に確かめたい相手もいないから」

「あら、そう」

めぐみは脚を組み、背筋を伸ばして、窓の外の往来に目を向けた。

夕暮れ時の丸の内を歩いていたカップルや観光客が、歩道に足を止め、パトカーに乗せられる香織を物珍しげに眺めていた。

車が発進し、角を曲がっていくのを、めぐみは真木とともに見送った。振り返ると、後ろの歩道で、樋口が呆然と立ち尽くしていた。

さよなら、と樋口に向かって軽く手を振ってから、めぐみは真木を促して駅への道を歩き出した。

前方に、ライトアップされた東京駅が浮かび上がってくる。レンガ造りの丸の内駅舎を眺めながら、めぐみは隣を歩く真木に話しかけた。

「ねえ、そろそろ教えてくれてもいいんじゃない?」

「というと?」

「どうして私に近づいてきたのか、よ」

「そうだね。晴れて君を危険から救って、僕への疑惑もなくなったことだし」真木は考え考えといった調子で、ゆっくりと喋った。「ただし、条件がある」

「何?」

「君の部屋に入れてくれないかな。それくらいの信頼を得られているっていう確信が持てないと、なかなか真相を明かす気もしなくてね」

「どういう論理よ」

「そういう部類の秘密なんだよ」

めぐみが立ち止まると、真木もすぐに足を止めた。しばらく視線をぶつけ合う。

愉快そうに笑みを浮かべている真木を追い越して、めぐみは東京駅への道を再び歩き出した。

真木がすかさず後ろからついてくる靴音がする。

会うと嫌味の一つや二つを言いたい気持ちにさせるのは、もはや真木良輔という人間の才能なのだろうか。

「ただの下心じゃなくて？」

めぐみは後方へと声を飛ばした。

「どうかな」

*

「本当は、もっと『いい感じ』のムードで入りたかったんだけど」

めぐみの部屋に足を踏み入れるなりそう言った真木を、めぐみは思い切りはたいた。「痛っ」と顔をしかめた真木を前にベッドに腰かけ、「で、どうしてよ」と急かす。

「せっかく君の部屋に初めて来たんだからさ、もう少しくつろがせてくれたっていいじゃないか」

「嫌よ。連れてきたら白状するって約束でしょ。さっさと話して」

「部屋、案外綺麗にしてるんだね。でも狭いな」

真木は余裕のある表情で部屋を見回した。「話を逸らさない」と詰め寄ったが、見事に無視される。

そういえば、男を家に上げたのは久しぶりだった。樋口、秋庭、玉山の三人をこの部屋に入れたことは一度もない。もちろん、他の男の存在を嗅ぎつけられるのを防ぐためだ。もうその必要もないのだ――と思うと、解放されたような、心許ないような気分になる。

「水、もらっていいかな」

しばらく部屋を観察していた真木が、カーペットに腰を下ろしながら言った。こちらを向いてあぐらをかいた真木を見て、めぐみは大きくため息をついた。

「私に飲み物を用意させようだなんて、偉くなったものね」

「ちゃんと犯人を見つけて、警察に引き渡したんだ。それくらいの報酬をもらう権利はあると思うよ」

「はいはい」

真木の軽やかな弁舌に真っ向から立ち向かう気もなく、めぐみはベッドから立ち上がって廊下に面したキッチンに向かった。冷蔵庫を開け、作り置きしている水出しの麦茶を取り出す。

グラスに中身を注ぎ、コースターをもう片方の手に持って、真木の待つ部屋に戻った。

座卓の上にコースターを置き、麦茶のグラスを載せると、真木は「水でよかったのに」と驚いた声を出した。

「君、意外と気が使えるんだね」

「バカにしてるの？」

真木はめぐみの抗戦には反応せずに、「君って煙草吸う？」と尋ねてきた。ベッドの端に再び腰かけながら、めぐみは顔をしかめた。

「昔はね。今は吸ってない」

「そうか」

「何、臭う？」

そんなはずないんだけど、と思いながら、そっと鼻から空気を吸い込む。真木が「いや」と口にしたのを聞き、すぐに息を吐き出した。

「煙草をさ、この部屋で吸ったことは？」

「あるけど、だいぶ前よ」

「ふうん。あとはそうだな、友達を呼んでこの座卓で鍋パーティーをやったとか」

それはない、とめぐみが答える前に、「まあ呼ぶ友人がいないか」と真木が笑った。言い返す気にもなれなかった。

「どうしてそんなこと訊くの？」

めぐみの問いに対し、真木はすぐには答えなかった。すっと笑みを引っ込め、めぐみが出した麦茶のグラスを右手で取り上げる。そして、おもむろに、左手をめぐみの脚に向かって伸ばしてきた。

驚いて脚を持ち上げると、真木はそのままベッドの下に腕を突っ込んだ。

真木が引き出したのは、小さな赤いバラがいくつか描かれた、卒業記念品のオルゴール箱だった。

「あ、それは――」

床に座っていたから、ベッドの下に押し込んであったのが見えてしまったのだろう。急に小学校時代に引き戻されたようで、めぐみは言葉を失った。なんとなく弁解したくなって口を開いたが、何をどう話せばいいかも分からなかった。

「取ってあったんだね」

真木は感慨深げに呟くと、慎重な手つきで木製の蓋を開けた。

ポップな曲調のメロディーが、ゆっくりと流れる。ねじを巻いた残り回数が少なかったのか、本来はアップテンポなアイドルソングが、バラードのように物悲しく、ぽろぽろと響いた。

図工の授業でこの箱を組み立てていたときのことが、急に頭に蘇った。出席番号順の班が同じだった真木が、すぐ目の前で、眼鏡に木屑がくっつきそうなくらい箱に顔を寄せながら金属の蝶番（ちょうつがい）を板に取り付けていたことを思い出す。

突然――真木が手に持っていた麦茶のグラスを傾け、中身を箱の中に流し込んだ。

「ちょっと、何するの」

驚いて伸ばしためぐみの手は、空中で停止した。びしょぬれになった金色のオルゴールメカがぐらりと揺れ、かすかに傾く。それを確認すると、真木はオルゴールメカを取り出してテーブルに置き、今度は両手を箱の中に入れた。

真木が底板の端に指をかけると、なぜか板が持ち上がった。麦茶が滴る(したた)その下から、トイレットペーパーの芯を小さくしたような白い筒がいくつも覗く。

「何これ」

めぐみは息を呑み、ベッドから身を乗り出して箱の中を凝視した。

オルゴール箱の底面には、ボール紙を小さく切って丸めたものが敷き詰められていた。その真ん中にはマッチ箱が据えてある。マッチ箱からは白い紐がいくつも伸びていて、それぞれが一つ一つの紙筒と繋がっていた。

めぐみはさらに顔を近づけた。濡れた紙筒の間から、ところどころ、湿った黒い塊がこぼれ出ている。

「爆弾だよ」

真木が短く答えた。

「小学六年生のとき、君を殺してやろうと思って作った」

「……嘘」

真木は紙筒を一つ取り出し、手の上で広げてみせた。濡れて固まった黒い粉が、真木の掌からぽろりと落ちた。

「マッチの外箱についている、ざらざらとした火をつける部分、あるだろ。あの側薬を切り取って、大量のマッチの先端——頭薬に触れるような形で中箱に差し込んであるんだ。床に叩きつけたり、落として衝撃を加えたりすると、両者の間に摩擦が起こって簡単に発火する。それが導火線に引火して、火薬を詰めた紙筒がドカン——」

真木は箱の中を指差しながら、淡々と仕組みを説明した。

「本当は、側薬の先に引火用の細長い紙をつけて、その端をわざとらしく板の隙間から出しておくつもりだったんだ。君が『何だろう』と思って引っ張ると、擦れて爆発するようにね。でも、細工をしている最中に君らが教室に戻ってきてしまったから、途中で蓋を閉じるしかなかった」

「それ……本当に爆発するの」

「うん。近年はさすがにマッチが湿気てたかもしれないけど、作ってから数年間は殺傷能力が高かったはずだよ。一部のボール紙には釘も詰めてあるから、爆発したときの威力はそこそこある。当時小学六年生だったとはいえ、花火師の息子だからね。材料調達力と知識を舐めないでほしい」

めぐみはびしょ濡れになった箱を見つめたまま、固まっていた。

放課後、誰もいなくなった教室で、めぐみの卒業記念品の前に佇んでいた真木の姿を思い出す。彼の小さな手は、黒く汚れていた。だからめぐみは油性ペンで落書きされたと思い込み、真木を怒鳴りつけたのだ。

——あのとき、真木がやっていたことは。

鳥肌が立ち、めぐみは思わず腕をさすった。

「この十七年間で一度も、この箱を落としたり、乱暴に扱ったりしなかったんだね。君、本当に運がいいよ。煙草を近くで吸ったり、カセットコンロのそばに置いたりしただけでも、もしかしたら危なかったかもしれないんだからね」

ふふ、と真木は声を漏らした。

「君、僕の卒業記念品をめちゃくちゃにしたろ。担任に捕まって皆の前で叱られたのは保科さんだったけど、主犯が君なのは明らかだった。僕は、君のことを本気で恨んだよ。殴られて、蹴られて、物を隠されて、壊されて、しまいには頑張って作った作品を台無しにされたんだからね。反撃するのも怖くてずっと耐えてたけど、この一件で僕の我慢は決壊した。君なんか死んでしまえばいいと心から思った。それで、この仕掛けを作ったんだ。君が木っ端微塵に吹き飛ぶ姿を想像しながらね。つまり——殺人未遂をしたのは、お互い様だったんだよ」

真木の言葉に、思わず震えあがる。その反応が可笑しかったのか、真木が声を上げて笑った。

「そんなに怖がるなよ、もう爆発はしないんだから」

「そういう問題じゃないでしょ」

めぐみは、二十年近くもの間、爆弾とひとつ屋根の下で暮らしていたのだ。

憤るめぐみを鎮めようとしてか、真木は「まあまあ」と黒く汚れた片手を振った。

「僕が後悔したのはね、小学校を卒業して、あの学園を去ってからのことだった。地元の公立中学校では、二度と同じことを繰り返さないように、変わろうと努めたんだ。眼鏡を外してコンタクトをつけ、陸上部に入り、いい成績を取っても周りに言わないようにした。幸運なことに、同時に背もずいぶん伸びて、男として強くなった。そうやって上手に生きられるようになってから、ふと君のことが気にかかるようになったんだ」

そのときの心境が急に蘇ってきたのか、真木は顔を曇らせた。

「ひどい目に遭わされたことは事実だけど、今、僕は無事に生きている。君と離れたこともあって、中学からは自由にのびのびとやれた。それなのに、僕は君の命を危険に晒し続けている。爆発する可能性なんて分からないから、いつ、どの瞬間から殺人犯になるかも分からない。恐ろしかったよ。僕は卑劣なことばかりしていたかつての君が大嫌いだったのに、オルゴール箱に仕掛けた爆弾が万が一爆発して君が死ぬようなことがあったら、僕は君以下の人間になってしまうんだからね」

だから回収しに来たんだよ、と真木は形の良い目をこちらに向けてはっきりと言った。

「どうせ来るなら、もっと早く来てよ。もうあれから二十年近く経つのよ？」

火薬が詰まったオルゴール箱から目を逸らしながら悪態をつくと、真木が「悪かったよ」と小さな声で呟いた。

「中学や高校のときは、やっぱりまだ無理だったんだ。仕掛けのことを心配してはいたけど、自分から君に会いに行こうとは到底思えなかった。半ばトラウマのようになってたのかな。君が恵比寿の女子校にいることは分かってたけど、どうしても足がそちらに向かなかった。そうこうしているうちに、僕も大学生になり、君のことを思い出す頻度も少なくなっていった」

君に会いに行こうと思い立ったのは、今年に入ったばかりのことだった——と、真木は遠い目をして言った。

「殺し屋リエコさ」

「え？」

「あのドラマが、リメイクされて映画になることが発表されただろ。それに伴ってテレビでドラマの再放送が始まったりして、今年に入ってから二十年ぶりにブームを巻き起こした。若い頃の蓮見沙和子が頻繁にテレビに映るのを見て、久しぶりに君のことを思い出したんだよ。今頃は、娘のめぐみがそう変わらない歳になっているのか——ってね。一度考え始めたら、君はなかなか僕の脳内から出ていってくれなかった。今頃どんな大人になっているんだろう、と興味もわいたし、まだオルゴール箱は持っているのだろうか、というかつての罪悪感のぶり返しもあった。それで、君に会ってみることにしたんだよ」

君は母親に感謝したほうがいいね、と真木は他人事のように笑った。

「僕の目的は、君が今でもこのオルゴール箱を持っているのかどうかを確認することだった。もし持っていたら、仕掛けを無力化して爆弾を回収する必要がある。だけど、そのために自分の正体を明かすのは癪だったたし、かといって家に押し入って空き巣や強盗のような真似をするわけにもいかない。だから、素性を隠したまま、一人の男として君に接近することにしたんだよ。平和的に部屋に招き入れてもらえるようになりさえすれば、隙を窺っていつでも部屋を物色できるからね」

　小学生の頃は格差があったが、今なら幾人もの男の中から選ばれることも可能なのではないかと思った。婚活パーティーに誘い込んで、指名されることに成功したときは、正直、心の中で跳び上がって喜んだ。

　真木はそんなことを無邪気に語った。顔をほころばせて喋っている真木を眺めながら、めぐみはぼんやりと思いを巡らせた。

　――一番過去に囚われていたのは、やっぱり、この男なんじゃないか。

　事件の犯人は香織だったが、そういう意味では、めぐみの直感は当たっていたことになる。

「じゃあ、睡眠薬やアルコールを飲ませようとしてきたり、やけにマンションの前に張りついたりしていたのは、私があなたを部屋に招き入れる可能性を高めるためだったってこと？」

「そう。いつ君がその気になってもいいように、チャンスだけは増やしておこうと思ってね。ちなみに、アイスココアに混ぜたのは、睡眠薬じゃなくて、ネットで惚れ薬と謳(うた)われていた錠剤だよ。どうせ大した効果はないんだろうけど、いちかばちか、飲ませてみようかなと思ってね」

「何よそれ」ある意味、睡眠薬の数倍恐ろしい。「それのどこが平和的なのよ」

「結局、小細工はまったく通用しなかったけどね。それどころか、君の猜疑心(さいぎしん)を後押しする結果になってしまった。……まあ、最終的にはこうやって目的を達成できたわけだし、良しとするかな」

真木は軽い調子で言うと、テーブルに置いていた底板を手に取った。それから立ち上がり、勝手にめぐみの隣に腰を下ろしてきた。

「ちなみに、何度も自由帳で練習した悪口は、こっそりここに書いておいたんだ。臆病だね、あの頃の僕は」

ほら見てよ、と真木は微笑んで、二重底になっていた板をひっくり返した。

そこには、『めぐ、ブス、死ね』という油性ペンで書かれた文字があった。見覚えのある、やけに形の整った字だった。

「ちょっと訊きたいんだけどさ」

「何よ」

「君、どうして僕のことをあんなにいじめたの？」

「覚えてるわけないでしょ。気分よ、気分」

ふうん、と真木は感情が読み取れない声を出し、「自覚はないのかな」と呟いた。「何が？」と問い返したが、真木は答えずに笑っていた。

「ほら、毒薬と爆弾と、二重の意味で命も助かったことだしさ。そろそろ、過去にとらわれるのはやめて、自然に生きてみるのはどう？……なんて、こんなこと言っても聞かないのが光岡めぐみなんだろうけど」

「今の台詞、そっくりそのまま返してもいいかしら」

めぐみが分解された卒業記念品を指差すと、真木は一瞬ぽかんとした後、「そっか、僕も同類か」と笑った。

「結局、君も僕も、変わってないんだな」

真木が手に持っていた板をくるくると回転させながら、天井を見上げた。

「あ、でも、君に関しては、一つだけ変わったことがある」

「何？」

めぐみが尋ねると、真木はこちらを覗き込むように顔を傾け、にこりと笑みを浮かべた。

「君、すごく綺麗になったよね」

めぐみは無言でベッドから立ち上がり、濡れているオルゴール箱を床から持ち上げた。

「バカにするなら出ていってもらえる？」

「してないよ」

真木の返答は無視した。そのまま廊下へと移動し、キッチンのそばにあるゴミ箱に、木でできた卒業記念品を放り込む。

ドサリ、という重い音がした。

その音に合わせて、さよなら、とめぐみは小さな声で呟いた。

＊

その夜、夢を見た。

めぐみは、懐かしいような、苦しいような気持ちで、教室の後ろに並んだ大人たちを眺めていた。

ここぞとばかりに着飾った母親の集団が、ぺちゃくちゃとお喋りをしている。先生が張り切って準備していたよそゆきの授業がようやく終わり、これから帰りの会だった。親が来ているクラスメイトたちはそわそわと身体を揺すって、しきりに後ろを気にしている。「あ、ジュンのママだ」「アヤのお母さん、どれ？」「うちの母さん、今日派手すぎ」そんな声が、周りでしていた。

教室の窓は全開で、そよ風が初夏の匂いを運んでいた。

その心地よい風が、暴風雨に変わってしまえばいいのに。

母親たちの帽子も、ジャケットも、台無しにして吹き飛ばしてしまえばいいのに――と、めぐみは思う。

後ろから聞こえてくるのは、出来がいいわけでもない息子や娘の自慢話や、先生たちやPTAに関するとりとめもない噂話だった。

――うるさいなあ。

さすがに、悪態を口に出すことはできなかった。それどころか、何の意味もないのに、めぐみも周りの同級生たちに合わせて身体を教室の後方に向けていた。

視線を、窓のほうへと動かす。そこに、めぐみがさっきから気になっている夫婦がいた。

誰よりも先に教室に来ていたその夫婦は、目立ちたがりの母親たちが中央に陣取ろうと押し合ううちに、教室の隅の隅へと追いやられていた。父親と母親が揃って来ているのはその一組だけだったから、地味な風貌のわりに、夫婦は子どもたちの注目を集めていた。

――誰の親だろう。

父親は、日に焼けて、がっちりとした体つきをしていた。優しそうな目をしている。一方、母親は背が高く、眼鏡をかけていた。化粧っ気がないのに、大半の母親より綺麗に見えるのが不思議だった。

厳しそうだけど、常に子どものことを一番に考えているお母さん。そんな妻を、ニコニコと笑って頼もしく支えるお父さん。そういう印象だった。

帰りの会が終わるとすぐに、めぐみは夫婦のほうへと目を走らせた。

夫婦がぱっと笑顔になり、両手を広げて腕の中に迎え入れたのは、四月にこの学園に入ってきたばかりの、銀縁眼鏡の編入生だった。

「良輔、算数の計算、ものすごく速かったねえ。ちゃんと真面目に勉強してる証ね。誇らしいわ」

母親が、顔をほころばせる。

「お父さんは勉強が苦手だったから、良輔はきっと、お母さんに似たんだね。いいなあ。その脳みそ、お父さんにもちょっと分けてくれよ」

父親が、息子の頭を撫で、頬を緩める。

めぐみの目は、父親の分厚い手に釘付けになった。あれは、仕事でパソコンをいじったり、舞台の上を華やかに歩いたりする人の手じゃない——と直感する。あの男らしい大きな手が自分の頭に優しく触れている感覚というのは、どういうものなのだろう。そんなことが、妙に気になった。

ここからだと、少年の背中しか見えなかった。それでもめぐみには分かった。

真木良輔の一際小さな背中からは、喜びと達成感があふれ出している。

大人たちの見栄と虚飾に満ちた言葉が渦巻いている教室に、場違いな温かみが漏れ出していた。

急に、真木の背中を蹴り飛ばしてやりたくなった。どうして自分の中からそこまで強い感情がわいてくるのか、めぐみ自身、理解できなかった。

あの編入生は、父親にも、母親にも、大きな期待を寄せられている。それはもしかしたら、重たいものなのかもしれない。面倒になることも、窮屈に感じることもありそうだ。

でも、一度だってあっただろうか。めぐみが、ああいう目を、親から向けてもらったことは——。

少年がこちらを振り返った。こっそりと、その顔を観察する。

あれは愛されている人の笑顔だ。と、めぐみは思った。

朝方にふと目覚めたとき、めぐみの胸の中にかすかに残っていた感情があった。

急に、その気持ちが単純なものであることに気づく。

めぐみは、羨ましかった。それだけだったのだ。

*

みんないなくなった。

――私は、どうすればいいのだろう。

『殺し屋リエコ』というドラマが二十年前にヒットしたのは、主人公の早乙女(さおとめ)リエコが孤高の女殺し屋になるまでの過程が、視聴者も知らぬ間に感情移入してしまうようなストーリー展開で描かれていたからだった。

リエコは病弱に生まれた。母はリエコを産んですぐに亡くなり、貧乏な父子家庭で育てられた。幼い娘を抱えて幾度となく転職を余儀なくされた父親は、次第に酒を飲んでは暴れるようになり、身体の弱いリエコに向かって「どうせ長くは生きないお前に金をかけても仕方ない」と繰り返すようになった。リエコは看護学校に進学する道を絶たれ、父親のいる家に帰りたくないばかりに、ふらふらと夜の街を歩き回るようになった。

高校や専門学校に進学した友達とは、話がちっとも合わなくなった。深夜に徘徊していたリエコが幾度か警察に補導されたことをきっかけに、次第に友達が減っていった。

そうしてリエコは一人になる。

——私は、どうすればいいのだろう。

そう途方に暮れていたとき、綺麗な身なりをした初老の紳士が声をかけてきた。彼は、自分が殺し屋だと名乗り、後継者を探していると話した。

——二回目の人生だと思って、もう一回、生きてみようか。

リエコは思い切って決断する。そして、自分がこの先長く生きられるわけではないことを隠したまま、次々と暗殺術を伝授してもらうようになる。暗殺は、必ずしも体力や運動能力を必要としない。知力や手先の器用さを駆使するという意味では、リエコの殺し屋としての素質は飛び抜けていた。

師匠である初老の男が死んだ後、リエコはその教えを活かし、世の中の悪を滅ぼすべく暗殺術を多用する。殺し屋として名を馳せるようになったリエコだったが、最終回の一つ前の回で、医者に余命三か月だと言い渡される。

そして迎えた最終話では、リエコは動かなくなってきた身体を引きずるようにして、第一話から登場していた凶悪な黒幕を退治する。その直後に倒れ、リエコは天国に旅立つ。

ごめんなさい、ごめんなさい——と先に死んだ師匠への償いの言葉を呟いてから、自分の母親が画面の中でがくりと首を垂れたとき、小学四年生だっためぐみは思わずテレビの前で涙を流した。そのとき、母は珍しく家にいた。「バカねえ、私はここにいるじゃない」と、困ったように唇をへの字にした母に、慣れない手つきで頭を撫でられた覚えがある。

そのシーンを、二十年ぶりにテレビで見た。

再放送とは罪なものだ。若かりし頃の蓮見沙和子演じる早乙女リエコが、なぜだか、今の自分の姿と重なる。

エンドロールをぼんやりと眺めながら、めぐみはスマートフォンを取り出した。設定画面を開いてみたがよく分からず、ブラウザを開いて『着信拒否　解除』という検索ワードを入力する。一番上に出てきたページに書いてあった手順のとおりに、めぐみは設定をしていった。

そうやって、一つだけ登録してあった携帯電話番号を拒否対象から外したのは、つい三日前のことだ。それからなんとなくスマートフォンの通知を気にしているが、電話がかかってくる気配はなかった。

もう、あれから八年近くも経つのだ。いくら着信拒否をする前までは頻繁に連絡が来ていたとはいえ、そんなにすぐかかってくるわけがない。というよりも、むしろ、今も華やかな世界で輝き続けているあの人は、家を出ていった一人娘のことなどすっかり忘れているのかもしれない。

めぐみはテーブルに置いたスマートフォンをひっくり返し、画面が見えないようにした。

そうして、大きく伸びをする。

渋谷の外れにある小さなビルの屋上。そこにあるプールサイドレストランのテラス席は、めぐみのお気に入りの場所だった。太陽が照りつける昼間でも、風でさざ波が広がる青い水面を眺めながら、日光を遮る屋根の下で優雅なリゾート気分を味わうことができる。

テラス席に置かれた一人掛けのソファに、めぐみはゆったりと腰かけていた。

残されたのはこいつだけか——と考えると、悔しさがこみあげてくる。

めぐみは、ウッドテーブルを挟んだ反対側でガレットを口に運んでいる長身の男に、恨めしい視線を投げた。

「ホント、なんでこんなやつと二人で食事してるんだろ」

「まあまあそう言わないで、君も食べなよ」

真木良輔が、めぐみの手つかずの皿を指差してきた。もぐもぐと口を動かしながら、「美味しいよ」と嬉しそうな口調で言う。

「そういえば、君も大変だったんじゃない？　先週、ものすごいニュースになってたけど」

「ああ」

めぐみは背もたれに寄り掛かり、空を仰いだ。

光岡幸太郎と蓮見沙和子が離婚したというニュースが流れたのは、ちょうど一週間前のことだった。

週刊誌やスポーツ新聞、テレビまでもが、連日報道を行った。というのも、光岡幸太郎には、既に事実婚状態の新しい家族がいるというのだ。しかも、光岡幸太郎の新しいお相手は、会社の新CMに起用されていた二十代後半の女優。二十歳近くの年の差婚だ。それだけでも十分スキャンダラスなのに、さらに、その女優が妊娠していることまで明らかになった。

両親の離婚を、めぐみはニュースを見るまで一切知らなかった。風呂上がりに何気なくテレビを点けて、記者の大群に追われている両親の姿が目に飛び込んできたとき、めぐみは部屋の真ん中に立ち尽くした。画面の中では、父は厳しい顔をして無言でカメラの前を通り過ぎていき、一方、母は細い声で「お騒がせしております」と何度も恐縮したように頭を下げていた。父の新しい妻になる若い女優に関しては、厳戒態勢が取られたのか本人の登場はなく、事務所を通じた妊娠発表のコメントが報道されるばかりだった。

「別に、私には関係のないことだし」

ぶっきらぼうに答える。真木は眉尻を下げて、「そんなわけないだろ、君の両親なんだから」とたしなめるように言った。

父が会社の新CMに蓮見沙和子に似た女優を起用し、さらにそのCM上の家族構成を夫婦と一人娘の三人としていたのは、家庭内別居状態になっていた妻や家を飛び出した娘のめぐみを想っていたわけではなかったのだ。父は単に、ああいうタイプの女性が好きなのだろう。そしてきっと、その女性が現在身ごもっている子は女の子だ。

父が家族割引という会社を挙げた施策を打ち出した原動力になったのは、新しい妻やこれから誕生する娘の存在だった。父にとって、母やめぐみは、既に過去の人になっていたのだ。

「ショックを受けたんだろ。無理するなって。仕事をクビになり、貯金もパー、さらに両親が離婚。しかも、いざというときに頼るつもりだった父親には新しい家族がいる。不健全な関係を断ち切れたのは良かったとはいえ、恋人も友人もいなくなった。残ったのは、君を研究対象として見ている僕だけ。まさに踏んだり蹴ったりだ。——で、世田谷区からはいつ引っ越すの？　二十三区内で家賃相場が低いのは、葛飾（かつしか）区と足立（あだち）区らしいよ。あと江戸川区」

「黙っててくれる？」

めぐみの貯金は、既に底をつきかけていた。次の仕事もまだ決まっておらず、部屋の引越し手続きも住んでいない。

ぶすっとした顔をして、背もたれから身を起こし、ガレットにフォークを突き刺す。父が見たら激怒するだろうな、とふと考える。父は、食事のマナーには異常なほどうるさい人間だった。

「あーあ、束の間の夏休みだったよ。有休を連発したせいで、同僚に白い目で見られちゃってさ。今はひたすら、真面目に研究室に通ったり、学会に出たり、学生の評価をつけたりしてるんだ」

もう九月かあ、と真木が遠くの空を見ながら呟く。

「君にとっては、散々な夏だったね。暑い物置に監禁されて、手に化学熱傷を負い、金づるたちと無理やり別れさせられ、毒薬を盛られそうになり」

「あなたとも再会したしね」

「その返答は予想の範囲内だったよ」

「部屋で爆弾も発見したわ」

「なかなかスリリングだね」

真木は朗らかに笑った。

「ところで、水曜にやってた最終回は見た？」

「見たけど」

「どうだった？」

「あれを書いた脚本家はすごいな、って思った」

「そうじゃなくてさ」

真木はめぐみを責めるような目をした。めぐみは気づかないふりをした。

『殺し屋リエコ』の最終回が今週放送されると教えてくれたのは真木だった。しばらく連絡が途絶えていた真木から、一週間前に、突然メッセージが送られてきたのだった。

めぐみはその勧めに従って、ドラマの最終回だけを再び見た。それを見終わってから、真木をここに誘った。それが昔の関係性に照らして屈辱的な行為なのかどうかは、もう考えないことにした。

「あなたも、蓮見沙和子のファンなの？」

世の中の人は、大体がそうだ。初めて真木の部屋に行ったときも『殺し屋リエコ』の再放送が流れていたし、熱烈に最終回の視聴を勧めてきたから、きっと真木もそのうちの一人なのだろう。

その予想に反して、「いや」という返事が聞こえてきた。

「蓮見沙和子は好きじゃない。なんか、無理してるような気がするからね。世間の求めるイメージにぴったり合わせるために、自分を押し殺しているような印象がある。もちろん、ものすごく綺麗で、立ち振る舞いも飛び抜けて上品なのは間違いないよ。でも、本当はたぶん、もう少し抜け目なくて、それでいて人付き合いが不器用な女性なんじゃないかな。何せ、君の母親なんだから」

勝手な想像だけどね、と真木は注釈を加えた。

「でも、『殺し屋リエコ』での体当たり演技は好きだよ。主人公が抱える孤独とか、寂しさとか、そういうものが役者の内面からにじみ出ている気がするんだ。……なんだか、評論家ぶってるみたいで嫌だけどさ」

だから君にも改めて見てほしかったんだ、と真木はナイフとフォークを並べて置きながら言った。

めぐみはしばらく黙っていた。ようやくガレットをきちんと切り分けだしためぐみのことを、真木は無言で見守っていた。

半分ほど食べ終わった頃、真木が不意にソファから立ち上がり、プールのほうに歩いていった。

キラキラと日光を跳ね返す水面に顔を向けながら、ゆっくりとしゃがみ、指先を水に浸している。そうやってプールの水と戯れている真木の背中を眺めていると、急に、めぐみもその隣に並びたくなった。

テーブルを離れ、日差しの下へと踏み出す。夏は過ぎ去りつつあるようで、空気は幾分涼しかった。

「何、子どもみたいなことしてるのよ」

そう皮肉を垂れてから、真木のそばに屈み込む。水際まで来ると、照り返しがあまりに眩しく、めぐみは目を細めた。

真木がめぐみの靴に目をやって、「ああ」と苦笑する。

「これが、ミュールってやつだね」

「ええ」めぐみも足元に視線を落とした。今日は、何年も前に購入した赤いミュールを履いていた。側面に傷がついているからそろそろ買い替えたいのだが、本当に欲しい品物を自分の金で買えるのはずいぶん先になりそうだった。

「一つ学んだよ。あんなことで見破られるとはなあ」

真木はそう言って、悔しそうに顔を背けた。そして、「あ」と驚いたような声を上げた。

「底に、何かが落ちてるよ」

「え？　どこ？」

「ほら、あそこ。よく見てみてよ」

プールの中ほどを指し示され、めぐみは目を凝らした。少し身を乗り出してみたが、濃い水色の底面以外、何も見えない。「分からないんだけど」と言って、めぐみは真木のほうを振り向こうとした。

その途端、手が背中に添えられ、強い力で押された。

ばしゃん、と大きな音がした。

身体の前面に衝撃が走り、動く視界の端に白い水飛沫が見えた。直後、頭まで冷たいものに覆われる。

めぐみは水の中でもがき、慌てて水面から顔を出した。

プールは思いのほか深かった。足がつかないプールで立ち泳ぎをしながら、顔についた水を拭い落とす。

「何するのよ」

思い切り叫ぶと、真木が楽しそうに笑っているのが見えた。テラス席に座っている他の客が全員目を見開いてこちらを凝視していた。青い顔をした店員が飛んできて、真木の後ろで落ち着かなげに足踏みをしている。

「どう？　これで改心した？」

プールサイドにしゃがんでいる真木が、にっこりと微笑みかけてきた。

「保科香織が辿りつけなかった、突き落とし事件だよ。どうせなら、代わりに最後まで復讐劇を完遂してみようかと思ってね。九月だから、まだ良心的だろ」

冬の池に真木を突き落としたときの感覚が蘇る。

「暴行罪で訴えてくれてもいいんだよ」

「ふざけんな」

真木から目を逸らし、上がれる場所を探す。銀色のはしごが左手に設置されているのを見つけ、めぐみはそちらの方向へと泳いだ。顔に貼りついた長い髪と、水を吸って重くなったマキシ丈ワンピースが鬱陶（うっとう）しかった。

はしごを上ってプールサイドに這い出てから、裸足になっていることに気づく。振り向くと、さっきまで履いていた赤いミュールは、突き落とされた場所の近くにゆらゆらと浮かんでいた。

真木は既にプールサイドから消えていた。テラス席を見ると、いつのまにか、先ほどまでめぐみが座っていたソファに、タオルと着替え一式が置かれていた。その脇に立っている真木が、空になったユニクロの白い袋を丁寧に畳んでいる。

めぐみはずぶ濡れのまま真木のほうに闊歩していって、タオルをひったくった。無造作に身体を拭き、シンプルなクリーム色のポロシャツと黒い膝丈のスカートをつまみ上げる。

ビルの屋上に風が吹いた。九月上旬とはいえ、服を着たまま水に濡れるとさすがに肌寒い。

「ほら、これ、プレゼント。着替えた服を入れておく用にさ、あげるよ」

真木が椅子の後ろから、四角い布製のバッグを取り上げた。見間違いかと思い、めぐみは思わず濡れた髪を掻き上げた。

「それ、エルメスのバーキン――」

「――がプリントされたトートバッグね」

真木がくるりとバッグを回してみせる。ペラペラの布地に、めぐみがいつか男に貢がせたいと夢見ていた黒革の最高級バッグが印刷されていた。

「君、こういうの好きかなあと思って。たまたま池袋の雑貨屋で見つけたんだ」

「からかうのはいい加減にして。こんな布きれ、要らないわよ」

「残念だな、意外と高かったのに。六千円もしたんだよ」

「バカなんじゃないの」

めぐみは濡れた袖を押しつけるようにして、真木に肘鉄を食らわせた。

化粧室に着替えに行こうとして、テーブルに伏せておいたスマートフォンを取り上げる。表に返すと、知らないうちに、通知が一件表示されていた。

不在着信、という文字が読めた。

その下に、『光岡和子(かずこ)』という登録名が出ている。

一部の人間しかもう使っていない、めぐみさえも忘れかけていた名前だった。

「かけ直してあげなよ」

いつのまにか隣で画面を覗き込んでいた真木が、柔らかな口調で囁く。少し意地を張りたくなって、めぐみはテーブルにスマートフォンを戻した。

「後でゆっくりかけるわ」

それがいいね、とすかさず微笑んだ真木に、めぐみはくるりと背を向けた。足を引っ込めて道を空ける客たちの間を通り抜けて、店内にある化粧室へと、水を滴らせながら大股で歩く。

ふと、ドラマの中で母が呟いていた一節が浮かんだ。その台詞を何度か頭の中で繰り返す。ありきたりだが、今のめぐみには、一番しっくり来る言葉なのかもしれなかった。

——二回目の人生だと思って、もう一回、生きてみようか。

何かつかえていたものが、すとん——と落ちた。

あとがき

——いやあ、本当に捻じ曲がってるな。

今回、文庫化にあたって『悪女の品格』を三年ぶりに読み返し、率直にそんなことを思いました。主人公のめぐみもですが、真木(まき)も、恋人の男たちや女友達も、登場人物全員が。

どうしてこのような作品を書こうと思ったのか、ということをお話しする前に、少しだけ自己紹介をさせていただければと思います。

二〇一四年に宝島社主催の第十三回『このミステリーがすごい!』大賞で優秀賞をいただき、翌年に受賞作を改題した『いなくなった私へ』でデビューしました。その後、『コーイチは、高く飛んだ』『あなたのいない記憶』を同じ宝島社から刊行し、二〇一七年に「他社デビュー第一作」として書き下ろしたのが、この『悪女の品格』です。

そして現在に至るまで、文庫書き下ろし作品や児童書も含めて十三作を送り出してきました。作風としては、謎の提示と解明という広義のミステリの体裁を取りつつも、青春や恋愛、家族の絆といった、どちらかというと温かい人間ドラマに焦点を当てたものが多いのではないかと思います。

そんな中で、この『悪女の品格』は、間違いなく変わり種の作品です。——と、自分で言うのもおかしな話ですが。

デビューしてしばらく、私は「主人公の年齢や境遇を偏らせない」ことを意識していました。一作ごとにいろいろなタイプのキャラクターに乗り移って、その視点でどこまで面白いストーリーを作れるか、挑戦してみたかったのです。

デビュー作の主人公は、心が綺麗で謙虚な二十歳の国民的歌手でした。二作目は、努力を重ねてオリンピック出場を目指す、十五歳の体操界の新星。三作目は、社会人生活に少し疲れてしまった二十五歳の女性。

振れ幅を意識したものの、この三人には共通点がありました。心がまっすぐで真面目である、という点です。また、キャラクターを作り込むにあたって、私自身の経験と重ね合わせた部分もありました（私がまっすぐで真面目な人間ということではなく）。

乱暴な言い方をすると、それまでの三作の反動で書いたのが『悪女の品格』だったのです。

刊行前、東京創元社のイベントでタイトルとあらすじが発表されたとき、先輩作家のOさんに「悪女って、今までの作風と全然違うけど大丈夫？」と心配されました。彼の懸念はまさにそのとおりで、その後書き上げた原稿で私が描いたのは、「真の悪女になりたいのになれない、小悪魔チックでちょっと残念な二十九歳の独身女性」だったわけです。

でも、今考えると、それこそが、当時の私が書きたかった主人公の姿でした。

めぐみのような人は、きっと世の中にたくさんいます。だけど、小説の主人公としてはそう頻繁に登場しない。なぜかというと、たぶん、感情移入しにくいから。

でも、小説の主人公は、必ずしも性格がよくなくたっていいはずです。反対に、人の命を何とも思わない殺し屋のように冷酷無比でなくてもいいはずです。私は、大人になる過程のどこかでいつの間にか心が捻じ曲がってしまった、どこか中途半端でリアルなアラサー女性の焦りや迷いを描いてみたかった。

そんなわけで完成したのが、『悪女の品格』という作品です。

先ほど「変わり種」と書きましたが、ある意味では、自分の作風から外れていないのかもしれませんね。

執筆当時は二十四歳だった私も、めぐみに近い年齢になりました。光岡（みつおか）めぐみというキャラクターには思い入れがありますが、願わくは自分はもう少し平穏でありきたりな人生を送りたいものだと、この作品を読み返した今、改めて感じます。

二〇二〇年八月

辻堂ゆめ

本書は二〇一七年、小社より刊行された作品の文庫化です。

著者紹介　1992年神奈川県生まれ。東京大学卒。第13回『このミステリーがすごい！』大賞優秀賞受賞作を改題した『いなくなった私へ』で2015年デビュー。他の著書に『コーイチは、高く飛んだ』『僕と彼女の左手』『あの日の交換日記』などがある。

検印
廃止

悪女の品格

2020年8月21日　初版

著者　辻堂ゆめ

発行所　(株)東京創元社
代表者　渋谷健太郎

162-0814/東京都新宿区新小川町1-5
電話　03·3268·8231-営業部
　　　03·3268·8204-編集部
URL　http://www.tsogen.co.jp
DTP　キャップス
萩原印刷・本間製本

乱丁・落丁本は、ご面倒ですが小社までご送付ください。送料小社負担にてお取替えいたします。

© 辻堂ゆめ　2017　Printed in Japan

ISBN978-4-488-43421-2　C0193